彼らは世界にはなればなれに立っている

太田 愛

角川文庫
23768

目次

これらすべてのきみの
哀しみのうえに——ふたつとない空。

パウル・ツェラン「堰」(飯吉光夫 訳)

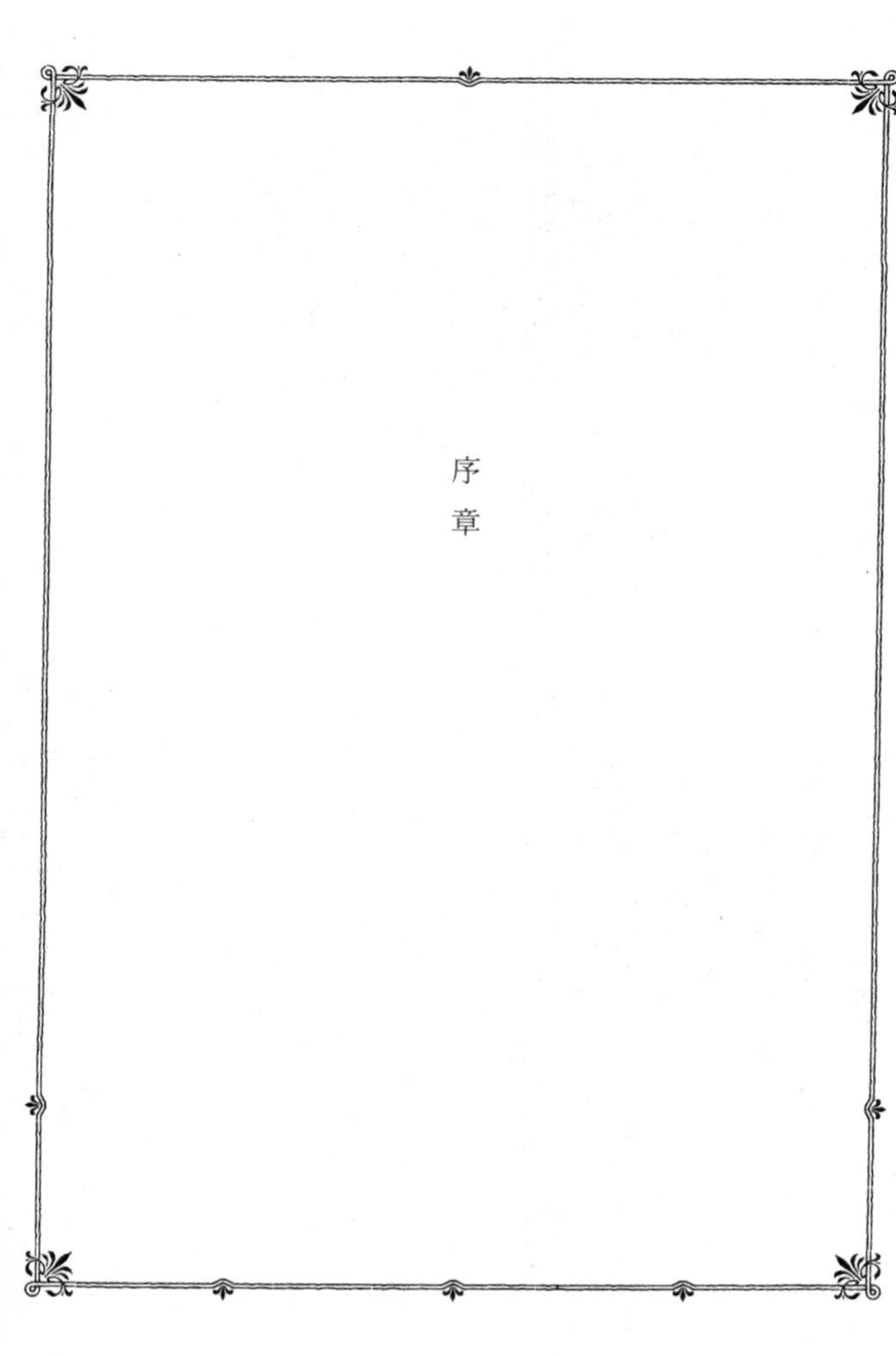

序章

右の耳に父が言う。

——おまえの体にはこの町の人間の血が流れている。始まりの町に生まれた者の誇り高く勇敢な血だ。

見ろ、と父が北を指さす。

——あの山に眠る光る石と共に、我々の歴史は始まったのだ。

父の目には、山へ向かう大勢の鉱夫たちの姿、その剝き出しのたくましい肩から流れ落ちる汗の粒まで見えているかのようだ。

父が生まれるはるか昔、この塔の地・始まりの町の黎明期の光景。町の人間にとって、呼ぶたびに谺のように過去から蘇る輝かしい残響だ。人々は力を合わせて働き、光る石は力強い心臓のように休みなく富を送り出し、港が造られ、鉄道が敷かれ、そうして、南の海岸線に沿って新たに第二の町から第六の町が生まれたのだという。

しかし、父が指さす山に私が見ているのは、子供部屋から見えるいつもの風景だ。なだらかな稜線に沿って風力発電のプロペラが並んでおり、先端が摩耗して黒ずんだブレードが眠たそうに回っている。

あの山を守るために、と父は私の右の耳に言う、我々の祖先はこの地に塔を築いた。そこから水平線に現れる略奪者の船影を見張り、果敢に迎え撃ち、打ち負かしたのだ。

父は誇らしげに広場の方角に屹立する巨大な石の塔を振り仰ぐ。

秋の終わりの庭には、父と私の長い影が伸びている。

私は塔を見上げるふりをして、扉口に佇む母を盗み見る。夕食の魚を煮込むセージの匂いがしている。膝まであるエプロンは夕映えの鮮やかなオレンジに染まっているが、その上にあるはずの母の顔は、ポーチの庇の陰に溶けて見えない。


私が六歳の時、初等科に上がった年の記憶だ。この町にとって自分がどのような存在なのか、おぼろげにわかりかけてきた頃だった。

長く故郷を離れ、見知らぬ地を転々としたのち、私はようやく帰郷の機会を得た。それはいわば、大きな航海の前に水夫に与えられる短い休暇のようなものだった。生まれ育った町を目指して夜を日に継いで旅を続けるあいだ、あの晩秋の庭のひとこまが、なぜかしきりと思い出された。

帰り着いたのは明け方だった。うっすらと辺りが白み始めるなか、私は無人の広場に立って街並みを眺めた。

始まりの町はすっかり変わってしまったと聞いていたので、悲しくはあったが驚きはしなかった。そこは一言でいえば、世界中のどこにでもある町のひとつになっていた。かろうじて昔日の面影を残しているのはこの石畳の広場だけだ。

――今さら君が帰ったところで、起こってしまったことは変えられない。

きっとカイならそう言うだろう。

あるいは、マリならこう言うだろう。

――泣いて元に戻るものなんて、この世にありゃしないんだよ。

私は目印のついた一枚の敷石を見つけ出し、それを裏返す。三十センチほどの深さの穴にビスケットの円い缶がしまわれている。その昔、大きなリュックサックを背負って町を離れる前夜、私は缶をここに隠したのだ。かつて明るいブルーのティーポットが描かれていた蓋(ふた)は、過ぎた歳月をものがたるように錆(さび)に覆われていた。

私は蓋を開いて中のものを取り出した。

薄緑色の小さな硝子(ガラス)石。映画館のスタンプカード。封の切られていないひと箱の煙草にはサンザシの小枝が描かれている。それらはいずれも忘れがたい出来事と結びついていた。しかし、なにより重要な意味を持つのは、油紙に包んだ一枚の写真だった。

それは港に客船が入った日、この広場で催されたお祭りを写したものだった。

夏の夕暮れ、広場は色とりどりの電球を連ねたイルミネーションで飾られ、塔を背にして仮設舞台が作られている。揚げ菓子や飲み物の屋台が広場を縁取(くつろ)るように建ち並び、ランタンを載せたいくつもの円テーブルでは町の人々や旅行客が寛いでいる。

〈週報〉の発行人が試し撮りをしたもので、誰もカメラの方を見ていない。けれども私にとってこれは奇跡のような一枚だった。生涯けっして忘れることのできない人々が偶然にも、ひとり残らずここにおさまっているのだ。彼らは私にとって、始まりの町という星座をかたちづくる恒星だった。歪んだかたちではあったが、彼らがそれぞれの場所に存在していた町こそが、私の故郷だったのだ。

写真の中の私は十三歳で、両親と共にテーブル席に座って白い粉砂糖をまぶした揚げ菓子を頬張っている。父はビールのジョッキを手に母になにか話しかけており、淡い緑色のドレスを着た母はいつもの癖で少し首を傾けるようにして父の方を見ている。

仮設舞台の正面、一番良いテーブルについているのは〈伯爵〉だ。伯爵といっても本物の貴族ではなく、遺伝的に受け継がれるらしい尊大な性格と突発的な大盤振る舞いによってそう呼ばれていた資産家で、このお祭りを思いついて気前よく資金を出したのも伯爵だった。

伯爵は町の銀行、ホテル、映画館、缶詰工場、数隻の客船などを所有しており、さらに町の外にもいくつもの会社や工場を持っていた。そういうわけで、銀行が金で破裂するのを防ぐためだろうと人々は噂していたが、伯爵には数年に一度、長い船旅に出る習慣があった。何ヶ月もかけて海の向こうの地を巡り、そのつど膨大な土産もの——宝石や絵画はもちろん、踊り狂う奇怪な彫像、座ると妙な音をたてる椅子、用途のわからない巨大な牛の鼻輪のようなものまであれこれ持ち帰り、これまた伯爵のものである博物館に並べるのを喜びとしていた。

それらの土産ものの中でも、もっとも華麗で洗練されたもののひとつと讃えられていたのが、伯爵の向かい側に座っている〈コンテッサ〉だった。

驚いたことに、伯爵は旅の途上で出会った美貌の娘を正式な養女にして町に連れ帰ったのだ。コンテッサという呼び名は、表向きは彼女がホテルのバーで頼むカクテルの名前に由来することになっていたが、伯爵の妻がとっくの昔にパラチフスで死亡していたことと、伯爵の熱い視線に応える日頃の彼女の艶然たる微笑とを考え合わせれば、コンテッサが実質的なコンテッサ、つまり伯爵夫人であることは明白だった。

伯爵たちのそば、舞台の上手脇に控えているのは、長いローブをまとった〈魔術師〉だ。みずから百歳を超えていると豪語していただけあって、痩せた体に腰まである髪も胸まで垂れ下がった鬚も荘厳なまでに白く、ローブを尻までめくり上げて石畳の上の吸い殻を拾い集めてさえいなければ、それなりに立派に見えたことだろう。

肝心の『魔術』の方はというと、消えたはずの鳩の脚が箱から突き出て痙攣していたり、仕掛けの二重底がはずれているのがまる見えだったりで、きちんと成功したことはかつてなかった。それでも本人は一向に気にせず、魔術師然とした気取った動作で笑顔を振りまくものだから、町の人間は魔術は驚くものではなく、笑うものだと信じていた。

魔術師の反対側、舞台の下手近くにいるのが、〈なまけ者のマリ〉だ。マリはどこにいても目をひいた。この町でただひとり褐色の肌をもっていたからだ。

写真の中のマリは三十歳前後、片手を腰に当てて物憂げに煙草を吸っている。

マリの登場はひとつの事件として町の人々に記憶されていた。

ある冬の早朝、伯爵の料理番が魚を仕入れに出たおりに、海岸公園に倒れている子供を発見した。見たこともない褐色の肌をしたその子供は、棍棒(こんぼう)のようなもので殴られたらしく、頭頂部に縦に開いた傷口から血を流していたのだ。

驚いた料理番は魚を積んだ荷馬車に乗せて高台のお屋敷に連れ帰ったのだが、忙しさに取り紛れて子供のことを忘れてしまった。後に経緯を知った町の人々からうっかりにもほどがあるという呆(あき)れた声があがったのに対して、料理番は先代の伯爵が亡くなってから半月というもの、中央府から鉄道に乗ってだらだらと五月雨(さみだれ)式にやってくる弔問客につつがなく料理を振る舞うことがどれほど大変なことか、客船の観光客に浮かれていた人間になど決してわかるわけがないと目に涙をためて反論したという。

そんなわけで数日後に執事が荷台で眠っている子供を見つけて料理番に問いただし、おそらく客船に乗ってきた誰かが町に捨てていったのだろうという結論に至った時分には船はすでにはるか海の向こうの港にあった。頭の傷からある程度予想されていたことだが、問い合わせに対し保護者だと名乗り出る者はいなかった。回復した子供は名前もなにもいっさい答えず、仕方なく執事がマリと名付けた。

当時マリは見たところ七、八歳くらいで、体つきもしっかりしていたので、ホテルの洗濯場の夫婦が下働きとして引き取った。その夫婦が腹にすえかねるほど嫌なやつらだったのか、あるいは頭に負った怪我の後遺症だったのかは定かではないが、最初の一年ほどマリは一言も口をきかなかったらしい。

夫婦が亡くなり、マリが映画館の受付に座るようになったのがパラチフスが大流行した翌年で私が初等科に上がった年だった。だから私の記憶の中にあるのは、この写真のマリともうひとつ、映画館の受付に座っているマリの姿だった。

マリの左側にひとりの老婆が写っている。全身がブレていることから、かなりの速さで舞台と逆方向に歩いているのがわかる。老婆は黄色いパラソルを手にしており、そのパラソルに対する愛着がいささか度を越していたため、町では〈パラソルの婆さん〉と呼ばれていた。

土砂降りの雨の日、パラソルの薄い布を貫通して降り注ぐ雨にずぶ濡れになりながら、平然と通りを行く婆さんの姿は町の恒例の風景となっていたし、三月の大風の日など、おちょこになったパラソルを握ったまま街灯と壁の隙間にはさまっているのが発見されたのだが、人々が救出するあいだも決してパラソルを離そうとせず、取り上げようとしようものなら金切り声をあげて抵抗した。

噂によると、そのパラソルはコンテッサが老婆に与えた護符のようなものらしかった。ある夏、どこからともなく町に現れた老婆は、突然通りで妄言を喚き散らして人々を驚かせた。そこへたまたまコンテッサが来合わせて老婆に自分の黄色いパラソルを手渡したところ、たちまち羊のようにおとなしくなったという。以来、老婆はパラソルを肌身離さず持ち歩いていたのだが、ひとつだけ護符の力をもってしても抑えられない奇癖があった。老婆はなぜか図体のでかい男を深く憎悪しており、見つけるやいなや容赦ない罵声を浴びせながらパラソルで打ちかかるのだ。

その格好の標的となっていたのが〈怪力〉だった。

呼び名のとおり、怪力は並外れた筋力をそなえていた。町に来た当初は浜で引き網漁の引き子として日雇い仕事をしていたのだが、あるとき道を歩いていて僥倖に出くわし、人生が一変した。私はその一部始終を目撃していた。

その日、坂道の下に一台の車が停まっていた。町に二台きりの自家用車はいずれも伯爵が所有していたが、停まっていたのはそのうちの大きな方で、馬車のような箱型の車だった。運転席ではお抱え運転手がなんとかしてエンジンをかけようと奮闘していたが、車は喘息の発作を起こしたように乾いた音をたてて身震いするだけで、後部座席の伯爵は苛立ちもあらわにステッキで運転手の制帽を小突いていた。車は高台のお屋敷に戻る途中で故障して立ち往生していたのだ。

通りがかった男たちがすぐさま褒美めあてに車を押して動かそうとしたが、急勾配の坂を数メートル押し上げるのが精一杯で、何度やっても磁石にでも引かれるように元の位置に戻った。ついに癇癪を起こした伯爵は車を降り、ステッキを振り回して役立たずどもを追い払ったのだが、その時、遠巻きに眺めていた女子供のさらに後ろに、頭三つほど飛び出た怪力の巨体を見出したらしく、ステッキの先で怪力を指して、そこの者、と言った。やってみろ、が省略されているのは明白だった。びっくりして立ちすくんだ怪力に向かって、早くしろというように再び伯爵は車に乗り込んだ。

怪力は罠にかかった動物のように切羽つまった顔をして車に近づいた。それから意を決した様子で車体の後部に両手をつくと、足を踏ん張り、歯を食いしばって力を込めた。大きな黒い車体がゆっくりと動き始めた。やがて男たちが押し上げた地点を過ぎても、まるでタイヤと坂道が目に見えない歯車で噛み合っているかのように車はじりじりと坂道を上り続けた。真っ赤になった怪力の顔からは汗がしたたり落ち、食いしばった歯の隙間からうなり声が漏れた。私を含めて子供たちは、いつのまにか車を追って声援を送っていた。そしてとうとう怪力がひとりで車をお屋敷まで押し上げた時には、ついてきた大勢の人々が我を忘れて歓声をあげた。

伯爵は自分の役に立つことがどれほどの恩恵をもたらすか、機会あるごとに人々に知らしめるのを怠らない性格だった。そこで、高齢で耳が遠くなっていた博物館の警備員を引退させ、新たな警備員として怪力を雇い、さらに家具付きの守衛室を住居として提供したのだ。

以来、怪力は青いサージの制服を着て博物館に座るようになった。口数の少ない控えめな性格だったので、来館者を黙って見ているという仕事は性に合っているようだった。もっとも普段は訪れる者もほとんどなく、やることといえば窓から迷い込んだテントウムシを捕まえて外に逃がしてやるくらいだったけれど。

写真の中の怪力もやはり警備員の制服姿で、パラソルの老婆の襲撃から首をすくめて逃げ出そうとしている。怪力と一緒にいた〈葉巻屋〉が先に気がついたのだろう、おどけた身振りでパラソルの老婆の方を指さしている。

すり切れた鳥打ち帽を被(かぶ)った葉巻屋は、町一番の情報通だった。といっても、葉巻を買いに来た客から噂話を仕入れていたわけではない。そもそも葉巻屋は、葉巻を売っていなかった。煙草の吸い殻をほぐして残り葉を集め、それを薄い紙で巻き直して売ることを生業(なりわい)としていたのだ。そのため一日の半分は人の集まる場所をあちこち歩いて吸い殻を収集しており、おのずと様々な情報が耳に入ってきたわけだ。

葉巻屋はよく喋(しゃべ)る陽気な男で、鼻歌を歌いながら一本の煙草を五秒で巻く熟練の技の持ち主だった。また商才もあったらしく、燃えにくいおが屑(くず)を葉に混ぜて吸い終わるまでの時間が長くなるように工夫したり、自主的に吸い殻を集めて持ってくる者に煙草を値引きして売ってやったりしてそこそこに繁盛していた。

古い写真には、私と同じように当時まだ家の中の子供だった二人も写っている。

ひとりは赤毛のハットラ。彼女は両親にはさまれて円テーブルに座っている。あの頃、ハットラはたったひとりで広い世界に通じる扉を開けようとしていた。

もうひとりは優等生のカイ。彼は分厚い本を抱え、憂いに沈んだ顔をして、人混みの中に立っている。カイはこの町の暗い秘密を知ってしまったことで苦しんでいた。だが私はそのことに気づかなかった。

伯爵、コンテッサ、魔術師、なまけ者のマリ、パラソルの婆さん、怪力、葉巻屋、赤毛のハットラ、カイ、そして父と母。

私がいま立っている広場に、あの夕暮れ、彼らがいた。

なにをすればあのあとに起こったことを防げたのか、今でもわからない。

写真が撮られてからほんの半年ほどのあいだにいくつかの事件が起こり、このうちの五人が町からいなくなった。それらは互いに響き合うように発生した一連の出来事であり、同時に深部にひとつの根を持つ事件でもあった。けれども、そのことに私が思い至ったのはずっとあとになってからだった。

私は写真を手に、もう一度、変わり果てた町を眺めた。

もしかしたら、いなくなった五人は、私がこのようなかたちで町に帰ってくることをも予期していたのではないか。

初めてそう思った。

最初のひとりがいなくなったのはお祭りの四日後、七月最初の木曜日のことだった。

第1章 ――始まりの町の少年が語る羽虫の物語――

クラスのみんなが帰ったあと、オト先生は僕の机の前に立つと、進路カードの提出期限を忘れていたのかね、と尋ねた。いいえ、と僕は答えた。期限が七月の最初の木曜日、つまり今日だということは覚えていた。明日から夏期休暇が始まるのだから忘れようがない。

僕は初等科の七年生で、進学を希望すれば九月から五年制の中等科へ進むことになる。中等科は校舎の西翼にあるので、実際にはカードの進学の項に印をつけて先生に渡し、教室を移動するだけだ。だが中等科に行ってもクラスの顔ぶれがほとんど変わらないことを考えると、心躍るような五年間が待っているとは到底思えなかったし、町には僕より年下でも働いている子供が大勢いた。そういう子供たちは品物の名前が読めて日当や釣り銭をごまかされずにやっていけるようになれば、初等科の途中であっさり学校に来なくなっていた。つまり僕も進学せずに仕事に就くという選択肢がないわけではない。

僕の考えを見透かすように先生が言った。

「ハットラは中等科で頑張っているよ」

先生の言いたいことはわかった。ハットラが立派にやっているのだから、君にだってできるはずだ、という婉曲な励ましだ。

たしかにハットラと僕のあいだにはひとつだけ共通点があるが、その一点をのぞけば僕たちはまるで違っていた。まずハットラは女の子で、僕より三学年も上だ。さらに素晴らしい俊足で、秋に行われる中央府の大会に町の代表としてただひとり選抜されている。たまに町の通りで見かけることがあったが、ハットラはいつも脇目も振らずに急ぎ足で歩いていた。固く唇を結び、じっと前方を見つめた目は、トラックのスタートラインに立つ時の張りつめた表情と少しも変わらない。赤い髪を短く切りそろえたハットラは、どこまでも飛び続ける矢のように孤独で真剣だった。

それにひきかえ僕は、絶えず辺りの様子を窺っている落ち着きのない生徒だった。もちろん好きでそうしているわけではない。僕を小突き回す〈遊び〉にいまだ飽きることのない級友たちを出し抜くために、彼らの待ち伏せを事前に察知する必要があったからだ。失敗すれば、屈辱と痛みに満ちた時間が通り過ぎるのをひたすら奥歯を嚙みしめて待つほかない。僕の脇腹と背中には、直近の失敗の痕がまだ鈍色のあざとなって残っている。

オト先生は黙ってうつむいている僕に小さくため息をついた。それから、七月の終わりまでに進路を決めなさいと言った。僕はお辞儀をし、帆布の鞄を斜がけにして教室を出た。

すでに正午を過ぎており、古い石造りの校舎は静まりかえっていた。昨晩、一睡もしていないせいだろう、体がだるく喉が渇いていた。

オト先生の言った七月の終わりが、百年も先のように思えた。その頃自分自身がどんなふうになっているのか見当もつかなかった。

僕にとって今日が一日目なのだ。

大きな変化のあとの最初の一日。町の人間はまだ誰も知らない。僕は少しずつ新しい秩序をあみだし、それに自分を慣らしていかなければならない。

まず土曜日までのことを考えろ。僕は自分に言い聞かせた。父さんが帰ってくるのは土曜日だ。それまでになにをしておけばいいのか。

どのように行動すれば人々に不審を抱かれずにすむのか、警察にはどのタイミングで知らせるべきなのか、スベン叔父さんに先に連絡するのが妥当だろうか。考えなければならないことは山ほどあった。

だが僕の思考はまるでコマのように同じ場所で無意味に高速回転するばかりで、ひとつの解決策も浮かんでこなかった。

校庭に続く玄関扉を開けると、いきなり人影が近づいてきた。眩しい光に目が慣れるまでの一瞬、僕は待ち伏せを予感して立ちすくんだ。それが〈遊び〉に執着する級友のひとりではなく、カイだとわかって安堵はしたものの、同時に少なからずうんざりもした。案の定、カイは夏でも蒼白いこめかみに筋を立てて詰め寄ってきた。

「君は卑怯だぞ、トゥーレ」

僕は無視して歩き出した。

「どうして綴り方の答案に名前を書かずに提出したんだ」

カイは図書室の分厚い本を抱えて追ってきた。

「うっかりして書き忘れたんだ」

「いや、わざとだ。零点を取るためにわざと名前を書かなかったんだ。なんでそんなことをしたのか言ってみろ」

カイは僕が意図的に零点を取った理由を勝手に決め込んで憤慨しているのだ。君の考えはまったくの見当違いだとはっきりわからせない限り、どこまでもついてきそうだった。

僕は立ち止まってカイに向き直った。

「僕が名前を書かなかったのは、カイに一番を譲るためじゃない。僕にはそんなことをするいわれはない」

たとえ君が判事の息子であっても。僕は胸の中でそう付け加えた。父親が町の有力者であるという事実が、カイに誤った思い込みを抱かせたのだろうから。

カイの表情にはなんの変化も現れなかった。納得したかどうか定かではなかったけれど、僕はかまわず足早に校門を出た。友達というには僕たちはもうあまりに遠く、互いに理解できない存在になっていた。

カイと話すようになったのは五年生の頃、学校ではなく映画館のロビーでだった。町で一軒の映画館に新しいフィルムが来るのは三ヶ月に一度、長い時は半年に一度なのでいきおい同じ映画を繰り返し観ることになるのだが、受付でスタンプカードに判を押してもらえば二度目は半額、三度目以降は無料になるので、揚げ菓子やレモン水を我慢すれば子供の小遣いでなんとかなる。それでも初等科の生徒で足繁く映画館に通っていたのはカイと僕だけだったから、ロビーで顔を合わせるうち自然と言葉を交わすようになった。

帰りは二人で自転車を押して海岸公園を歩きながらいろんな話をした。映画の話だけでなく、いつもニコリともせずに判を押す受付のマリのことや、死を超える恐怖と噂される青年団の入会儀式に関する推論、明け方に町外れを通る水色の長距離バスはどこから来てどこへ行くのか。話題は尽きず、僕たちはしばしば海岸通りの街灯が点るまで話し込んだ。カイは僕にとって初めての同年代の友達だった。

ところが冬休みが終わった頃からカイは突然、映画館に来なくなった。教室でも不機嫌に押し黙っていることが多くなり、ついに新年の祝賀講話で来賓が喋っている最中に大声で暴言を吐いて一週間の停学になってしまった。僕は心配でたまらず、なにかできることはないかと声をかけたけれどカイは見向きもしなかった。そうかと思えば、近づくだけでご機嫌取りだと僕を激しく非難した。

カイは苛立ち、なにもかもに腹を立てているようだった。僕はわけもわからず傷つけられることに倦んでカイから遠ざかった。

もし以前のままのカイだったら、僕は昨晩自分がしたことを打ち明けただろうか。

そんな思いがふと頭をよぎった。

そうであれば、そうできれば、どんなにいいだろう。

その時、急に後ろから腕を掴まれた。驚いて振り返ると、カイが荒い息をつきながら僕を睨みつけていた。

「僕に一番を譲るのでなければ、ほかにどんな理由がある」

失望と怒りで、昨晩から張りつめていた気持ちが破裂しそうになるのを僕は懸命に堪えた。喉に大きな石でも詰まったかのように息ができず、たちまち頬から耳、額まで熱く真っ赤になるのがわかった。カイの顔に初めて僕を気遣うような心配そうな影が浮かんだ。瞬間、僕は、僕に自分の脆さを思い知らせたカイを憎んだ。

なにか言おうとするカイを、僕は両手で力いっぱい突き飛ばした。カイはすごい勢いで後ろへふっ飛んでひっくり返った。カイの運動靴の裏の白さが目に残り、喉がヒュッと音をたてて息を通した。僕はあとも見ずに駆け出した。

道のところどころで消え残った水たまりが光を乱反射させていた。

斜がけの鞄が跳ねて責めるように背中を打った。

フヨウの生い茂る角を曲がると、うちの庭のフェンスが見える。そこまで来て僕は眼前の光景に棒立ちになった。ペンキの剝げかけた白いフェンスに巡査のベルさんの自転車が立てかけてあったのだ。

家に警察が来ている。

鼓動が急激に速まり、なにも考えられぬまま家へ近づくと、朝、僕が鍵をかけて出た玄関の扉が大きく開け放たれていた。それができるのは僕以外にはひとりしかいない。父さんが戻っているのだ。土曜日までは帰ってこないはずなのに。警察を呼んだのは父さんだ。

全身がすっと冷たくなった。

父さんは、地下室のあの大きな衣装箱を開けてしまったのだろうか。だとすれば僕はどうすればいいのか。

家の中から父さんの苛立たしげな声が聞こえた。

「だから買い物なんかじゃないんだよ、マーケット通りにはいなかったんだから。昼飯にはトゥーレが戻るのに、アレンカが家を留守にするはずがないんだ。きっとなにかあったんだよ」

父さんは、母さんがどこかで事故かなにかに遭ったのではないかと考えているのだ。つまり、まだ地下室の衣装箱を開けてはいない。

半信半疑の顔で聞いていたベルさんが扉口の僕を認め、制帽をちょっとあげて、やあ、と微笑んだ。探るような表情を見られたのではないかと頬がこわばるのを感じた。だがそれどころではない様子の父さんがやにわに僕の両肩を摑んだ。

「トゥーレ、おまえ今朝、学校に行く前に母さんを見たか」

考える時間を少しでも稼ぐために僕は、なにかあったの、と尋ねた。父さんは取り乱している自分に気づいたように僕から手を離し、ソファテーブルの上の煙草を取りながら言った。

「母さんがどこにもいないんだよ」

そう聞いて驚いた表情を作るだけの落ち着きは取り戻していた。

それから僕は今日、二度目の嘘をついた。

「僕、すごく寝坊したんで大急ぎで家を出たから」

「母さんが家にいたかどうかわからないのか」

僕は黙って頷いた。さらに、少し幼い口調で、帰るのは土曜日のはずだったんじゃないのと訊いた。

父さんは遠くのいろいろな町にトラックで缶詰を運んでいて、一ヶ月の半分くらいは家にいないのだが、帰ってくる日を母さんが間違えたことは一度もない。日付を刺繍したお手製のキルトのカレンダーには、土曜日の所に赤いピンが留められている。

父さんは、積み荷に不良品があるという無線が入って引き返してきたのだと答えたが、力任せに擦ったマッチの軸が折れ、くわえていた煙草を床に投げ捨てた。

次に誰が話しかけても父さんは怒鳴る。僕は慎重に沈黙を守った。

ベルさんが、なにか急用ができたのかもしれないし、となだめるのを父さんは予想以上に激しい勢いで怒鳴りつけた。

「あんただって修繕屋の店が火事で燃えたの覚えてるだろ」

僕は驚いて思わず父さんの顔を見た。父さんがあの火事のことを気にしていたなんて、これまで考えてみたこともなかったからだ。

父さんはひどく深刻な目でベルさんを見据えていた。ベルさんの顔から微笑が消え、困惑したように目をそらせた。

「あれは、ただの煙草の火の不始末じゃないか」

三月の終わり頃、商店街の端に新しくできた修繕屋の店で火事があり、ひどいやけどを負った修繕屋のおじいさんは今も病院に入っている。

そして町では、昔から火事は災厄の前触れといわれていた。

パラチフスが流行(はや)る前に、落雷で牛舎が火事になって何頭もの牛が黒焦げになったのは有名な話だったし、先代の伯爵の頃には、缶詰工場で大勢の工員が機械に巻き込まれて死亡する大事故があったのだが、その前にも夜中に港の倉庫街の一角が燃えたという。

修繕屋で火事が出た時、僕は夜の梢(こずえ)がざわざわと鳴り始めたような不安を感じた。学校でも未来の凶事を占おうと躍起になった生徒たちが、妙な文字の刻まれた降霊盤やカードのたぐい、はては台所の生ゴミの中から集めた羊や鶏の骨などを大量に教室に持ち込んだために死者も逃げ出すほどの悪臭が発生し、オト先生が、君たちは新しい伝染病をつくるつもりなのかと激怒したものだった。

だが僕はずっと、父さんはそんな迷信じみた恐れや不安などとは無縁な人だと思っていた。というのも、父さんは大道芸の蛇使いが客を怖がらせようとして差し出した大蛇を平気で摑んで肩に乗せてみせるような豪胆な人で、驚嘆した見物客が蛇使いにではなく父さんに投げ銭をするあいだも、暴れる蛇の首をねじ上げたままカメラに向かって笑顔でポーズを決め、なおかつ、雰囲気に乗じて浮き浮きと投げ銭を拾っていた僕のうしろ頭をはたくだけの冷静さをも兼ね備えていたからだ。僕が八歳の頃、町に鉄道が走っていた最後の年の出来事だったが、週報に『恐れ知らずの男』というタイトルで掲載された父さんの写真は精悍で眩しいほどの活力に溢れていた。

　けれども目の前で不安げに押し黙った父さんは、ひどく疲れて一度に老け込んでしまったようだった。

　僕はいつだったか魔術師から聞いた話を思い出した。魔術師によると、賭博師や遠洋漁師のように自分ではどうにもならない大きな力に生死の手綱を握られている者は、言い伝えや迷信の中に符号のようなものを見出すもので、そのような習性が彼らの砂時計のくびれを太くし、人よりも急激な速度で人生を歩ませるのだという。

　考えてみれば、父さんもその種の仕事に従事している者のひとりだった。

　いくつもの山を越えて遠い地へ行く運転手には、積み荷を狙う盗賊に襲われる危険が常にある。何年か前の冬に運転手たちが出発前に集まる詰め所に連れて行ってもらったのだが、入り口のコート掛けの脇に先代の伯爵が仕留めたという大きな雄鹿の剝製があり、その立派な角に、盗賊に殺された運転手たちの認識票がさげられていた。それらのなかの薄く錆の浮いたプレートのひとつには、やはり運転手をしていた父さんの父さん、僕のお祖父さんの名前が刻まれていた。運転手たちはトラックに乗る前に必ずその鹿の頭を撫でていく。この世を去った仲間の魂に加護を求めるその行為は、同時にみずからの命を削るもののようにも思われた。

僕は斜がけにしていた学校の鞄をそっと床に置いた。父さんが投げ捨てた煙草がソファの脇に転がっていた。

母さんの不在という説明不能の事態を、父さんが修繕屋の火事と結びつけて考えるのは自然なことなのかもしれない。

だが、火事と母さんは無関係なのだと僕は知っている。

母さんがあんなことをしたのは、僕が追い込んだせいなのだ。だから昨晩、僕は決めたのだ。せめて最後は母さんの思ったとおりにと。

なにがあっても、父さんにあの大きな衣装箱の中を見せてはいけない。

積み荷の不良で戻ってきたのなら、父さんは数日のうちに荷を積み直して出発しなければならないはずだ。それまで、僕は父さんと同じように振る舞う。母さんの不在に戸惑い、混乱し、町のあちらこちらを捜して回る。父さんが決して地下室に目を向けないように。

「僕、マーケット通りの方を捜してみるよ」

返事を待たずに僕は玄関を飛び出し、納屋から自転車を引っ張り出した。

†

なだらかな下り坂の先、マーケット通りへと曲がる角に先代の伯爵の胸像がある。いかめしい顔のどこかしらに常に鳥の糞がついている胸像は台座がちょうど座りよい石段状になっており、葉巻屋が一仕事終えた様子で煙草を一服していた。

僕が自転車を停めると、葉巻屋は時刻でも訊くように、お母さん見つかったかい、と尋ねた。

葉巻屋が母さんの件を知っているのには驚かなかった。父さんがベルさんを呼ぶ前にマーケット通りを捜したようだったので、その時にきっと葉巻屋に尋ねているだろうと思っていた。葉巻屋は誰もが認める町一番の情報通だからだ。

「心配しなくても晩飯の支度をする頃には戻ってくるさ」

葉巻屋は僕を元気づけるように目尻に笑い皺を刻んだ。僕は葉巻屋に頷いてみせると、自転車を押して角を曲がろうとした。

「マーケット通りなら開店休業だぜ。みんな不機嫌の虫にとり憑かれちまってな」

振り返った僕は期待通りの怪訝そうな顔をしていたのだろう、葉巻屋は特別に教えてやろうというふうに身を乗り出した。

「あれは客船のせいだ」

葉巻屋が港の方に顎をしゃくった。

今朝まで大きな客船が停まっていた桟橋は空っぽで、遠く水平線が見通せた。

四日前の日曜日、あの港に大きな客船が入港した。歓迎の花火が打ち上げられ、広場ではお祭りが催され、町中が浮き立つようだった。客船が町を訪れるのは実に二十年ぶりのことだった。

葉巻屋の話では、客船のおかげでマーケット通りは連日大勢の客でごった返したらしい。そして店に並べられている品物ならなんでも、それこそ缶詰工場で廃棄された魚の骨を揚げたものから、馬鹿馬鹿しいほどゼロが連なった値札のために長らく鑑賞用となっていた黒蝶貝の豪華な柱時計まで、価値のあるものもないものもごちゃまぜになってまるで羽が生えたように売れたという。この空前のぼろ儲けで得た金の重量でマーケット通り全体が煉瓦石ひとつ分ほど地盤沈下していてもなんら不思議はないと葉巻屋は断言した。

当然、僕はそんなに儲かったのにどうして不機嫌なのかと尋ねた。

葉巻屋は、オト先生が頭の回転の遅い生徒から愚かな質問を受けた時のように一瞬、宙を見上げた。それから噛んで含めるように言った。

「いいか、客船は次にいつ来るかわからないんだぞ。来年かもしれないし、また二十年先かもしれない。ひょっとして死ぬまで来ないってこともおおいにありえる。仮に四日間で四年分儲かったとしても、末代まで遊んで暮らせるわけじゃなし。とすれば、この始まりの町でなにをして楽しむんだ」

鉄道が走っていた頃はサーカスや劇団の巡業が来ていたが廃線後はそれもなくなり、港の近くにあった劇場も潰れて倉庫になっている。町での最大の贅沢といえば海岸通りにあるホテルの展望レストランで食事をして、大人なら隣接するバーで蝶ネクタイのバーテンダーに赤や緑のお酒を作ってもらうことだった。気晴らしは釣りと海水浴、あとは秋に解禁される森の猟くらいだ。

葉巻屋は町の人々を憐れむように顔をしかめた。

「ここじゃあ休みを取って旅行に出る習慣もないし」

そう言ってから高台のお屋敷の方を指さして付け加えた。

「もちろん、伯爵は例外だけどな」

なににおいても伯爵が例外であることは町の人間すべてが認めるところだった。

「つまりだ、マーケット通りのめんめんは、二十年ぶりに肉にありついた犬みたいな気分だってことだ」

よくわからなかったが、葉巻屋が宙を見るのが嫌だったので黙って続きを待った。

「想像してみろよ、二十年ぶりに脳天で歓喜の鐘が鳴り響くような旨い肉を食ったワン公の気持ちをさ。この味はそうそう忘れられるもんじゃない。それまで食ってた干からびたパンや野菜くずなんぞもう喜んで食えやしない。それでも食わなきゃ死んじまう。

ワン公の不幸は、今度いつ肉にありつけるかまったくわからないってことだ。おのずとどうなるかといえば、ワン公は死ぬまで肉の味を思い出しながらまずい飯を食うはめになる。そりゃあ不機嫌の虫にもとり憑かれようってもんだろ」

葉巻屋は吸い殻を集めた革の鞄と火鋏を取って立ち上がると、けむに巻くような微笑を浮かべた。

「ま、俺の勝手な見立てだけどな」

それから、じゃあな、と言う代わりに鳥打ち帽の鍔に軽く手をやると、塔の広場の方へと歩み去った。

葉巻屋の話には盛大に尾鰭がつくのが常だからと思いながらも、僕は少し身構えるような気持ちで胸像のある角を曲がった。

緩い上り坂の両側に古い商店の建ち並ぶ通りは客の姿もなく、葉巻屋の言っていたとおりショーウインドウが空っぽになっている店が目立った。いくつかは日よけも下ろされておらず、わずかに売れ残った桃や無花果、白い麻の帽子が陽射しにあぶられるままになっている。こんなマーケット通りは見たことがなかった。

僕は母さんを捜すふりをしながら店を一軒一軒覗いていった。

レジスター脇に座った店主やその妻は、誰も僕に声をかけなかった。頬杖をついて、あるいは腕組みをして不満そうな顔でもの思いに沈んでいた。気配に気づいて顔を上げた酒屋の主も、僕を一瞥するなり煩わしげに目をそらして自分の屈託の中へ戻っていった。

普段は整然と鉢植えの並んでいる花屋の店先に氷菓子の紙コップが散乱していた。真っ赤な糖蜜が前夜の雨に洗われて薄い縞になり、そこに蟻が群がっていた。昨日の今頃、この通りは夢のような賑わいで沸きたっていたのだと思った。

今日はみんなくたびれているせいだ。こんなのはいっときのことで、すぐに元どおりになる。葉巻屋も、まずい飯でも食わなきゃ死んじまうと言っていた。だが、葉巻屋の見立てが当たっているとしたら、腹の底にたまっていく鬱憤が犬の性格を変えてしまうことだってあるのではないか。

落ち着かない気持ちで自転車を押しながら、僕はなじみ深い夕暮れ時の通りを思い出そうとした。小さい頃はよく母さんと一緒に夕飯の買い物をしに来た。魚屋や青物屋の威勢のいい声が飛び交うなか、母さんはセロ編みの買い物籠をさげて父さんの好きな豚の背脂入りのソーセージや豆を買った。あの頃、僕はほかの人と異なる母さんの買い物の仕方を、奇妙な癖のようなものだと思っていた。

果物や野菜を買う時、たいていの人は手に取って熟れ具合や傷の有無を確かめてから購入を決めていたが、母さんは目だけでじっくりと吟味し、必要なものを、それとあれ、というふうに指さして店主に取らせ、自分では決して触れようとしなかったのだ。そのせいでごくたまに食卓に虫食いのマッシュルームなどが出ることがあり、そのたびに父さんがちゃんと確かめて買わないとだめじゃないか、と不平を述べたが、母さんは次からそうするわ、と微笑むだけで買い物の仕方を変えることはなかった。その行為はまるで病原菌に感染するのを恐れるかのように徹底していた。

不意に煤の臭いが鼻をつき、僕は思わず足をとめた。

マーケット通りの北の端、火事で焼けた修繕屋の店まで来ていた。

屋根も壁もすべて焼け落ち、地面を覆ったオレンジ色のシートのあいだから黒焦げになった柱が突き出している。

このシートは週報で客船が来ると報じられたあとで掛けられたものだ。それまでは剝き出しの泥土に猛烈な火勢を刻印するように熱で変形した道具箱やアルミのコップが散乱していた。隣接する店に延焼せずにすんだのは、青年団が伯爵寄贈の消防馬車を駆使して迅速な消火活動にあたったからだと週報が賞賛していた。だがその誉れ高い青年団も、店でひとり寝ていた修繕屋のおじいさんを無事に助け出すことはできなかった。

白くて太い眉毛と灰色のつぶらな目を思い出すと胸が痛んだ。

おじいさんは僕が生まれるずっと以前から修理道具を載せた荷車を引いて町の家々を回っていた。とても器用な人で、パンクした自転車はもちろんのこと、閉まりの悪くなった扉から切れにくくなった鋏や縁の欠けた皿まで、その手にかかればたいていのものは息を吹き返した。だが年を取って荷車を引くのがきつくなったらしく、堅パン屋のおばあさんが店じまいするのを機にこの店舗を買い受けた。火事が起きたのは、みずから内装を整えて開店してから一週間と経たない深夜だった。おじいさんはいつも革袋に吸い殻をためて葉巻屋に持ち込んでいたので、その消え残りが出火の原因となったようだった。

母さんも凶事の前触れではないかと不安を感じていたのだろう、火事のあと塞ぎ込むことが多くなった。夜中に起き出して火の元や戸締まりを何度も確かめたり、時には屋根裏部屋に上がって北の窓からじっと塔のそびえる町の中心部を見ていることもあった。なにか悪いものがやってきはしないかと見張るように。

もう三ヶ月以上経っているのに、辺りには家財と建物の燃えた臭いが強く残っていた。

僕は自転車にまたがってペダルを踏み込んだ。照りつける陽射しで全身がひりひりと熱く、少しだけどこかで休みたかった。

この近くで安心できる静かな場所はひとつだけだった。

†

大きな硝子の回転扉を押すと、空気の流れる音がして別世界のような涼しい空間が広がっている。入り口脇の大理石のテーブルにはいつもどおり週報がきちんと並べてあった。立派な円柱が高い天井を支えているこの建物は、かつて始まりの町が中央府であった時代に庁舎として使われていたものだ。中央府が第四の町に移って以来、無用の長物になっていたのを何代か前の伯爵が買い取り、博物館に改装したのだ。

展示品はすべて伯爵が船旅の記念に外の地から持ち帰った土産ものなので、町の人間はここを陰で『伯爵の物置』と呼んでいた。

警備員の怪力が中央玄関の奥の椅子に座っている。

僕はいつもするように軽く片手をあげて怪力に近づいていった。平素なら怪力は片手をあげて応えてくれるのに、今日はじっと椅子に座ったまま動かない。

怪力は眠っていた。

頬に血の気がなく、まるで精も根も尽き果てたというようなひどく疲れた顔をしていた。たぶん鏡を見ずに大急ぎで制服だけ着替えたのだろう、髪の毛や首に乾いた泥がこびりついており、革靴はぬかるみで飛び跳ねたかのように泥だらけだった。

昨晩は真夜中頃から叩きつけるような激しい雨が降り出し、次第に雨脚を弱めながら夜明け前まで降り続いた。怪力はそんな時刻にどこでなにをしていたのだろう。

なにか異様な感じがして僕は声をかけるのを躊躇した。

すると怪力が喉の奥で小さくうめくような声をあげ、ポカリと目を開けた。一瞬、自分がどこにいるのかわからないように怪力は辺りを見回した。それから僕に気づき、さらに僕の視線を追って自分の泥だらけの革靴に目をやった。怪力はひどく動転した様子で口もきけず、気の毒なほどまごついていた。

僕は見ていられず助け船を出した。

「浜へ行ったの？」

「ああ、ああ、そうなんだ」

　怪力はにわかに笑顔になって頷いた。

　浜の砂なら潮の匂いがするし、乾けばサラサラと落ちる。怪力の靴についているのは砂ではなく泥だとわかっていた。だが今の僕がそうであるように、怪力にも人に知られたくないことがあっても不思議ではない。僕は怪力の答えに納得したふりをして話題を変えた。

「母さんを捜してるんだ」

　葉巻屋から聞いていたのだろう、怪力は申し訳なさそうに首を横に振った。ここには来ていない、という意味だ。

「少し休んでいっていい？」

　怪力は何度も頷いた。僕は玄関ホールの一隅にあるお気に入りの展示品へ向かった。展示パネルのタイトルに『空中庭園の吊(つ)り鉢』とあり、棺(ひつぎ)のような四角い石鉢が天井に渡したポールから太い鎖で吊り下げられている。海の向こうで隆盛を誇った古い王国のものらしく、石の表面には細やかな蔦(つた)模様の彫刻が施されている。説明書きによると、この四角い鉢には妃(きさき)の愛した三色のクロッカスが三列に並べて植えられていたという。

　僕は石鉢に横たわって天井を見上げた。陶器のようになめらかでひんやりとした生地が心地よかった。少し体の重心を動かすと石鉢はハンモックのように優しく揺れ始める。

　目を閉じるとまるで待っていたように、居間の隅でミシンを踏む母さんの姿が浮かんだ。

†

母さんは、町でただひとつの婦人服店であるネラさんの店から注文をもらってドレスを縫う仕事をしていた。

結婚式やなにかのパーティーに着る特別な晴れ着を作るお客は、割増料金を払ってお針子を指名することができるのだが、僕がものごころついて以来、母さんへの指名が途絶えたことは一度もなかった。仕立ての腕もさることながら、顧客たちがなにより気に入っていたのは、母さんがドレスに施す花々の刺繡だった。それらはどこから見ても生きた花としか思えないできばえで、胸元をラベンダーやジギタリスの刺繡で飾った女たちはドレスの花が強い陽射しで萎(しお)れることを恐れて、ガーデンパーティーの際にはポーチから出ようとしないほどだった。刺繡に使う色糸は母さんが小間物屋で選んでいたが、思うような色がない時は沼のまわりに生えている植物を使ってみずから糸を染めることもあった。

だが、それだけの労力をかけても、手にする縫い賃は指名のないお針子よりもはるかに少なかった。僕がそのことを知ったのは初等科に上がる少し前、ネラさんの店にあるお針子たちの食堂兼休憩室でだった。

母さんがドレスに使う生地やレースをネラさんからもらってくるまで、僕はたいていそこで待っていることになっていたのだが、昼食時と三時の休憩の時以外は無人のはずの部屋に、その日は階上の裁縫場から三人の年かさのお針子たちがやってきた。暑い日で、僕が椅子ではなく冷たい床に座っていたので気づかなかったのだろう、白い上っ張りを着た女たちは煙草を吸いながら目の疲れと肩こりの話から、顧客がお針子を指名する際の割増金のこと、母さんと自分たちの縫い賃の金額などをべらべらと喋り、ネラさんは母さんにまだ払い過ぎているくらいだという点でおおいに意気投合したあげく、目の疲れのせいなのかどうかわからないが、まったく僕に気づくことなく出ていった。

当時の僕は町の一週間の出来事を報じる週報をすでにひとりで読めるようになっていたし簡単な計算もできたから、女たちの話はしっかりと理解できた。絶えず指名を受けて評判のドレスを作っているにもかかわらず、なぜ母さんの報酬は格段に低いのか。いくら考えてもわからなかった。

夕方、僕は直接、母さんに理由を訊いてみた。夕食の支度をしていた母さんはセージを刻む手をとめることなくこう答えた。

お針子さんたちはみんな決まった時間にネラさんの店の裁縫場に出勤して働いているけれど、母さんは家にいて好きな時間に仕事をさせてもらっているから、そのぶん安くなって当たり前なのよ。

まるで自明のことを説明するかのような母さんの口調に、なるほどそういうことか、と僕の疑問は氷解した。

だがあとから考えれば、雇い主のネラさんは母さんを指名した顧客から割増料金をもらっていたから、家で仕事をすることで母さんの報酬をびっくりするほど安くしなければならないほどの不利益を被っているはずがなかった。セージの匂いのする台所で母さんがやすやすと僕を納得させた説明は、実はまったくのでたらめだったのだ。母さんは刺繍の腕前と同じように、嘘をつくのも巧みだった。

――お母さんは、どこにいても君のことを思っているよ。

身近くで怪力の声がした。

どうしてそんなことを言うのだろう。僕がもう二度と母さんに会えないと知っているかのように。

怪力に尋ねようとしたけれど声が出なかった。

どうやら僕は半分眠ってしまっているらしく、全身に力を込めても口を開くことはおろか瞼（まぶた）を開けることもできなかった。びくともしない自分の体に閉じ込められて、まるで生きたまま埋葬されてしまったようだった。地震でも雷鳴でもいい、この眠りを打ち破って僕を起こしてくれと一心に念じた。

はたして僕を救ったのは自動車の甲高いブレーキ音だった。

石鉢の中で僕は声をあげて目を覚ました。見ると怪力は元どおり椅子に座ったまま通りの方に顔を向けている。

さっきのは夢だったのだろうか。だが怪力の声も抑揚も生々しく耳に残っている。

激しい走行音がして僕は通りに目をやった。幌(ほろ)を上げた黄色いコンバーチブルがすごい勢いでバックしてきたと思うと、再び鋭いブレーキ音をたてて停車した。

運転席から降り立ったのは、蜂蜜色に輝く豊かな髪を結い上げたコンテッサだった。

いつどこに現れても、彼女の上にだけ天から光が降り注ぐように人々の視線をひきつける。コンテッサを評してそう言ったのは魔術師だったが、まさにそのとおりだと思った。伯爵は逆にそれが心配なのだろう、護衛と称して下僕のドニーノに、養女であり愛人であるコンテッサを常に見張らせている。実際に今もコンバーチブルの助手席に座ったドニーノが、回転扉に向かうコンテッサの背中をじっと睨んでいた。

その時になってコンテッサがここに来るつもりなのだとわかり、僕は急いで石鉢から出ようとした。ところが焦って鎖に足を引っかけてしまい、外に転がり出たものの四角い石鉢はまるで腹を立てた振り子のように大きく揺れ始めた。

うなりをあげて近づいては遠ざかるそれはもはや荒ぶる巨大な凶器で、駆けつけた怪力と共になんとかしがみついたが、コンテッサの軽やかなヒールの音が館内に響き渡った時には僕たちはまだ石鉢と一緒に揺れていた。

コンテッサはドライブ用の白いレースの手袋を外しながら近づいてきた。そして僕たちがどうにか石鉢を落ち着かせ、よろめきながら立ち上がるのを見てわずかに微笑んだ。

「表にトゥーレの自転車があったから」

その言葉は、コンテッサが僕の自転車を認めて車のブレーキを踏み、バックして戻ってきたことを意味していた。僕はわけがわからなかった。

コンテッサは話を続けかけて、怪力の泥だらけの革靴に目を留めた。それからどういうわけかハンドバッグを開けてミント味の板ガムを取り出すと、どうぞ、と僕と怪力に勧めた。面食らいながらも僕たちは礼を言って受け取った。その拍子に怪力の大きな掌(てのひら)に赤いまめができているのが見えた。皮が剝けて見るからに痛そうだった。怪力はコンテッサの視線を感じたらしくガムを握った手を慌てて引っ込めた。

コンテッサはなぜか納得したようにガムをハンドバッグにしまうと、僕に目を転じて言った。

「お父さんが青年団を呼んで沼の辺りを捜索するそうよ。あなたの家に集まって出発するらしいわ」

家に戻らなければ。

頭に浮かんだのはそれだけだった。

†

フヨウの咲く茂みの角を曲がると、前庭にすでに七、八人の青年団の団員がいるのが見えた。沼の捜索用のゴム長靴や草刈り鎌を地面に置いて、キョウチクトウの木陰で煙草を吸っている。

鍵屋の弟子のサロが、フェンス脇の郵便受けを狙って小石を投げつけていた。山型パンの形をした郵便受けは木の支柱がもともと少し斜めになっていたのだが、小石が支柱に命中するたびにさらにグラリと傾いた。団員たちの注目を集め、サロはふざけたフォームで、だが的を外すことなく石を投げ続ける。

お祭りの日以来おさえつけていた憤りとも嫌悪ともつかない感情が真っ黒い夕立雲のように膨れ上がり、僕はすぐさまUターンしたい衝動にかられた。

だがコンテッサと怪力は僕が母さんの捜索に加わるために急いで家に向かったのを知っている。もしあとになって僕が戻らなかったとわかったら二人は妙に思うに違いない。それが疑いの端緒にならないとも限らない。今はどんな危険も冒せない。

フェンスに自転車を立てかけると、団員たちが一斉にこちらを見た。僕はお辞儀をして玄関に向かおうとした。その時サロが尖った小石を拾い上げ、的を定めるように僕の顔を指さして言った。

「左目」

サロは許可を求めるように団長のウルネイを見た。

とめてくれると思った。子供の目を潰すような卑劣な暴力を青年団の団長が許すはずがない。

ウルネイは、大丈夫だ、というふうに僕に微笑んだ。若くして地位のある大人に特有の大胆で清潔な微笑だった。それからサロを振り返ると、同じ顔で黙って頷いた。

自分の見ている光景が信じられなかった。

サロが小石を握り直し、右肘を後ろに引いた。

開いた玄関扉の向こうに父さんとスベン叔父さんの背中が見えた。二人は奥の台所で地図を広げて話し合っている。

サロの腕が弧を描いて振り下ろされる瞬間、僕は鋭い痛みを予感して反射的に両手で顔を覆ってしゃがみこんだ。

鈍い音がした。続いてなにかが体の脇に倒れ込んできた。恐怖で脚が動かず、僕はしりもちをついた。団員たちの失笑が湧くなか、僕は郵便受けが倒れたのだと気づいた。動物の死骸のように横たわる郵便受けに濃い影が落ち、顔を上げるといつのまにかウルネイがそばに来ていた。いきなり左の耳をひねり上げられ、ちぎれるような痛みに僕は思わず声をあげた。ウルネイが耳元で大きく舌打ちをして吐き捨てるように言った。

「たかが〈羽虫〉のために――」

僕はようやく理解して茫然となった。ウルネイたちは、母さんの捜索に呼ばれたことに腹を立てているのだ。母さんが〈羽虫〉だから。

「どうかしたのか」

玄関先からスベン叔父さんの声がした。

「トゥーレが郵便受けにぶつかって」と、サロが答えた。

僕は立ち上がるだけで精一杯だった。

学校や帰り道で、級友たちに羽虫の子と呼ばれて小突き回される。それが僕の日常だった。しかし、きちんとした立派な大人から直接こんな仕打ちを受けたのは生まれて初めてだった。その事実で頭が痺れたようになっていた。昨日まで僕が信じていた世界が、からくり箱のように反転してまったく別のものに変貌してしまったかのようだった。

父さんが地図を折り畳みながら玄関ポーチに出てくるのが見えた。

今朝、ひとりであの玄関に鍵をかけて家を出る時、僕は今日が最初の一日なのだと自分に言い聞かせた。母さんのいない日常の一日目だと。

もしかしたら、母さんがいなくなったことでこの世界はおかしくなってしまったのではないか。馬鹿げた考えだとわかっていたが、そう思うと陰鬱な顔をしたマーケット通りの人々も、泥だらけの怪力も、博物館に現れたコンテッサも、今日はなにもかも尋常でない気がした。

「暑いなか悪いな」

父さんが青年団に声をかけた。

「うちのはたぶん染料の草を探しに行って、怪我をしたかなにかで動けなくなってるんだと思うんだ。あのへんにはサソリも多いしな」

すでに長靴に履き替えたウルネイは「なに、きっとすぐに見つかりますよ」と笑顔で請け合うと先に立って歩き出した。

僕は父さんに駆け寄った。

「僕も行く」

僕が父さんのそばにいなければと思った。ウルネイたちは母さんを捜す気などないのだ。

「おまえの心配をしている余裕はないんだ」

父さんは気ぜわしそうに僕を押しのけて青年団に続いた。

スベン叔父さんが軍手をした手で励ますように僕の背中を叩いた。

「トゥーレは家で勉強してろ、九月からは中等科だろ」

誰もいない家はいつもより光が多いように感じられた。

台所のテーブルに父さんとスベン叔父さんがコーヒーを飲んだカップが残されていた。汚れたままのカップが母さんの不在を強く思わせた。僕はそれを丁寧に洗って片付けた。

それから喉が渇いていたのを思い出して蛇口から直接、水を飲んだ。

なにかに体に触れていてほしくて、そのまま僕は流れる水に頭を突っ込んだ。髪の毛や耳や頬を柔らかい水が撫でていった。

僕の母さんは羽虫だった。羽虫は〈遠くから来て町に住みつき、害をなす者〉という意味を込めて、帰るべき故郷を持たない流民を指す蔑称(べっしょう)だ。

羽虫は、夜明け前に町外れの道路を通る水色の長距離バスでやってくる。そのためバス停付近の荒れ地には羽虫の住むみすぼらしい小屋が建ち並んでいる。彼らは公的には居留民として登録されていて、大人は漁の引き子などの日雇い労働や缶詰工場の工員、子供は農場やホテルの下働きとして働いていた。

この家に住んで晴れ着を縫っていた母さんは、もちろん特殊な羽虫だった。子供の頃に故郷を失って羽虫になり、遠い町の運転手あいての終夜食堂で働いていた時に父さんが見初めたらしい。やがて二人は恋に落ち、母さんは父さんのトラックの助手席に乗ってこの町にやってきたのだ。膝の上に胡桃(くるみ)色の小さな革のトランクひとつを載せて。

父さんの妻となった母さんは表向きは町の人間であり、居留民ではなかった。けれども、縫い賃がひどく安いのは母さんの出自のせいだし、母さんが買い物の時に食材に手を触れないのも同じ理由からだった。羽虫の触れた果物や野菜は町の人が嫌がって買わないのだ。安価で手に入る刺繡入りの晴れ着は喜ぶにもかかわらず。

母さんの故郷は洪水でなくなったと聞いているが、その町の名前を僕は知らない。だが僕の半分が町の人間であり、もう半分が羽虫であるのは事実だった。僕の左の耳は羽虫の耳だ。だからどんな汚い言葉を聞かせてもかまわないのだ。

父さんは〈塔の地・始まりの町〉の人間であることを誇りに思っている。塔の地の繁栄の礎を築いた始祖を崇拝し、その勇猛果敢な血脈に繋(つな)がる人間としての自負を持ち、町の多くの人たちと同様に荒れ地に住み着いた羽虫を蔑(さげす)み毛嫌いしていた。羽虫を嘲(あざけ)る時の父さんたちは、自分たちがこの町の人間として生まれてきたのは偶然ではなく、あたかもみずからの意志であるかのような口ぶりだった。そのことに僕はどうしても馴染めなかった。

夜遅くになって父さんは帰ってきた。階下から家具にぶつかりながら歩く足音が聞こえていたが、やがて静かになった。

倉庫街にある町で一軒きりの酒場〈踊る雄牛〉に青年団を連れていき、労をねぎらっていたのだろう。明日また自分で捜してみるから気にしなくていいと、なんでもないことのように笑って若者たちのグラスを酒で満たして回った。父さんはそういう人だ。

僕はしばらく寝つかれずにいたが、父さんが居間から上がってくることはなかった。

†

朝、着替えて階下に行くと、父さんが居間のソファで眠っていた。テーブルに落花生の殻が散らばり、床に空っぽになった酒瓶が転がっていた。

僕は戸棚から麻の夏掛けを出して父さんにかけて二人分の簡単な朝食を準備した。母さんのようにはいかないけれど、卵を茹でてピーナッツバターのサンドイッチを作り、コップに牛乳を注ぐくらいなら僕にもできる。そうやって自分なりのやり方で母さんの不在を埋めていく作業は、新しい秩序をあみだすうえで不可欠な行為だった。

ひとりで食べ終わると庭に出た。母さんはいつも如雨露を使って花に水をやっていたけれど、僕はホースの口を指で絞って空に向かって水を放った。丹精された花々の上に細かな雨のように水が降り注ぎ、足下から夕立の匂いが立ちのぼる。キラキラと光る水の粒に斜めに虹が走った。その不安定なプリズムを眺めるうち、僕はふと母さんの狼狽した顔を思い出した。

あれは一昨日の水曜の午後だった。

僕は誰とも会いたくなくて自転車で港の倉庫街の辺りをぶらついていた。幅広の道は人っ子ひとりおらず、ときおり風に乗ってマーケット通りの方から客船の人々の賑わいが聞こえてくるくらいで、〈踊る雄牛〉も扉を閉めてまだぐっすりと眠っていた。

僕はうわの空で自転車を走らせていたので、建物から人が出てきた時、すぐには母さんだとわからなかった。その人がこちらを見てハッと身を固くして立ち止まったせいでそうと気づいたのだ。母さんは初めて見るようなこわばった顔で立ち尽くしていた。

母さんが出てきたのは、〈三階建て〉と呼ばれているレンガ造りの建物で、かつて〈日報〉を発行していた新聞社だった。僕が学校に通い始める前に閉鎖になったのだが、当時、父さんが新聞には中央府のラジオ放送と同じことしか書かれていないから紙の無駄だと言っていたのを覚えている。

社屋の一階と二階は扉も窓も板で塞がれていたが、扉脇にある内階段の入り口は通りに向かって長方形の暗い口を開けていた。母さんはそこから出てきたのだ。

階段は三階の張り出し窓のある小部屋に通じている。そこは昔、記者と呼ばれた人々が交替で泊まっていた部屋で、今ではひとりの羽虫が住んでいた。町でただひとり濃い褐色の肌を持つ羽虫、映画館の受付に座っているなまけ者のマリだ。

毎週水曜は映画館の休館日だ。母さんがマリを訪ねていたのだと知って僕は正直、驚いていた。二人が親しくしているなんて思ってもみなかったのだ。母さんには映画を観る習慣はないし、家でマリの話をしたこともなかった。僕が覚えている限り、母さんとマリが言葉を交わしたのは一度きりだった。

それは僕の苦い記憶に繋がっていた。

初等科の一年生の時、父さんが遠くの町のデパートで玩具(おもちゃ)のヨットを買ってきてくれたことがあった。純白の船体に青い飾り文字でサファイア号とあり、一本マストに掲げられた優美な二枚のセイルは風を受けて走り出す瞬間を心待ちに息づいているようだった。僕は文字どおり飛び上がって喜んだ。

翌日の午後、僕はサファイア号を抱えて海岸公園の噴水池に向かった。博物館通りから直接海岸公園に抜ける路地は、物乞(ものご)いの羽虫や日雇い仕事にあぶれたのがいるので父さんから通ってはいけないと言われていたのだが、僕は少しでも早くサファイア号を水に浮かべてやりたくて近道をした。僕はお金を持っていないので誰もちょっかいを出さないだろうと思ったし、実際、地べたに座り込んで煙草を吸っていた羽虫は見向きもしなかった。

僕に目をつけたのは羽虫ではなく、中等科の制服を着た町の子供だった。彼らは物乞いから喜捨の入った空き缶を取り上げ、公園の方へ投げ捨てることで路地から追い出していたが、僕の手のサファイア号を認めると獲物を見つけたようにいかにも嬉(うれ)しそうな笑みを浮かべて近づいてきた。僕は初等科において抵抗は苦痛を長引かせるだけだとすでに学んでいたので、逃げられない時は無抵抗を貫くことにしていた。だが、この時は違っていた。

僕はあとにも先にもないほど無我夢中で抵抗した。彼らも予期していなかったらしく、僕が振り回した拳(こぶし)がひとりの鼻っ柱に命中してそいつが座り込んだ。手加減を忘れ去った彼らに蹴(け)り倒され、僕は咄嗟(とっさ)にサファイア号を胸に抱いてうずくまった。彼らは力任せにサファイア号をもぎ取ろうとし、僕は奪われまいといっそう腕に力を込めた。その瞬間、木の裂ける音がして甲板に大穴が開き、マストが船体から引き抜けた。僕の手にはマストだけが残り、そばかすだらけの中等科の生徒が船体を摑んでいた。そばかすはせっかくの獲物がだめになった腹立ち紛れに船体を地面に叩きつけ、力いっぱい踏みつけた。目の前で純白の船体が粉々になった。

彼らはなにか不平を言いながら去っていったが、耳に入らなかった。マストを握りしめた僕の前に船の破片が散らばっていた。悲しくて身の置きどころがなく、僕は生まれて初めて声をあげて泣いた。息の続く限りまさにサイレンのように泣いた。

きっとやかましくて我慢できなくなったのだろう、路地に面した扉が開いて誰か出てきた。

それが僕がマリを見た最初だった。

噂に聞いていたとおりマリは濃い褐色の肌をしていた。そしてやはり噂どおり不機嫌な顔をしていた。大きな胸とお尻を持っていたが腰はおそろしく細く、その奇妙なバランスがなんとなくアシナガ蜂を思わせた。

マリは僕のシャツに残された運動靴の跡と壊れたヨットの玩具を一瞥してなにが起こったか察したらしく、やれやれといった様子でため息をついた。それからほんの少しだけ表情を和らげて僕を見つめた。

「馬鹿だね。泣いて元に戻るものなんて、この世にありゃしないんだよ」

そう言うとマリは壁際のブリキのゴミ箱の蓋（ふた）を開け、箒（ほうき）とちり取りを取り出した。それから船体の破片を掃きとり、僕の手からマストを取ってまとめてゴミ箱に捨て、元どおり蓋をした。

サファイア号が跡形もなく消え去ったことであらためて喪失が実感され、再燃した悲しみでさらに渾々（こんこん）と涙が湧き出た。

マリは僕にかまわずシガレットケースから葉巻屋の煙草を取り出して一服し始めた。片手を腰に当て顎を上げ、深々と吸い込んだ煙を斜め上に吐き出す。釣り竿（ざお）を担いだ元警備員の老人が通りかかり、激しくしゃくりあげる僕の隣で煙草を吸うマリを咎（とが）めるように睨んだ。マリは、文句があるのかい、と言わんばかりに煙を吐きながら睨み返した。老人は憤慨した表情を見せはしたが、なにも言わずに通り過ぎていった。

一服していてもちっとも寛がなかったようで、マリは諦めたように煙草を踏み消し、僕の腕を摑んで扉の向こうに引っ張り込んだ。廊下の深緑色の絨毯と開け放たれた大きな赤い扉を見て、あの路地に面した扉は映画館の裏口だったのだと初めて気がついた。

幕間らしく、客席には誰もいなかった。マリはまっすぐに受付まで行くと、まだ涙と鼻水がとまらない僕に小さな紙切れを見せて、これをあげるからもう泣くのはおよし、と言った。紙切れには人の顔や街灯や橋や飾り文字がとりとめもなく印刷されていたが、涙でかすんだ目がはっきりとらえたのは、でかでかと赤い判子で押された〈小人〉という文字だった。僕が鈍麻した脳でその意味を考えていると、マリは、ああ、ひとりじゃ無理だね、ともう一枚紙切れをくれた。そこには〈大人〉とあった。

翌週、僕は母さんと一緒に映画館へ行くことになった。それまで僕は一度も映画を観たことがなく、通りから大きな赤い扉を眺めるだけだったので、その日は朝からはやばやとよそゆきを着て待っていた。ところが、行きがけに母さんが仕立てものを届けた酒屋の奥さんのお喋りに捕まってしまい、上映開始時刻に大幅に遅れてしまった。

僕たちが着いた時には、マリは受付の机に上半身を投げ出すようにして突っ伏していた。幕間に客席の掃除をするとき以外はマリはいつもこの姿勢のまま動こうとしない。それがなまけ者のマリと呼ばれるゆえんだった。母さんが申し訳なさそうに小さく声をかけると、マリは死ぬほど面倒くさそうに身を起こし、ミシン目も無視してチケットをもぎった。僕たちはとりつく島もなく、こそこそと客席に入った。

映画は大人の男の人と女の人がなじり合ったり抱き合ったり駅で待ちぼうけをくわされたりする話で、その理由が僕にはよくのみこめなかったので全体的に腑に落ちない感じだった。それでも初めての映画館は特別な暗闇と映像と大音響でとても刺激的だった。

上映が終わってロビーに出ると、母さんは僕に自販機の紙コップ入りレモン水を買い与えて、マリが掃除のために起き上がるのを静かに待っていた。上映終了後十分近く経ってようやくマリは身を起こして立ち上がった。母さんは子鹿のように敏捷に駆け寄ると、ガスパンの家のアレンカと名乗って、このあいだはトゥーレに良くしてくれてありがとう、と礼を言った。

母さんは、父さんと僕とスベン叔父さん以外の人に自分から話しかけることはほとんどない。それでとても緊張していたのだと思う、普段より早口で高く尖った声になっていた。

マリは最初なんのことかわからない様子で不審そうに母さんを見ていたが、ロビーの隅でレモン水を飲んでいる僕に気づいて、ああ、と思い出したようだった。

「べつに。券があまってたんだよ」

つっけんどんにそう言うと、マリは母さんが話を継ぐ間もなく屋内用の箒とちり取りを手に客席に向かった。

あの時、母さんが僕を振り返って、帰りましょう、と微笑む前、少しのあいだ寂しそうな顔でうつむいていたのを覚えている。だから、〈三階建て〉から出てきたのを見て、母さんはマリといつのまに親しくなったのだろうと訝しく思ったのだ。

さらに戸惑ったのは、たいていのことには上手に説明をつける母さんが、マリを訪ねたもっともらしい理由を思いつかなかったことだ。倉庫街の一角で黙って自転車にまたがったままの僕に、母さんはただ、買い物をして帰るから先に帰っていなさいと言った。たしかに買い物籠を持ってはいたけれど。

†

花の水やりを終えて台所に戻ると、父さんが朝食を食べ終えた皿が流しに置かれていた。居間に父さんの姿はなく、麻の夏掛けが床に落ちていた。

寝室に上がったのかと廊下に出てみると、階上からではなく下から物音がした。地下室へ続く扉が開いていた。

肌が粟立ち、僕は大急ぎでコンクリート打ちの階段を駆け下りた。

地下室の薄寒いような空気の中で、父さんが古い物入れを引っかきまわしていた。

「なにしてるの」

鼓動が肋骨を叩くようだった。

「どこかに祖父さんの縄ばしごがあっただろう」

「そんなものなにに使うの」

「涸れ井戸だよ」

父さんはじれったそうに言った。

山裾に広がる森にはいくつもの涸れ井戸がある。かつてそこに始祖たちの村落があったといわれているが今では植物群にのみこまれて跡形もなく、ただ地中深く掘られた井戸だけが枯れ枝や下草に隠されて硬い骨のように残っている。

「まえに猟に出かけた郵便局員が涸れ井戸に落ちたことがあっただろ。あの時は連れていた犬が騒いだんで仲間が気づいて助かった。でも母さんはひとりなんだ」

父さんは今度は母さんが森に行って誤って涸れ井戸に落ちたのではないかという可能性を思いついたらしい。

「縄ばしごなら、ここじゃなくて納屋だよ」

「そうか」と、父さんは意気込んで階段を駆け上がっていった。僕は力が抜けて綿のはみ出た丸椅子に腰を下ろした。

細長い高窓から斜めに射し込む光の中にまるで記憶の胞子のように無数の銀色の埃が踊っていた。

奥の壁際に、あの大きな衣装箱がある。

赤茶色の木肌にところどころリボンのような縞目が光って見える。僕が生まれる前にお祖母さんが使っていたもので、蓋の蝶番が四つとも壊れてしまうまでは、母さんも蜜蠟を塗ってとても大切にしていた。

　そのそばに僕が使ったベビーベッドやビニールプール、壊れた旧式のラジオやお祖父さんの肘掛け椅子などが雑然と置かれていた。

　不意に涙が頰をつたって落ちた。

　一昨日の夜に来た時は気づかなかった。ここにあるのはすべて思い出の品々で、二度と使われることのないものなのだ。

　僕はポケットに入れたままだったコンテッサの板ガムを取り出し、包みを剝いて口に入れた。ミントの味が涙と混じって甘く苦く喉を刺した。


　テーブルに散らばった落花生の殻をくずかごに落とすと枯れ葉の音がした。僕は固く絞ったふきんで居間のテーブルを丁寧に拭いた。

　父さんは縄ばしごと水筒を持ってひとりで森へ出かけていった。一緒に行くことは許されなかった。母さんについてなにかわかったらベルさんが電話してくれるので、それを待つのが僕に課された役目だった。

　けれども母さんのことでベルさんにわかることはなにもない。

　だから電話は鳴らない。

　ラジオの気象ニュースを聞いてから空の酒瓶を拾い上げ、勝手口の外のブリキのゴミ箱に捨てた。午前中から気温が上がっているようで、キョウチクトウの黄色い花もこころなしか元気がなさそうに見えた。軽く水をかけてやろうとホースに手を伸ばした時、うちの前の小道をやってくるマルケッタの姿が目に飛び込んだ。

僕はすぐさま家に駆け込んだ。マルケッタはお祖父さんの妹、つまり僕の大叔母(おおおば)であり、早くに亡くなった祖母に代わってスベン叔父さんを育てた人でもあった。そして僕にとってはなにより、地上でもっとも顔を見たくない人物だった。

マルケッタ大叔母は母さんを憎悪していたのだ。

大叔母は父さんが仕事でうちを留守にしている時を狙ってしばしば訪ねてきた。彼女が現れると母さんはすぐに僕に自分の部屋へ行くように言ったけれど、僕はいつも階段のなかほどで息を潜めて座っていた。きまって聞こえてきたのは大叔母の激昂(げきこう)した声だった。おまえがスベンの人生を台無しにしたのだと母さんを責め、ののしっていた。

大叔母の訪問についてはいっさい父さんに話してはいけないと母さんから言われていたから、父さんはなにも知らない。だがものごころついて以来、僕はバースデーケーキの蠟燭(ろうそく)を消す時、願いごとの最後にマルケッタ大叔母がもっと太って寝室から出られなくなるようにと付け加えるのを忘れたことはない。

大叔母が玄関のノッカーを打ち鳴らす音が家中に響き渡った。僕は咄嗟に映画で覚えた台詞(せりふ)を強く念じていた。

――立ち去れ、悪霊。

大叔母は自分で扉を開けて入ってきた。両の拳を握りしめて台所に立っていた僕はたぶん妙に力んで見えたのだろう、大叔母は、気味の悪い子だね、と唇を歪めた。以前にも増して脂肪をふんだんに蓄えた大叔母は町でいまだにコルセットを使用しているただひとりの女性だった。その装備を外すと、水の入ったビニール袋のように不定形な状態になってしまうのではないかと疑っているのは僕だけではないはずだ。

大叔母は居間のテーブルに重そうなキルトの手提げを置くと、母さんが行方不明であることが町中の噂になっており、親戚として不名誉で迷惑している旨をくどくどと述べた。そして仮に戻ってきたとしても母さんにはもはやこの家の主婦の資格はなく、父さんが新しい妻を娶るまでは自分が家事を取り仕切ると宣言した。

重々しい表情を装ってはいるが、頬はうっすらと紅潮し、帽子についたダチョウの羽が弾むように揺れている。

この大叔母は母さんがいなくなった事実を内心小躍りして喜んでいるのだ。

さっそくとばかりに大叔母は宣言を実行に移した。父さんの仕事用の旅鞄が母さんのミシンの脇に放り出されているのを見つけると、まったくひどいもんだ、と大仰に嘆いて片付けにかかったのだ。

父さんが〈ズタ袋〉と呼ぶその大きな巾着型の帆布袋には、トラックで遠方へ行く際の着替えと煙草、非常用の食料などが入っている。大叔母は口紐をほどいて洗濯物を取り出し始めた。着替えた衣類といっしょくたに、母さんがきれいに畳んだままのシャツや肌着も床の上に投げ出された。

忍耐の限界だった。

「家のことは僕と父さんでやるからかまわないでください」

大叔母が逆上して喚き出すのを覚悟した。

ところがマルケッタは声を荒らげるどころかむしろ穏やかな口調で言った。

「おまえは初等科を終えたはずだね」

どうしてそんなわかりきったことを言い出すのかと戸惑った。

「人生の最初に学ぶべきことを教えるのが初等科だ。一年生の最初に三つの大事なことを教わったはずだよ。言ってごらん、塔の地の人間なら誰だって言えるはずだ」

六歳の時から繰り返し叩き込まれた教えを、大叔母はこの場で僕の口から言わせたいのだ。そうすることで真綿で首を絞めるように楽しみながら僕の抵抗の息の根を止めるつもりなのだ。

僕は唇を固く結び、沈黙で応えた。

「おかしいねぇ、ガスパンがおまえは物覚えがいいと言っていたよ。おまえは父親を嘘つきにするのかい？」

父さんは森の涸れ井戸のひとつひとつに縄ばしごを下ろして母さんを捜している。心のどこかで、そんな所にいるはずはないとわかっているだろうに。地べたに座って汗を拭いながら水筒の水を飲む父さんの姿が頭をよぎった。

僕は目を閉じてひとつめを答えた。

「規則を守ること」

入学と同時に身なりや心構え、行動に関する夥(おびただ)しい数の規則を守る義務が課せられた。規則を守るという行為それ自体を学習するのが目的だから、課題が多ければ多いほど身につくのだと教えられた。個々の規則の目的や必要性に疑義を抱くことは、規則を破ったのと同様に処罰の対象となった。黙って従うこと。それが塔の地への忠誠の証(あかし)だからだ。

「ふたつめは」と、大叔母が促した。

「わがままをせず我慢を覚えること」

大叔母が満足そうに目を細めたのは、抵抗や反抗が〈わがまま〉の典型的行為とされていたからだ。

〈わがまま〉とは文字どおり我のまま、自分がありのままでいることだった。我慢を覚え、克己心を養ってみんなと調和を保つことが求められた。そのような気風がいざというときには瞬時に一丸となって困難に立ち向かう塔の地の伝統を支えているのだと習った。そういう意味では多くの級友が、半分羽虫である僕の存在自体を調和を乱す〈わがまま〉と感じるのは自然ななりゆきなのかもしれない。

「みっつめは」

マルケッタはいまや口角に微笑めいたものさえ浮かべていた。

僕は無力感で足下が沈んでいくようだった。

「指導的立場の人間に従うこと」

子供にとってすべての大人は指導的な立場にあった。大人が大勢いる時は性別や社会的地位、年齢などが勘案され序列の最上位とされた人物の指導に従う。だが、今この家の中では誰が指導的立場にあるかは明白だ。その事実の前では、指導の正当性や僕の意志などなんの意味も持たない。

「片付けは食事をしてからにしようかね、どうせろくなものを食べてないだろうから」

大叔母が居間のテーブルから重そうなキルトの手提げを持ち上げ、台所に運んでくるのを僕は黙って見ているしかなかった。僕は食卓につくよう命じられ、大叔母は手提げから取り出した小鍋(こなべ)の蓋を開けた。

生ぐさい臭いがむっと鼻をつき、僕は思わず顔を背けた。見なくてもレバー団子だとわかった。僕がこれだけは食べられないのを大叔母も知っている。臭いだけで酸っぱい胃液が上がってきて吐きそうだった。母さんが行方不明になったと知って大叔母が一番に考えたのが、僕にこれを食べさせることだったのだ。

おまえのためなんだよ、と大叔母は戸棚の引き出しからスプーンを出して僕の手に握らせた。そして、これからは我慢することを覚えなければね、と僕の顔を覗き込んだ。

僕は口を開けて喘(あえ)ぎながらマルケッタを見た。

この女はなにがそんなに嬉しいのか。肉の垂れ下がった顔はまるで勝利に歓喜するかのように輝いていた。

その顔が不意に望遠鏡を逆さに覗いたようにはるか彼方に遠ざかった。真空のような時間の中で、この女には僕の気持ちが手に取るようにわかるのだと思った。追いつめられて為す術もなくひねり潰されていく絶望をつぶさに感じることができる。だからこそ、こんなにも喜んでいるのだ。今は老女となったマルケッタもかつて同じ絶望を幾度となく味わってきたに違いない。塔の地の女は大人の男がいる場所では常に従う側で、指導的立場にはなれないのだから。ようやく自分の番が回ってきた今、たとえ僕が跪いて涙を流して哀願したとしても、マルケッタは決して許さない。

僕はこのおぞましい内臓の捏ねものを食べることになるのだろう。強烈な臭気が立ち戻り、僕は両手で口を覆った。

その時、玄関ノッカーの音がして突如、扉が開かれた。そこに現れた人を見て僕は一瞬、幻覚を見ているのではないかと思った。まるでスクリーンの中から抜け出てきたように、軽やかなレモン色のドレスをまとったコンテッサが立っていた。

お屋敷のコンテッサが家を訪ねてくるなんて想像したこともなかった。たまに映画館のロビーで見かけた時に挨拶をするくらいで、僕たちはお屋敷とは無縁のいわゆる庶民なのだ。マルケッタも口を開けたままヒキガエルのように目を丸くしている。

コンテッサはあでやかな微笑を浮かべて近づいてきた。一足ごとにシフォンのドレスが揺れ、歩く姿はネラさんの店のモデルたちも到底かなわないほど優雅だ。しかも僕とマルケッタを見つめたまま、ストラップのついたピンヒールは床に散らばった父さんの下着やシャツの隅っこさえ踏まない。その超絶技巧は映画の中で超能力を使って地雷を避けて進む主人公を彷彿させた。

ところが台所の手前でコンテッサは不意に歩みをとめた。彼女が眉を曇らせるのを見て、僕は原因がレバー団子にあると確信した。コンテッサは食卓の小鍋に視線を注いだまま言った。

「あなた、帰ってけっこうよ」

マルケッタは自分に言われているのだと気がつくまで数秒かかった。だがそうとわかると黙って引き下がりはしなかった。待ちに待ったお楽しみはこれからなのだ。

「私はこの家の縁者ですからね、この子については責任があるんですよ」

「帰りなさい」

命令形の言葉は二人のうちどちらが指導的な立場にあるかを明確に示していた。

愛人のくせに、と大叔母が内心で歯噛みしているのは間違いなかった。ドレープのように垂れた喉元まで怒りで赤く染まっている。だがいくら悔しがったところでコンテッサが伯爵の正式な養女である事実は変わるべくもない。

大叔母は踵を返し、足音も荒く家を出ていった。

コンテッサはもう臭気に我慢できないというように居間のソファの背に両手をついて体を支えた。

「その鍋に蓋をしてどこかにやって。それから車から荷物を持ってきてちょうだい」

僕はすぐさま言われたとおりにした。ついでに大叔母の靴跡のついた父さんの衣類を階段の下の物入れに投げ込んだ。

居間に戻るとコンテッサがハンドバッグから香水を取り出して辺りに振りまいていた。花とオレンジが溶け合ったような爽やかな香りが広がると同時にコンテッサの顔に生気が蘇った。

僕が車から運んできた大きなピクニックバスケットが二つ、居間のテーブルの上に並んでいた。

「開けてみて」

いたずらっぽく微笑んでコンテッサがバスケットを指さした。

蓋を開けると中には、ひき肉とアヒルのゆで卵の包み揚げ、青パパイヤと白インゲンのサラダ、何種類もの煮込みやパイ、デザートの甘いお菓子まで、お屋敷でしか食べられないようなご馳走がぎっしりと詰まっていた。

「煮込みは食べる時にお鍋ごとオーブンで温めるといいわ」

僕はただ驚いてコンテッサを見つめた。

「お見舞いよ」

コンテッサはバスケットから赤いベリーのたっぷりと載ったお菓子を取り出して僕に渡し、自分もひとつ取った。ちょうど掌ほどの大きさで、こんがりと焼けた生地はまだ温かかった。

「そう、焼きたて。木苺と椰子の蜜のタルトレット」

　コンテッサは子供のように豪快に半分を一口で食べた。それから口紅の外にはみ出した赤いソースを濡れた舌先でゆっくりと拭った。その仕草に僕は急にドキドキして、気づかれまいと慌ててタルトレットにかぶりついた。甘酸っぱいベリーと贅沢にバターや砂糖を使ったクリームがひとつになって、こんな美味しいお菓子がこの世にあったのかと僕は息をつくのも忘れて頬張った。それから馬鹿みたいに食ってばかりいないでなにか冷たい飲み物でも出すべきだと思いつき、母さんがいない今、自動的にレモネードはできていないのだと気づき、作ろうにもレモンがどこにあるかわからず頭を抱えた。コンテッサは知ってか知らずか、冷たい牛乳がいいわ、と女神のように言った。

　僕はせめてものもてなしに牛乳を赤い花柄のコップに注いだ。僕たちはソファに並んで腰を下ろし、今度は粉砂糖をまぶしたオレンジのスフレに手を伸ばした。

　真夏の昼、家の居間でコンテッサと二人でお菓子を食べている。この現実はこれ以上ないほど非現実的な感じがした。

　その時、そういえば今日は見張り役のドニーノを見ていないのを思い出した。車にバスケットを取りに行った時、黄色いコンバーチブルには誰もいなかった。僕は思いきって尋ねてみた。

「ドニーノはお休みなんですか？」

　コンテッサはちょっと得意そうな笑顔を見せて答えた。

「お屋敷に置いてきたの。でも伯爵は町にいないから、誰も私を叱れない。ドニーノだって内心は喜んでるはずよ」

　ドニーノは運転手兼見張り役として雇われたが、コンテッサがハンドルを離さないので仕方なく助手席に甘んじているのだという。どうやらドニーノは男が助手席に座るのは恥だと考えているようだった。

「しばらくはお互いに羽を伸ばせるってわけ」

「伯爵はどこか遠くへ？」

「中央府よ。今朝早くクルーザーで発ったの。明日から議会だから」

　伯爵は始まりの町を代表する議員で、年に数回、中央府で開かれる議会に出席している。

「じゃあまた床屋でみんなが文句を言うんだろうな」

　床屋には町でも数少ないテレビが置かれており、散髪に訪れた客は歌謡番組や寸劇などを観るのを楽しみにしている。ところが議会が始まると娯楽番組の代わりに議員が質問したり答えたりする議会場の様子が延々と映される。これがとても評判が悪いのだ。

「そりゃあそうよね。議員っていっても、別に自分たちで選んだ代表でもないんだから」

　コンテッサはソファの背に頭をのせて天井を見上げた。それから思いついたように僕に尋ねた。

「トゥーレは〈民選〉を覚えてる？」

「ぼんやりだけど。すごく小さい時に父さんが一度、連れて行ってくれたから。でも〈民選〉が廃止になった時のことはよく覚えてる」

以前は市民が自分たちの代表となる議員を選ぶ〈民選〉と呼ばれる制度があった。だが、投票に行く人がだんだん減って二人に一人を下回るようになった。つまり民選が必要ないと考える人が過半数を占めるという事態を受けて、中央府はすべての町で民選の存続を問う投票を行うことを決めたのだ。

ラジオでは人気の司会者たちが、過半数の人が参加しない民選で予算を浪費するよりも、それを福祉や教育に配分する方が効率的でより多くの人々が恩恵を受けられると説いた。またテレビでは、民選が廃止になった場合の仮想ドラマが制作され、新たに分配された予算で設備の整った憩いの家が造られて老夫婦が幸福に過ごす話や、学校の授業に観劇や演奏会の鑑賞が取り入れられ、芸術的才能に目覚める子供たちの話などが放映された。なかでもこの子供たちの物語は大きな反響を呼び、それ以後、投票権の存続を希望するのは自分の権利ばかりを主張して次世代のことを考えない利己的な人という印象が定着した。

投票の結果、民選の存続の可否は拮抗したが、投票率は五割ほどで、結局存続を望んでいるのは全体の四分の一と解釈され、民選は僕が初等科に上がった年に正式に廃止された。

その前年に日報がなくなっていたので、ほかの町では民選の廃止に対してどのような反応があったのかわからず、大人たちはどことなく不安そうだったが、すぐにラジオで廃止はどの町でもおおむね歓迎されていると報じられ、みんなが賛成ならいいだろうという雰囲気が広がった。

民選の廃止にともなって議員の任期は終身制になり、引退を希望する際は議員が後任を指名することになった。町の人々には結果だけが知らされた。

「僕が民選に連れて行ってもらったことがあるって言ったら、床屋にいた大人たちはみんなびっくりしてた。僕が生まれるずっと前に廃止になったような気がしてたみたい」

美味しいお菓子と冷たい牛乳で僕はいつのまにかすっかり打ち解けた気分になっていた。

「そのせいかな、みんなテレビに議会が映ると、ぐだぐだ議論している暇があったらなんでもいいからさっさと決めて勝手にやってくれって怒るんだ」

「王様をつくればいいのよ」

コンテッサは立ち上がってドレスの膝（ひざ）の粉砂糖を払い落とすと、ぶらぶらと窓の方へ向かった。

「王様をつくって王様ひとりに任せるの。そうして王様と王様が選んだ人たちがすべてを決めて、私たちは決まったことに従う」

コンテッサは窓際の書棚に並んだ本の背表紙をわずかに首を傾けて眺めていた。いずれもそろいの紺地に金の文字で題名が記されているそれを、僕は一冊も読んだことがない。

「王様が失敗したらどうするの?」

「王様は絶対に失敗しないの」

「どうして?」

「失敗かどうかを決めるのは私たちではなく、王様だから」

コンテッサのアイディアは少し怖いような感じがしたが、今がそれとどう違うのかといえば、本質的にはあまり変わらないような気がした。たしかに民選がなくなってから中央府が誤りを犯したと報じられたことはない。

「ねえ」と、コンテッサが書棚の脇からこちらを振り返った。「テレビに映っているのが実は去年の議会でも、誰も気づかないと思わない? 世の中でなにが起こってるのか、私たちにはちっともわからないんだから」

コンテッサは足早に近づいてくるとバスケットから古い週報に包んだパンを取り出した。

「教えてもらえるのはこういうことだけ」

パンをテーブルに投げ出してコンテッサはくしゃくしゃの週報を広げてみせた。町で唯一の発行物である週報は伯爵の命を受けたイサイさんが作っている。

『帽子屋のベップさん夫妻に七番目の赤ちゃんが生まれました』『婦人会のレシピコンクールの締め切りは五月三十日です』『魚屋のアーナックさんの長男・コルビ君十八歳とマメル農場の次女・エメさん十六歳が婚約しました』」

腹立たしげに読み上げるとコンテッサは週報を紙くずのように丸めた。

「こんなものは食べ物を包むだけの価値しかないわ」

僕が馴れ馴れしく床屋の話をしたり質問したりしたせいで怒らせてしまったのだと後悔した。ハンドバッグを手に取るのを見て、このまま帰ってしまうのだと思った。ところが予想に反して、コンテッサは唐突に微笑を浮かべて僕に尋ねた。

「煙草を吸ってもいいかしら」

僕は飛ぶように台所に行って客用の灰皿を取ってきた。するとコンテッサは出し抜けにハンドバッグを逆さまにして中身をソファの上にぶちまけた。

孔雀(くじゃく)の意匠の美しいコンパクトと口紅、香水瓶、板ガム、細身のライターと一緒に封を切った煙草が出てきた。コンテッサのために伯爵が海の向こうから特別に取り寄せているという煙草は、箱に白い花をつけたサンザシが描かれていた。しかしコンテッサはどうしてだかそれを手に取ろうとせずに黙って見つめている。

僕が取って手渡した方がいいのだろうか。でもコンテッサの持ち物に勝手に触れたりしてかまわないのだろうか。ためらううち、僕はコンパクトのそばに薄緑色の硝子石が転がっているのに気がついた。楕円(だえん)形で中央に泡のような白い線が走っている。

コンテッサが視線を上げて僕を見たのがわかった。

「その石、見覚えがあるのね?」

そっと答えを引き出そうとするような声に、僕は黙って頷いていた。

一年生の水泳の授業で海に行った時のことだ。引率のデラリオ先生は、死ぬ気になれば人間は泳げるようにできていると信じていた。僕は本物の死が迫る体験を経て浜辺でひとり目を覚ました。先生が顔の上にのせてくれたらしい麦わら帽をどけると、先生のボートとみんなの海水帽が沖にプカプカと浮かんでいるのが見えた。戻ってくるまで間がありそうだったので、僕は浜辺で貝殻やきれいな石を探した。これはその時に見つけた硝子石で、一年生の僕は博物館に展示されている宝石の仲間だと思って家に持ち帰った。

「これ、僕が母さんにあげたんだ。ペンダントにするといいよって」

コンテッサは煙草を一本抜いて火をつけた。父さんの煙草と違う、ほんのり甘い香りのする煙が広がった。

「どうしてコンテッサがこれを?」

「拾ったの、お祭りの夜に水飲み場で」

きっとハンドバッグからハンカチを出した時に落としたのだ。こんなものを母さんはずっと持ち歩いていたのだと思うと、なんだかせつなかった。

「それはトゥーレが持っているといいわ。お母様のものだもの」

コンテッサの声は思いやりに満ちていた。僕はふと不思議に思った。どうしてコンテッサは急に僕に関心を持ってこんなに親切にしてくれるのだろう。昨日、僕の自転車を見て引き返してきた時もそうだった。なにかわけでもあるのだろうか。それともこれは純粋な善意、あるいは気まぐれなのだろうか。

コンテッサはいきなり立ち上がると、なぜだか上機嫌で僕の腕を取った。

「車に乗りましょうよ。どこでも送ってあげる」

†

農場の辺りをドライブしたあと、僕は家の方に向かう丁字路の手前で降ろしてもらった。道の南側の雑木林には人ひとりがようやく通れるほどの踏み分け道があり、その急勾配をくだると小さな入り江に出る。ほとんど人の来ないちょっとした秘密の入り江で、僕たち家族が海水浴に行くのはそこと決まっていた。いつも父さんが蛇よけに棒で地面を叩きながら先頭を行き、次が母さん、しんがりが僕の順で一列になって進んだ。

最後に三人でここを歩いてからまだ一週間も経っていないのだと思うと、信じられないような気がした。

草いきれのなか、ひとりで木々の小枝を払いのけて歩いていると、サマードレスの腕に浮き輪をかけた母さんの後ろ姿が見えるようだった。

僕は無人の入り江で少しのあいだなにも考えずにいたかった。

しかしすぐにその望みは叶わないとわかった。カイが砂浜に座って本を読んでいたのだ。ひとりでいたい時はここに来るのだと映画館の帰りにカイに話し、そんな場所は知らないというカイのためにノートに地図まで書いて見せた自分の間抜けさを呪った。

砂浜は広いが、藪から張り出したホルトノキが気持ちの良い木陰を広げているのはカイが座っている所だけだ。つまりそこが僕のお気に入りの場所なのだが、無論、占有権があるわけではない。カイが気配に気づいたように振り返った。引き返すのを見られるのも癪で僕は木陰の方へ行き、カイから少し離れて腰を下ろした。

カイは本を閉じ、傍らの肩掛け鞄からりんごを取り出して、これ、と僕に差し出した。僕は黙って首を横に振った。実際、お菓子でお腹がいっぱいだった。するとカイは、じゃあ持って帰ればいい、とりんごを砂の上に置いた。そして鞄からもうひとつりんごを出して食べ始めた。一緒に食べるつもりで待っていたのだと遅ればせに気がついた。

カイは母さんのことも、僕がカイを突き飛ばしたことも、昨日はあんなに執着していた答案のこともなにも言わなかった。海の方を向いて黙ってりんごを食べていた。

カイの膝の上の本は、昨日も持っていた図書室のものだった。

図書室の蔵書は父さんが初等科にいた頃から徐々に中央府の印の入った書籍に入れ替えられ、今では書架の大半を塔の地の始祖の歴史や説話、その精神性を解説する本などが占めるようになっていた。個人が所有する書籍も特別な理由がない限り中央府の印のあるものと交換するか廃棄するように通達があり、どこの家の本棚にも図書室と同じ紺色の背表紙に金文字で題名が記された本が並ぶようになった。

カイは僕の視線に気づいて、さっきまで読んでいた本に目をやった。

「偉大な始祖たちが今の町を見たらなんて言うと思う」

物思わしげな口調が次第に怒りを帯びていく。

「この町は根が傷んでいるんだ、もうずっと以前から。深い所から腐っているのに、みんな気づかないふりをしてそれを認めようとしない。目をつぶってひたすら過去の栄光にしがみついてるんだ」

カイが学校の講堂でほとんど同じことを叫んだのを僕は覚えていた。新年の祝賀講話で来賓の警察署長が始まりの町の歴史を讃（たた）えていた時だ。カイはダーネク署長の話を大声で遮ったあげく、大人たちは恥じるべきだと糾弾した。

それまでのカイはどんな時も堅苦しいくらいに規則や決まり事を重んじていた。服装や髪形はもちろん、お辞儀する時の指先の位置など些細（ささい）なこともゆるがせにしなかった。父親の跡を継いでいずれ判事の職を担う者として模範であろうと努めているのは誰の目にも明らかだった。僕を小突き回す級友たちさえ、未来の判事の前ではなりを潜めていたほどだ。そのカイのいきなりの暴挙に学校はいっとき騒然となった。父親が有力者でなければおそらく停学ではすまず、退学になっていただろう。

「このままでは町はだめになる」

カイは分厚い本を見つめたまま言った。寄せてくる潮が濃く匂った。

「羽虫が増えすぎたから？」

僕は静かに尋ねた。

町の大人が表立って口にしない本音は、家の中でそれを聞いた子供たちによって、羽虫の子である僕に伝達される。常に暴力をともなって。

増えすぎた羽虫が町の土台を食いつくす。やつらは犯罪を蔓延させ、あらゆる手段を使って町を乗っ取る機会を狙っている。

「そのせいで町がだめになると思ってるの？」

僕はこちらを見ようとしないカイに尋ねた。

カイは口元に一瞬、ゾッとするような皮肉な笑みを浮かべた。それから急に挑むように僕を見つめた。

「そうだね。実際、あいつらは盗むからね。勝手に荒れ地に小屋を建てるのだって町の土地を盗んでるんだ。おまけに大人も子供も、隙あらば金や食べ物をかすめ取ろうと身構えてる。貧しいからじゃない。やつらが薄汚い羽虫だからだ」

心にもない言葉でも、充分に人を傷つけることができる。カイはそれを知っていて、そうすることで自分自身をも傷つけているような気がした。

拳を叩きつけるようにカイは言いつのった。

「町の人間は貧しくても盗まない。そんなことは塔の地の誇りが許さない。でも羽虫は違う。やつらは自分たちが困るといつだって人のもの、町のものに手を出すんだ。羽虫は生まれながらの卑しい盗っ人なんだ」

「マリのこともそう思っているの？」

口にしたそばから後悔した。こんなふうに言うつもりはなかった。

だが僕たちが映画館に通い、いっときでも親しい友達となりえたのは、カイと僕にどこか似通ったところがあって同じ憧れを抱いていたからではないか。僕はどこかでずっとそう思っていた。

客に愛想笑いひとつ見せないマリを町の人たちはふてぶてしい羽虫だと言っていたが、僕は人々の視線を超然と跳ね返して誰にもへつらわずいつもひとりで堂々としているマリに憧れていた。年かさの少年たちに、あの女はむかし監獄にいたらしいぞ、と耳打ちされても僕の心は揺らぐどころか、型破りな存在としていっそうマリを崇拝するようになった。カイも僕と同じ気持ちだったのではないか。

僕の言葉にカイは黙り込んだ。

波の音が大きく聞こえるのが嫌で、僕は砂の上に置かれたりんごを取って齧った。

カイがぽつりと呟いた。

「マリは特別だよ」

うつむいたカイは、さっきとはうって変わってとてつもなく虚ろで力なく見えた。僕はなにかひどいことをしたような気分で、どう声をかけていいのかわからなかった。

カイは立ち上がってりんごの芯を海の方に投げた。波打ち際に届かず、りんごの芯は砂にまみれて転がった。

すでに潮は満ちきり、灰色の芯は波に洗われることはない。

いつのまにか影が動き、カイの背中は陽射しの中にあった。

「マリが子供の頃、嘘つきのマリって呼ばれてたの知ってるか」

カイが尋ねた。

僕は立ち上がってりんごの芯を海の方に投げた。

やはり波打ち際に届かず砂の上を転がった。

「知ってる。雪の話だよね」

洗濯場で働いていたマリは口をきき始めてすぐ、自分は雪を見たことがあると言い出して人々を驚かせた。というのも、始まりの町で雪を見たことがあるのは先代の伯爵とその奥方だけだったからだ。二人は半年におよぶ新婚旅行のあいだに高い山の上にあるお城のようなホテルに滞在し、そこで一面の銀世界を見たという。その記念に先代の伯爵は巨大なロータリー除雪車を土産に持ち帰り、奥方は町の人々を集めて空から音もなく踊るように降ってくる雪の様子や、掌で溶ける雪片の感触などを語って聞かせたらしい。

奥方の話の方はともかく、お屋敷のガレージに置かれたロータリー除雪車は怪物のような螺旋状の鋭い刃でおおいに人々の関心を集めたということだった。

もちろん町の人間はマリの話を信じなかった。この町に雪は降らないが、おまえのような肌の色をした子供が生まれる町では、なおさら雪は降らないと嘲笑したという。

「トゥーレは、マリが本当に雪を見たと思うか」

海の方を見つめながらカイが言った。僕は咄嗟に答えられなかった。

マリは本当に雪を見たのか。僕はそんなふうに考えたことがなかった。雪の話はマリという特別な存在にまつわる逸話のひとつのように思っていたのだ。

そのことが不意に後ろめたく感じられた。そして、どうしてだかわからないけれど、カイはマリが雪を見たと信じているのだと思った。

ひとりになってからも、マリは特別だよ、と呟いた時のカイの顔が頭に残っていた。陽が傾き、埃っぽく乾いた道が柿色に染まっていた。

†

庭の柵の所まで戻ると、家の中から煮込みの匂いがした。コンテッサと一緒に家を出た時しっかり戸締まりしたのに誰が台所にいるのかと、急いで家に駆け戻った。

驚いたことに父さんがコンテッサの持ってきた鍋をオーブンから取り出しているところだった。鍋つかみが見つからなかったのだろう、タオルで鍋の耳を摑んでいる。

父さんが台所でなにかをする姿を見たのは生まれて初めてだった。僕の記憶する限り湯を沸かしたこともない。その父さんがみずから煮込みを温め、しかも食卓には皿やフォークまで並んでいる。

唖然（あぜん）としている僕に父さんは、座れ座れ、アツアツだぞ、と笑いかけた。無邪気で大らかな父さんの笑顔には誰も逆らえない。見る人みんなが好きになる。僕が父さんから受け継がなかったもののひとつだ。

父さんは誰が料理を持ってきたのかという点にはまったく関心がないらしく、僕が食卓につくやいなやこれからの方針について話し始めた。

「涸れ井戸は全部見て回ったから、あとは山しかない。母さんは沼の辺りで目当ての植物が見つからなかったんで山に向かったんだな。それで慣れない道で迷っちまった。でも母さんは用心深いから食べ物や水も少しは持って行っているはずだろ。明日にはきっと無事に見つけ出せる」

そこまでひと息に言うと、白いランニングシャツの父さんは大きく頷いてみせた。

帰宅してシャワーを浴びて着替えるあいだ、父さんは父親として僕を安心させる筋書きを一生懸命考えたのだと思う。そしてそれを僕に語って聞かせることで、自分自身も信じこもうとしていた。

「そうそう、さっきオト先生が心配してようすを見にきてくれたよ」

まるで万事解決したかのように父さんが明るい声で言った。オト先生は父さんの初等科での同級生だった。

「試験じゃ綴り方以外、満点だったそうじゃないか。たいしたもんだ」

父さんは僕が良い成績を取るといつも手放しで喜んだ。初めのうちは母さんも喜んでくれたが、やがて褒めてくれたあと必ず、でも普通でいいのよ、と付け加えるようになった。そういう時、母さんは僕が熱を出した時のような心配そうな目をしていた。半分羽虫であることでただでさえ攻撃の対象になりやすい僕が、このうえ目立って反感を買うのを恐れていたのだ。

だから僕はわざと零点を取った。平凡な順位で母さんを安心させたかった。学年最終日に手渡された僕の企み（たくらみ）の成果を母さんが見ることはなかったけれど。

父さんはまるで父子水入らずでキャンプをしているみたいに上機嫌で料理を平らげ、葡萄酒（ぶどうしゅ）を飲み、母さんには内緒だぞ、と囁い（ささやい）て僕のコップに酒を注いだ。

機嫌良く酔っ払った時の常で父さんは歌い始めた。好んで歌うのは塔の地の始祖を讃えた勇ましい物語だ。その句読点のない延々と続く叙事詩は、居間の書棚に並んだ紺色の背表紙の本におさめられている。もちろん父さんはそこに記された出来事をすべて信じている。自分たちの歴史や伝統に疑いを抱くことは、塔の地への反逆に等しい大罪なのだ。

父さんは目を閉じ、拳を振り、床を踏んでリズムを刻む。神話の時間を呼び覚ますように。

僕の目は居間のキルトのカレンダーに引き寄せられる。

父さんが仕事から戻るはずだった明日の土曜日の所に、母さんが刺した赤いピンが残されている。母さんと僕はこの七年間、父さんが仕事に出かけるたびに無事に戻ることを祈って帰宅日に赤いピンをつけて待っていた。

母さんの手製のカレンダーは毎年、目を楽しませる得意の刺繡で月日を知らせるだけでなく、もうひとつの重要な役割を担っていた。

それは七年前のある出来事を覆い隠すことだった。

その秋、スベン叔父さんが中央府の会計学院を卒業して町に戻ってきた。僕は帰省のたびに海水浴や釣りに連れ出してくれるスベン叔父さんが大好きだったので大はしゃぎだった。スベン叔父さんは秀才で礼儀正しく、父さんの自慢の弟だった。二人は普通の兄弟のように一緒に暮らしたことはなかったけれど、とても仲が良かった。

僕のお祖母さんはスベン叔父さんを産んですぐに亡くなったのだが、その時十一歳だった父さんは初等科をやめてお祖父さんと一緒にトラックに乗る生活を選び、一方スベン叔父さんはお祖父さんの実家にいた未婚の妹・マルケッタ大叔母のもとで育てられることになったのだ。スベン叔父さんの話では、お祖父さんが盗賊の襲撃に遭ってこの世を去ってからは、まだ十代だった父さんが跡を引き継ぎ、大叔母にスベン叔父さんの養育費や学費の送金を続けてきたという。

僕たちはみんなスベン叔父さんの帰郷を喜び、これからは町の銀行に勤めるものだと思っていた。叔父さんは優秀な成績で会計学院を卒業し、申し分のない推薦状を携えて戻ってきたからだ。父さんは叔父さんが面接のためのスーツをあつらえに行くのに付き添ったり、通勤用に最新型の自転車を買ってあげたり、あれこれと嬉しそうに世話を焼いていた。

採用の知らせがもたらされるはずの日、僕たちは朝からお祝いの準備をして待っていた。ところがスベン叔父さんと大叔母は昼になっても姿を現さず、陽が傾いてもなんの音沙汰（おとさた）もなかった。とてつもない災難に見舞われたのだという予感と、なにかの手違いであってほしいという切望のあいだで、僕たちは木陰の椅子に座ったまま身動きできなくなっていた。庭で焼くために用意した肉に蠅がとまっていたのを覚えている。

ついに父さんが立ち上がり、帽子を摑んで出ていった。

母さんは料理を冷蔵庫にしまって僕にビーツとハムのサンドイッチを作ってくれた。僕は牛乳と一緒にそれを食べ、母さんと居間のソファに座って父さんの帰りを待った。母さんは水をほんの少し飲んだだけで、壁紙に散らばった小さなスミレの花のように青褪（あおざ）めていた。

父さんが戻ってきたのは十時を過ぎた頃だった。シャツのボタンはちぎれ、帽子はなく、頭を搔（か）きむしったように髪はボサボサになっていた。母さんは大きく目を見開いて父さんを見つめたまま、まるで恐ろしい宣告でも受けるようにゆっくりとソファから立ち上がった。

「銀行はスベンを採らない」

父さんの声はひどくかすれていた。

僕はすぐさま理由を尋ねた。その答えを聞くために一日を費やしたような気分だった。だが返ってきたのはこれ以上ないほど人を馬鹿にした回答だった。

「慎重な協議の結果であって、理由を話す必要はないそうだ」

父さんは説明を求めて銀行の人たちと揉み合いになり、追い出されたのだとわかった。

静まりかえった居間に虫の声が大きく聞こえた。

突然、父さんは大股で母さんに近づくと、両手で肩を摑んで揺すぶった。

「なんでなんだ、なんでおまえは俺たちと違うんだ」

母さんはなにかが断ち切られたように仰向き、目を閉じた。その瞬間、僕は事態を理解した。不採用の理由は義姉が羽虫だからだ。ほかにはなにもない。だからそれを言うにおよばぬこととして説明しなかったのだ。

父さんは母さんを突き放し、大きなうめき声をあげると、ものすごい勢いで壁に自分の頭を打ちつけた。一度ではなく何度も。額が切れて血が滲むまで。

あのキルトのカレンダーの下は化粧板が割れてへこみ、破れたスミレの小花柄の壁紙には黒っぽい血の痕が残っている。

あの時の父さんの問いに僕自身、答えられない。

――なぜおまえは俺たちと違うんだ。

それは、なぜおまえはおまえなのだ、と問われているに等しい。

スベン叔父さんは大叔母の面倒を見るために町に残り、葬儀屋の事務員の職を得た。父さんは長期の仕事を志願して町を離れ、母さんはキルトのカレンダーを作り始めた。

暮れになって帰ってきた父さんは、母さんのために晴れ着用の目の覚めるような美しい布地を買ってきた。早朝の浅瀬のような淡い緑色で、母さんの明るい緑の目の色によく似合っていた。母さんはびっくりして声もなく眺めていたが、やがて微かな光沢のある生地をそっと撫でると父さんに喜びと感謝を伝えた。

父さんは会心の笑顔を見せて言った。

「人の晴れ着はたくさん縫ってるんだから、自分のも一着くらいは持っておかないとな」

たぶん父さんは自分の鬱屈の根がどこからきているのかわからないのだと思う。だからなにかこじれるたびに突飛な思いつきで母さんを喜ばせようとした。

修繕屋の火事の時もそうだった。

火事のせいで塞ぎ込んでいる母さんに、父さんは腹を立てた。久しぶりに仕事から戻ったというのに、どうして明るく迎えられないのか、ねぎらう気持ちさえないのかと母さんを責めた。母さんはうな垂れてごめんなさいと謝り、父さんは握っていた硝子コップを投げ捨てて出ていった。

それからすぐ、週報に二十年ぶりに客船が来るという大見出しが躍った。船が入港する日曜日は夕方から塔の広場でお祭りが催されると報じられていた。

父さんは夜、運転手の詰め所から戻るなり、休みを代わってもらったのでみんなでお祭りに行こうと言い出した。

「その日はいちにち、家族で楽しむんだ。朝から海水浴に行って、それからお祭りだ」

父さんは意気揚々と宣言してみずからビールの栓を開けた。もちろん僕は歓声をあげた。外に出て楽しいことをすれば、きっと母さんも笑顔を取り戻すと思った。父さんは口のまわりの白い泡を拭うと、素晴らしいアイディアを思いついたように言った。

「そうだ、お祭りにあの晴れ着を着ていけばいい」

薄緑色の豪華な布地は七年前に晴れ着に仕立てられたまま、着る機会もなくしまわれていた。母さんは躊躇したが、寝室の箪笥(たんす)の上に紙箱に入れてしまってあるというのを僕が階段を駆け上がって取ってきた。父さんも僕も出来上がったドレスを見るのは初めてだった。父さんに促されて母さんが箱を開け、ネラさんの店の注文品が仕上がった時にいつもするようにハンガーにかけて壁のフックに吊(つる)してみた。

広がった長い袖(そで)も、胸の下から滝のように流れるドレープもとても優雅で、共布のスカーフも気が利いていた。だが母さんの作ったドレスにしてはなにか欠けているような気がした。僕はすぐに答えがわかった。

「ここに刺繍をするといいよ」

僕はドレスの胸の部分を指さした。刺繍は母さんの晴れ着に欠かせないものだ。

「ああ、それだ」と父さんも声をあげた。「刺繍だよ」

母さんは父さんと僕に背中を押されるようにしてその日からドレスに刺繍を施し始めた。もともと好きな仕事だからだろう、母さんは久しぶりに集中し、静かな喜びを感じさせるリズムで針を動かしていた。

もし時間を巻き戻してやり直せるなら、僕は箱にしまった晴れ着を取りに行ったりはしないし、決して刺繍のことなど口にしない。

だがもうすべては起こってしまった。

あの夜、たくさんの間違いの種が蒔かれたのだ。

お祭りの日のことは、何度も繰り返し観た映画のように、隅から隅まで覚えている。

†

日曜日、僕たちは自転車に乗っていつもの入り江へと出発した。僕の自転車の荷台には飲み物の入ったクーラーボックスと弁当のバスケットが紐で縛ってあった。前を行く父さんの自転車の荷台には、麦わら帽を被った母さんが座っていた。母さんは右腕を父さんの胴に回してしっかりと体を寄せ、浮き輪を肩にかけた左腕で麦わら帽を押さえている。ときどき僕を振り返る顔は楽しそうに笑っていた。

入り江には誰もおらず、父さんと僕は雄叫びをあげて波打ち際へ走り、浮き輪を腰に巻いた母さんが続いた。僕は父さんほど速くは泳げなかったがもう充分、沖に出られるようになっていたし、母さんは人目を気にせず浮き輪の遊泳を楽しむことができた。泳いでは昼寝をしたり砂浜で遊んだり、ホルトノキの木陰で遅い昼食を取る頃には三人ともすっかり陽に焼けて肩や背中が赤くなっていた。

最初に船影に気づいたのは母さんだった。食べ終えたばかりの揚げ鶏の細い骨で、あれ見て、と沖を指した。いつのまにか拳ほどの大きさの客船が姿を現していた。それは信じられないような速度で巨大化してたちまち港の方に近づいた。僕は思わず父さんに尋ねた。

「まえに来た客船もあんなふうだったの？」

僕たちの中でただひとり、二十年前に来た最後の客船を見ている父さんは面食らった顔で首を横に振った。

「こりゃ、まえのよりデカいぞ」

壮麗な船体は動く白亜の城を思わせた。あの客船にはいったいどんな人たちが乗っているのだろう。僕は港に行きたくてたまらなくなった。

「見に行っていい？」

「夕方までには帰れよ」

父さんが答えると同時に僕はシャツと半ズボンを摑んで駆け出していた。

埠頭にはすでに見物の人垣ができていた。中等科のブラスバンドが歓迎の音楽を演奏するなか、客船用の幅広のタラップから大勢の華やかな人たちが下りてきていた。おそろいのヘッドドレスで腕を組んだ若い女性たち、パナマ帽の紳士たち、フリルに包まれた人形のような少女、長いシガレットホルダーを手にしたご婦人、誰もが見られることに慣れており、注がれる視線を無造作に楽しんでいるようだった。

船尾に掲げられた旗によって、客船は塔の地と盟友関係にある〈潮の地〉から来たのだとわかった。とすると、タラップ脇で伯爵と握手を交わしているいかにも要人らしい燕尾服の一団は潮の地からの親善使節団なのだろう。

ホテルに宿泊する人も多いらしく、大きなトランクや円い帽子の箱が船から馬車へと運ばれていたが、荷役は全員、長い髪を複雑に編み込んだ小柄な男たちだった。それまでそういう人々を見たことがなかったので、僕は興味津々で眺めた。

馬車の後ろを回り込んでタラップの方に近づくと、乗客たちの話し声が聞こえてきた。どうやらそれは塔の地の言葉ではなく、僕らが授業で習う共通語のようだった。学校と映画館以外で共通語を聞いたのは初めてだったが、先生の発音とはかなり異なっている。

見ると、タラップのそばに黄色いコンバーチブルが停まっており、コンテッサが車から少し離れた所で乗客らしい同世代の男女と立ち話をしていた。個性的な服を粋に着こなした二人は、きっとコンテッサがこの町に来る以前、海の向こうにいた頃の友人に違いない。僕は近くで共通語を聞いてみたくてそちらへ向かった。

久しぶりの再会を喜び合っているのだろうと思いながら近づくと、予想に反して三人は険しいほど真剣な表情でなにやら小声で話し合っていた。それは塔の地の言葉でも共通語でもない、僕の聞いたことのない言葉だった。

コンテッサが僕に気づいて話をやめた。音楽が小節の途中で終わったような不自然な感じだった。なにか悪いことをしたような気がして僕は立ち去ろうとした。だがコンテッサが素早く僕に歩み寄り、一緒にいた男女に向かって〈映画好きの私の小さなお友達〉と紹介した。

男女はたちどころに僕を輪の中に迎え入れた。女の人はティティアン、男の人はラウルといって二人とも地理学者で調査のために旅をしているのだという。学者というとなんとなくかび臭い老人のように思っていたので、僕は若くて映画スターのような二人にびっくりした。

ティティアンとラウルはいくつもの土地の言葉に堪能で、塔の地の言葉も流暢に話した。

そして髪を編み込んだ荷役たちは、潮の地の羽虫なのだと教えてくれた。客船でも、洗濯場や厨房の下働きに多くの羽虫が入っているあたりは伯爵のホテルと変わらないらしい。

二人は僕が尋ねるままにこれまで客船で巡ってきた土地のことや、これからの旅程について詳しく話してくれた。彼らは僕の想像もできないような広い世界に関する膨大な知識を持っていて、それを対等な友人に話すように僕に語ってくれた。

僕は素晴らしい人たちに出会った興奮を一刻も早く父さんと母さんに知らせたくて、全速力で自転車を走らせた。家が見えるとスタンドを立てるのももどかしく、自転車を投げ出して玄関に駆け込んだ。ところがどうしたことか居間にも台所にも父さんたちの姿はなかった。廊下に出てみたが、浴室を使っている音も聞こえない。

なにか張りつめたような静寂が家の中を満たしていた。僕はL字の階段を二階へ上がった。

父さんと母さんの寝室の扉が開いており、室内によそゆきのシャツを着た父さんが立っていた。父さんは部屋の隅のなにかを、息をつめてじっと見つめていた。空気を揺らすのを恐れながらも、僕は引き寄せられるように近づいた。

扉の脇の大きな姿見に、父さんが見入っているものが映っていた。

僕の足はその場に釘付け（くぎづ）けになった。

鏡の中に晴れ着を着た母さんがいた。薄緑色のドレスの胸元に極彩色の華麗な鳥が刺繍されており、その鮮やかな色合いが晴れ着に合わせて化粧した顔に映えて、母さんはまるで遠い地の王族の姫君のようだった。

「そのスカーフを、あの頃みたいに髪に巻いてくれないか」

父さんが夢見るように言った。

母さんは後ろに長く垂らした共布のスカーフを外し、ふんわりと髪を覆うように巻きつけた。目を伏せたままスカーフに襞（ひだ）を寄せて結ぶと、耳の横に大きな花が咲いたようだった。

父さんに初めて出会った頃、母さんはまだ故郷の髪形をしていたと聞いたことがある。この町に来る以前、きっと母さんはこんなふうだったのだ。

鏡の中の母さんがゆっくりと目を上げ、僕を見つめた。いつから気づいていたのかわからない。ただ母さんの中には僕の知らない長い時間があるのだと思った。

薄紫に暮れていく空の下、広場には色とりどりの電球が輝き、塔を背に作られた仮設舞台では、タキシード姿のバンドマンを従えて、中折れ帽を被った男性歌手が艶（つや）やかな声でスタンダードナンバーを披露していた。

父さんは奮発してテーブル席の券を買っていたのだが、僕たちが広場を横切って所定の席へ向かうあいだ、女たちはお喋りを中断し、男たちはビールジョッキを宙に浮かせたまま、そろって母さんに驚嘆の目を向けた。

父さんは誇らしさで舞い上がったようにどちらでもいいことを喋り続けていた。子供の頃の揚げ菓子の方がひと回り大きかったとか、しばらくは晴天が続くだろうとか、人々の視線を意識するあまり声もいつもより少し大きくなっていた。警察署長のダーネクさんが母さんに感服したように署長帽を上げて会釈するに至って、その声量は二倍に跳ね上がった。

僕は母さんのためになにかしたかった。そこでテーブル席に辿り着くと、母さんに椅子を引いてあげた。初めて母さんと一緒に観た映画で覚えた所作だった。父さんは怪訝な顔をしていたが、母さんは緊張した頬にわずかに微笑を浮かべて腰を下ろしてくれた。

「俺とトゥーレは飲み物なんかを買ってくるから」

一緒に行こうと立ち上がりかけた母さんの肩を父さんがそっと押さえた。

「今日はなにもしなくていいんだって」

僕は父さんと二人で屋台の方に向かった。

「これで好きなものを買ってこい」と、父さんが小遣いをくれた。

テーブル席を振り返ると、ひとりで座っている母さんが心細そうに見えた。僕はできるだけ早く戻ろうと、すいている屋台を探した。

広場を縁取るように建ち並んだ屋台は、肉の焼けるこうばしい匂いや食欲を刺激する様々な香辛料の匂いを張り合うようにまき散らして、すでにそこここに行列ができていた。僕はすぐさま揚げ菓子の列に並んだ。

生地を巻きつけた串が油に入れられ、気泡をあげながらこんがりと黄金色に揚がっていくさまは、見ているだけでいつもうっとりする。屋台で嬉しいのは、そのうえ好きなだけ粉砂糖を振れることだ。僕は生地が見えなくなるくらい粉砂糖をまぶしてから、母さんのいる方に目をやった。立ち止まって歌に聴き入っている人垣に遮られ、席が見えなかった。僕は落ち着かない気持ちでレモン水の屋台に急いだ。

喧噪の中、男性歌手の歌う甘いバラードが響き渡っていた。僕の前に並んだ若いお針子たちが、あの歌手もバンドも伯爵が中央府から呼び寄せたのだと話しているのが聞こえた。外の地からの客船のもてなしには、塔の地・始まりの町の代表である伯爵の面子がかかっているのだろう。当の伯爵はと見ると、舞台正面の一番良いテーブル席にコンテッサと共に腰を下ろし、卓上の養女の手を握って愛の歌に耳を傾けていた。

揚げ菓子とレモン水を手に戻ってみると、予期せぬ事態が待ち受けていた。母さんを取り囲むようにして男たちが席に座っていたのだ。うつむいている母さんに顔を寄せて話しかけているのは洗濯場のラシャだ。以前は他の町でなにか商売をしていたらしいが、両親が死んだのを機に町に戻って跡を継ぎ、洗濯場を取り仕切っている。葉巻屋の話では、農場の青年や職にあぶれた町の若者に酒を奢って取り巻きにしているらしい。

僕は粘り着くようなラシャの視線を一秒でも早く母さんから引き剝がしたくて、まっすぐにラシャに近づき、ここは僕たちの席です、と言った。ラシャは鼻で笑っていきなり僕のシャツの襟を摑んだ。母さんがとめようとラシャの腕に取りつき、紙コップのレモン水がこぼれて石畳を濡らした。突き倒される前に、残ったレモン水をラシャの顔面に浴びせるという考えが頭をよぎった。だが実行に移すより早くラシャは短い叫びをあげてのけぞった。片手にビールジョッキを二つ持った父さんが、もう一方の手でラシャの後頭部の髪の毛を摑んでいた。

「うちの家族になにか用か」

父さんが手を離すとラシャはおたおたと立ち上がった。そしてひどく当惑した様子で母さんと父さんを見比べたあげく、やっと合点したらしく口を開いた。

「てっきり外の人かと思ったもんで」

ラシャたちはひとりで座っていた母さんを客船の乗客と勘違いしたようだった。母さんは日頃からあまり出歩かないし、今日は見違えるようだから無理もないかもしれない。

そそくさと立ち去るラシャたちの背中に父さんが得意顔で大きな声をかけた。

「青年団に入れなくて残念だったな」

ラシャは青年団の入団テストで不正を働いたのが露見して週報に載ったことがあった。人混みの向こうでラシャが立ち止まり、唾棄すべきもののようにこちらを振り返った。

「羽虫のくせに」

鋭い囁きは父さんの耳には届かなかったらしく、腰を下ろして旨そうにビールを飲んでいる。

だが、離れた席でラシャの言葉に身をこわばらせた赤毛の少女がいた。

ハットラは表情を殺して卓上のランタンを見つめていた。彼女が赤毛を受け継いだ母親のディタさんは、うな垂れまいとするように傲然と頭を上げて舞台の方を見ていた。

ディタさんは町で代々養鶏場を営む一家の一人娘だったが、農場で働いていた羽虫の青年と愛し合うようになり、周囲の反対を押し切って結婚したのだ。現在は夫のアルタキさんと二人だけで養鶏場を切り盛りしている。家族そろって出かける姿はめったに見かけなかったが、今日は二十年ぶりの客船を歓迎するお祭りということで出てきたのだろう。アルタキさんは目立たぬ影のように妻と娘のそばにいた。

半分羽虫であること。それがハットラと僕の共通点だった。そしてそのような子供は、町では彼女と僕だけだった。ハットラは中等科の三年生だったが、秋の大会の短距離の部で優秀な成績をおさめれば、五年制の中等科を飛び級して中央府の体育学院に進むことも可能だといわれていた。ハットラならきっとできると僕は思っていた。

母さんがハットラの一家に気づいて会釈した。ディタさんはわずかに顎を引いて頷いただけだった。ハットラは母親に気を遣ってのことだろう、ランタンを見つめたまま困ったようにまばたきをした。まともに会釈を返したのはアルタキさんだけだった。

子供同士の共通点にもかかわらず、僕はこれまでうちの両親がハットラの両親と話しているのを見たことがない。父さんがディタさんのように気性の強い女の人をあまり好まないだろうことは想像に難くない。ただそれとは別に、僕はどことなく父さんがハットラの一家を自分たちとは違うものと考えているような気がしていた。ディタさんの冷淡な態度はそれを感じ取った反映のように思えた。

突然、円テーブルのひとつから若い女性たちの悲鳴のような歓声が沸き上がった。見ると、客船の乗客らしいヘッドドレスの女性たちが手を取り合って喜んでいる。

「なに？」と、僕は母さんに尋ねた。

「福引きに当たったの」

母さんが目で舞台の上を指した。

いつのまにか歌が終わり、蝶ネクタイの司会者が籤（くじ）の箱の傍らでマイクを握っていた。

「さあお嬢さんがた、どうぞこちらへ」と腕を振って招き、バンドが軽快な音楽を演奏し始めた。若い女性たちは席を立ち、拍手と音楽に促されて舞台にあがった。それからシャンパン一ケース分の目録を受け取り、弾んだ声で始まりの町への好意的な印象を述べた。

「うちも福引きを買っとくんだったなぁ」と、父さんがぼやいてふと僕の揚げ菓子に目をとめた。「それ、砂糖壺（さとうつぼ）に落としたのか？」

「そうじゃなくて、壺の中に一度埋めたんだよ」

父さんは意図的な行為らしいと理解したものの、砂糖まみれのそれが美味しいという意見には共感しがたい表情でポケットから落花生の小袋を取り出した。

僕はかまわず串に刺された揚げ菓子にかぶりつき、深い満足感に浸りながら広場を見まわした。お祭りとあって羽虫たちも遠巻きに見物に来ていた。

後方の射的屋台の前に怪力と葉巻屋が立っていた。制服姿の怪力はハッカ水の瓶を手にのんびりと舞台を眺めていた。鳥打ち帽の葉巻屋は、吸い殻を集めるいつもの革のショルダーバッグを提げて、嬉しさの隠せないほくほくした顔をしている。これだけの人がひとところに集まっただけでも儲けものなのに、客船の人々の上等な煙草の吸い殻が大量に収集できるのだ、笑いがとまらないのも当然だろう。

客席をはさんで反対側にカイの姿があった。舞台近くのテーブル席に両親がいるのにそちらへ行く様子もない。カイは図書室の本を抱えて人混みの中に立ち止まったまま、舞台下手の方を見つめていた。

カイの視線の先、舞台下の石畳にくわえ煙草のマリがいた。両手を腰に当て、顎を上げ、広場を睥睨（へいげい）するように眺めている。その姿は、マリが町に対する時の心のありようそのもののように見えた。

脇の屋台の隙間から現れたのはパラソルの婆さんだった。みすぼらしい身なりの老婆が黄色いパラソルの縁飾りを揺らしてしゃなりしゃなりと歩くさまに酔客から、奥様どちらへ、とからかう声が飛んだ。パラソルには賛美の言葉に聞こえるのだろう、鷹揚（おうよう）に会釈を返していく。客船で来たパナマ帽の男たちは町の名物とでも思ったのか、パラソルの婆さんに向かってしきりにシャッターを切り、それに応えるパラソルのポーズがまた失笑を誘った。

「じろじろ見てはだめよ」

母さんが僕の腕に手を置いてたしなめた。僕は頷いて揚げ菓子を頬張った。母さんはパラソルを気の毒な人と呼び、父さんは頭のネジが緩んだ婆さんと呼ぶ。僕はどちらも正しいと思うけれど、パラソルの怪力に対する蛮行には閉口していた。

案の定というべきか、いきなり夜空を突き上げるようなパラソルの奇声がとどろき、続いて人々の爆笑が起こった。僕は振り返りたくてたまらなかったけれど、母さんの目顔の戒めには従わざるをえなかった。だが見なくてもなにが起こったのかはわかっていた。パラソルが怪力の巨体を認めて襲いかかり、怪力はほうほうの体で逃げ出したのだ。

「おい、魔術師が来てるぞ」

父さんが舞台の上手脇を指さした。

魔術師が長いローブを尻までめくり上げて吸い殻を拾っていた。このところしきりと足腰の衰えを口にするようになっていたのに、驚嘆すべき敏捷さで次々と吸い殻を集めている。上等な吸い殻を葉巻屋に持っていき、少しでも煙草を安く売ってもらいたいという熱い願望がひしひしと伝わってきた。

「今日はどんな演目をやってくれるのかしら」

母さんが待ち遠しそうに言った。

昔から母さんは魔術師の出し物が好きだった。仕掛けが見えてもおかまいなし、典雅な動きで笑顔を振りまく魔術師を見ていると、いつのまにか胸のつかえを忘れて心から笑っているのだという。

「楽しみだね」と僕は言った。

母さんが久しぶりに朗らかに声をあげて笑うのだと思うと、とても嬉しかったのだ。

「88番のかた、いませんか」

司会者が大きな声で繰り返し、次第に人々がざわつき始めた。どうやら賞品の当選者が名乗り出ないらしい。

「福引き券をお持ちの方は今一度番号をご確認下さい。またテーブル席の方はもれなく福引きがついておりますので、裏面の番号をご覧下さい」

父さんは席に福引きがついているのを知らなかったらしく、卓上で落花生の殻に埋もれかけていた券をつまんで裏返した。

『88』と記されていた。

僕と母さんは驚いて顔を見合わせ、父さんは慌てて手をあげて立ち上がった。やきもきしていた司会者はすぐさまバンドに合図を送ると、大きな身振りで僕たちを紹介した。

「幸福なご家族が幸運に恵まれたようです、さあ、こちらへどうぞ」

拍手と音楽に急き立てられるように僕たちは席を立って舞台の方に向かった。

辺りはすっかり暮れて色鮮やかな電飾が濡れたように煌めいていた。急ぎ足で行く母さんの耳元でスカーフの花が揺れていた。

アナウンスされたとおり、その時までは、僕たちは幸福な家族だった。

†

玄関ポーチに『賞品』と貼り紙をされた段ボール箱が置かれているのに気がついたのは、居間の掃除を終えたあとだった。あの晩、舞台に上がった時は父さんも母さんも僕も、なにが当たったのかさえ知らなかった。玩具屋の店員は迷信深いから、変事の起こった家の空気に触れたくなかったのかもしれない、ノッカーを叩かずに賞品だけを置いていったようだ。

貼り紙を外すと、段ボール箱に『手回しハンドル式シャボン玉製造機』の絵が印刷されていた。僕はシャボン玉で大喜びする年齢をとうに過ぎていたが、司会者に目録を渡された時は、来月の母さんの誕生日に使うと楽しいかもしれないと思った。

僕は賞品が目につかないように納屋に運んだ。戸が開けっぱなしになった納屋の中に、きのう父さんが使った縄ばしごが投げ出してあった。それを元どおり畳んで麻袋にしまい、シャボン玉製造機を棚の下に押し込んだ。

父さんは夜が明けるとすぐに山へ向かったらしい。僕が起きてきた時には台所に書き置きが残されており、『昼には一度もどる』とあった。

僕は手を洗うと、洗濯より先にとりあえず昼食を用意しておこうと食料戸棚を開けてソーセージの缶詰を手に取った。そのとき突然、僕の最終的な目的をより確実に達成する選択肢が頭に浮かんだ。

家に昼食がなければ、父さんと二人で海岸公園にある軽食屋に行くことになる。軽食屋はホテルの喫茶室の出店で開店時刻は十一時。雇われ店主の老人は話し好きの好人物として知られているが、その避けがたい結果として仕事が遅く、仮に僕たちが開店時刻に入店したとしても、家に戻ってくるのはどんなに早くても間違いなく正午を過ぎる。この時刻はとても重要な点だった。

僕は缶詰を元に戻して食料戸棚を閉じた。そうして、気象ニュースを聞いたあとマルケッタの靴跡のついた父さんのシャツのたぐいと木曜日からたまっている洗濯物を丁寧に洗って庭に干した。

風力発電のプロペラの向こうに波頭のような積乱雲が湧き上がっていた。昼にはまだ間があった。

僕は不意に映画館に行こうと思いついた。マリに訊いてみるのだ。水曜日の午後、母さんはなんのために三階建てにあるマリの部屋を訪ねたのか。

僕に出くわした母さんがなぜあれほど狼狽したのか、その理由を知ったところでなにかが変わるわけではないとわかっていた。僕はただ、マリと母さんの話がしたかった。すぐさま自転車に乗って家を出た。

土曜日の初回が上映されている時刻だから、きっとマリはいつものように受付の机に突っ伏しているだろう。だが、なまけ者のマリと呼ばれるゆえんであるその姿には、ひとつの秘密が隠されている。

僕がそれを知ったのはマリに出会ってすぐの頃だ。マリはどんな顔をして眠るのだろう、という単純な好奇心に動かされて、僕は通りにあったジュースの木箱にのぼって突っ伏しているマリの顔を覗いてみたのだ。

マリはみんなが考えているように居眠りしているのでもなければ、ただぼんやりとしているのでもなかった。

片方の腕に頭をのせたまま、まばたきもせずにマリはじっと一点を見つめていた。いったいなにを見ているのかと僕は首を伸ばした。しかし、そこには古ぼけたスタンプの箱があるだけだった。不思議な気持ちで眺めるうち、あの動かない瞳（ひとみ）はなにも見ていないのだと気がついた。マリはなにかに耳を澄ましていたのだ。客席から絶えず映画の音が漏れていたが、マリはもっとはるかに遠い場所の、微かな音を聞き取ろうと一心に耳を澄ましていた。

そのことを僕は誰にも話していない。もちろんただの勘違いかもしれない。にもかかわらず、それを黙っていることで僕はずっとマリを守っているような気がしていた。

もしかしたら、母さんもマリの秘密を知っていたのではないか。そんな奇妙な考えが浮かんで消えた。

映画館の前には一台の自転車も停まっていなかった。スタンプカードを持たずに館内に入るのは、初めてひとりで映画を観にきたとき以来だと気づき、その時よりも何倍も緊張しているのを感じた。映画館に通い始めてからも、会話と呼べるほどの言葉をマリと交わしたことはないのだ。

マリはやはり受付に突っ伏していた。カウンターの向こうに見える強いウェーブのかかった髪とノースリーブの肩は動く気配もない。赤い扉の向こうから外の地の言葉らしい男女の台詞が小さく聞こえていた。

名前を呼ぶ勇気はなかった。

「すみません」

自分の声がひどく弱々しく聞こえた。

マリは大儀そうに身を起こし、ろくにこちらも見ずにスタンプに手を伸ばした。

「映画を観に来たんじゃないんです」

その言葉にマリはあからさまな非難の色を浮かべて顔を上げた。次の瞬間、意外なものを見たようにマリの目がわずかに見開かれた。

アレンカの息子だと認めたのがわかり、僕はそれに力を得て言った。

「水曜日の午後、母さんはなにか用事があって三階建てを訪ねたんですよね」

僕はマリが頷いて母さんのことを話してくれるのを待った。

「いなくなる前の日のことが、今さら気になるのかい？」

おめでたい人間を眺めるような冷ややかなまなざしだった。そのまなざしは僕が気づかないふりをしていた浅ましい願望を見透かしていた。心のどこかで、僕はマリが可哀想に思ってほんの少し優しくしてくれるのを期待していたのだ。

後悔と恥ずかしさで体が震えるようだった。

僕にそんな資格があるはずがない。引き返せないところまで母さんを追いつめたのは、僕自身なのだ。

マリは容赦なく僕の愚かな子供の仮面を剝ぎ取った。

「こうなるってことは、おまえにもわかっていたはずだよ。知らなかったって言うつもりかい？」

僕は後ずさり、逃げるように映画館を出た。

マリにはなにもかもわかっているのだと思った。

ああそうだ、僕はみんなの前で母さんを消してしまった。

†

蝶ネクタイの司会者が、もっと拍手を、と人々を煽りながら僕たち三人を仮設舞台の中央に導いてくれた。僕は照明の眩しさで目がくらみそうだった。五十がらみの司会者はシャボン玉製造機が当たった家に子供がいて良かったと思っているらしく、おめでとう、を三回も繰り返した。そして誰よりも喜んでいるのは子供に違いないというように僕に目録とマイクを渡して感想を求めた。

突然のことで僕はすっかり上がってしまってなにを喋っていいかわからなかった。マイクの声が途切れたその時だった。客席の一角から大きなヤジが飛んだ。

「羽虫が一匹まじってるぞ」

「なんで舞台に羽虫がいるんだ」

酔っ払ったラシャと取り巻きたちだった。

母さんの胸が大きく波打ち、極彩色の刺繍の鳥が震えるようだった。

僕は助けを求めて傍らの父さんを見た。父さんは硬い表情でじっと黙って前方を見つめていた。母さんにも僕にも目を向けることなく、頑なに微動だにせず立っている。

僕は初めて気づいた。父さんは聞こえていないふりをしているのだ。そうすることで無視できる、いや、なかったことにできると思っている。ラシャが僕たちの席から去る時に母さんを羽虫と言ったのも、本当は聞こえていたのだ。聞きたくないことは聞こえないふりをして、なかったことにする。たぶん父さんはこれまでもずっとそうしてきたのだ。

誰もラシャたちのヤジをとめず、青褪めた母さんをみんなが見ていた。あいつらを黙らせなければ。僕は考える前に喋り出していた。

「僕は半分が町の人間でもう半分が羽虫だから、父さんと僕で1.5の町の人間。母さんと僕で1.5の羽虫。だから1.5と1.5で帳消しになるんです」

ラシャたちの酔いに濁った頭はどう反応すべきか判断がつかなかったらしく、口を開けたままどんよりとした顔を晒している。

どちらにはじけるかわからないような不穏なざわめきが辺りに広がっていた。

そのとき突如、磊落な笑い声が広場に響き渡った。

警察署長のダーネクさんが気の利いた冗談を聞いたように手を叩きながら笑っていた。同じ席の看守長や警官たちがすぐさま後に続いて笑い出した。笑いは増幅し、突風のように広場を席巻した。一度そうなると、もう笑っていること自体がおかしくて笑いがとまらなくなるようだった。司会者も体を折り曲げて笑っていた。テーブルを叩いて涙を流して笑っている人もいた。

なんだか僕もおかしくなってひとりでに頬が緩みかけた。だがその時、客席のなかほど、ひとつのテーブルから静かに立ち去る人々の姿が目に飛び込んだ。

ハットラの一家だった。

ディタさんとアルタキさんとハットラが無言のうちに抗議の意志を示すかのように、笑いの発作に背を向けて帰っていく。

僕は自分のしたことに気づいて慄然となった。

僕は『父さんと僕の半分』で、まるで恥ずべき汚点を拭うかのように母さんを消してしまったのだ。

これまで僕は父さんがまるで自分の意志でこの町の人間に生まれてきたような口ぶりで荒れ地の羽虫を蔑むのが嫌だった。その僕が、母さんを守ろうとしてやったことは、父さんと少しも変わらない。僕は町の意識に同調したのだ。学校で教えられたとおりみんなと調和を保ち、卑しい羽虫を家族の汚点として町の人間の血脈で帳消しにした。

むやみに狂騒的な笑いの中で、母さんはほとんど表情もなく目を伏せて立っていた。

心がくしゃくしゃになって、まるで体の中に残っていた最後の一本の骨が折れてしまったようだった。

「帳消しだ、帳消しだ」と誰かが囃し立てるように叫んだ。「残るのはその羽虫の胸のトチ狂ったような鳥だけだ」

たった今まで絢爛豪華に見えていた刺繍の鳥が、自分にもにわかに滑稽に見えてくるような気がして僕は恐ろしくて目をそらした。

そのときマリの低く太い声が、笑いを貫いて走った。

「あれはあたしがふるさとで見た鳥だ」

人々が顔に笑いを貼り付けたまま、舞台の下手近くにいるマリを見つめた。

「何百羽ものあの鳥が、太陽のふちを飛ぶのを見たよ。雲を透かして、鮮やかな羽の色がはっきりと見えた」

あちこちから、嘘つきのマリ、と声があがり、揺り戻すように笑いが起こった。

だがマリは超然と刺繍の鳥を指さした。

「あの鳥は飛ぶよ」

そうして上手に向かってひときわ大きな声で言った。

「飛ばしておくれ、魔術師」

魔術師は微塵の躊躇もなく、しずしずと舞台に上がってきた。どうせまたいつものへっぽこ魔術が始まるのだろうと、客席から揶揄と冷やかしの声が飛んだ。

しかし、僕には魔術師の様子がいつもと違うように感じられた。平素の魔術師然とした外連味（けれんみ）がどこにもなく、真っ白い眉の下の碧眼（へきがん）は峻厳（しゅんげん）にさえ見える。長い指をした手にはなにも持っておらず、演目に必要な小道具は鳩もからくり箱もすべて舞台の下だ。いったいどうするつもりなのかと見ていると、魔術師は母さんの両肩に手を置いて自分と向かい合うように立たせた。

一斉に茶化すような指笛が巻き起こった。魔術師はローブの裾をたくって素早く舞台の上手端まで後退した。それから深くゆっくりと息を吐きながら右腕を前に突き出すと、掌を母さんの胸元の刺繍の方に向けて呪文（じゅもん）のようなものを唱え始めた。

三分ほど待ってもなにも起こらず、退屈した人々は今のうちに用を足しておこうとぞろぞろと仮設トイレに向かい始め、業を煮やした司会者が僕の手からマイクを奪い取って福引きの再開をアナウンスしようとした。

その時だった。鳥の首の付け根のあたりがわずかに膨らんだような気がした。

極彩色の刺繍糸が見る見る盛り上がって羽毛となり、その目がなめらかな水のように光を映し込んだと思うと、胸元から一羽の鳥が舞台に転げ落ちた。

母さんが小さく声をあげた。

広場は時間が停止したかのように静まりかえった。すべての人が息をつめて一羽の鳥を見ていた。静寂の中に、この世に生まれたばかりの鳥が初めての飛翔（ひしょう）に向けて翼を震わせる音だけがあった。

魔術師が気流を作るように両腕を交互に動かした。すると鳥は懸命に翼で床を打ちながら滑るように舞台の上を進み始めた。魔術師の筋張った腕の動きが激しさを増す。ついに低角度で体が浮いた。離陸から飛翔へと移行する瞬間、両翼に力を込めて中空から高みへと羽ばたこうとしたその時、石つぶてがその脇腹に命中した。

火がはぜるような乾いた音とともに鳥の姿がかき消え、使用済みの屋台の紙コップと数本の揚げ菓子の串となってばらばらと中空から落下した。

夢から覚めたように静止した時間が動き出した。

人々はどんな演目もけしてきちんと成功しないのが魔術師の魔術なのだと思い出し、汚れた紙コップと揚げ菓子の串を指してゲラゲラと笑った。

青年団から嘲弄するような声があがった。

「マリのふるさとじゃ、雲の上に屋台が出てたんだろうよ」

団長のウルネイの隣に薄ら笑いを浮かべたサロがいた。舞台にいた僕は、彼らのいる方向から石つぶてが飛んできたのをはっきりと見ていた。

魔術師は普段の演目を終えた時と同じように悦に入った身振りで客席に向かって恭しくお辞儀をしていた。

気がつくといつのまにか舞台の上から母さんの姿がなくなっていた。

もとの席にも母さんは戻っていなかった。運転手仲間たちがビールジョッキを手になだれこんできて、父さんは彼らと仕事の話を始めた。僕は、母さんを捜してくるよ、と言って席を離れたけれど、父さんに聞こえていたかどうかはわからない。

雑踏の中、広場を何度往復しても母さんは見つからなかった。福引きはとうに終わり、広場にはフィナーレを飾る男性歌手の力強い歌声と手拍子が響いていた。

もしかしたら、と僕は駆け出した。広場に入る通りに水飲み場がある。生け垣に囲まれたそこには、サルスベリの木陰で休憩できるようにベンチがひとつ置かれている。母さんはそこにいるのではないか。

舞台が見通せない所に来ると嘘のようにひとけがなかった。通りに設けられていた案内係の仮設テントも無人で、煌々と点った電球の回りを砂色の蛾が飛んでいる。この淋しい通りを母さんはひとりで歩いたに違いないと思った。僕はわけのわからない焦燥に駆り立てられて走っていた。

銀色の葡萄の粒のような蛇口から緩く水が立ちのぼっていた。

母さんはその傍らで、小さな鈴のように躍る水を見つめていた。

なにか言わなければと思った。だが僕が声をかけるより早く、母さんが気配に気づいてこちらを見た。放心したような、同時に白熱したような大きな目が僕を捉えた。まばたきをしない目が不意に遠のくようにやわらぐと、まるで何事もなかったかのように母さんは尋ねた。

「どうかしたの？」

もう、追いつけないと思った。

母さんはもう僕が追いつけない所に行ってしまったのだ。

蛇口を締めると、母さんはベンチに置いてあったハンドバッグを取り上げ、ハンカチを出して濡れた唇を押さえた。

「急にいなくなるから」

僕はかろうじて答えた。

「喉が渇いたのよ。行きましょう」

母さんは当たり前のように僕と並んで歩き出した。

だが僕の不安を感じ取ったのだと思う、母さんは立ち止まって小さい頃よくしてくれたように隣に並んだ僕の肩を抱いてくれた。

僕は安心したふりをして母さんの肩に頭を預けた。母さんがそう望んでいるのだと自分に言い訳をして、僕は幼い子供になった。狡い選択だとわかっていた。

名残を惜しむような爆竹の音が響いていた。

散らばった紙くずや紙吹雪を踏んで町の人々が家に帰っていく。その姿がとてつもなくゆっくりと見えた。一歩ごとに弾む髪の毛、笑い崩れる体、肩車の上で揺れる子供まで、なにもかもがゆっくりと動いて見えた。ひときわ目を引くコンテッサが、伯爵と腕を組んで歩きながら水の中にでもいるように首を動かして母さんを見ていた。

翌日の月曜日に父さんは仕事に出た。僕は母さんの顔をまともに見られず、放課後は家に戻らずに人の来ない入り江や倉庫街で過ごした。避けられないなにかに向かって進んでいるような恐ろしい予感だけがあった。

水曜日、母さんが三階建てから出てくるのを見た日の夜、僕はベッドに入っても眠れず寝返りばかり打っていた。母さんが階下から上がってくる気配がした時、どうしてか僕は母さんが部屋に来るのだとわかった。そうして音もなく入ってきた母さんがベッドの傍らに立っているあいだ、僕は目を閉じて健やかな寝息をたてた。なにを思っているの、と尋ねる代わりに、それが僕にできる最良のことに思えた。

長いような一瞬のような時間の後、母さんはそっとシーツをなおして立ち去った。

僕は部屋でじっとしているのが苦しかった。

着替えてベッドの下に隠したバックパックを引っ張り出すと、それを背負って窓からポーチの屋根伝いに庭に下りた。物音をたてないように慎重に納屋から自転車を出し、庭のフェンスの外まで押していく。それからサドルにまたがってペダルを踏み込むと一気にスピードを上げた。

まとわりつくような湿った風が雨を予告していた。

先代の伯爵の胸像の辺りまで来ると、桟橋に停泊した客船から賑やかな音楽が聞こえた。広々とした甲板だけでなく巨大な船体が眩しいほどの電飾で輝いている。明日の早朝には出帆するので、客船とホテルの双方で夜通しのお別れパーティーが開かれているのだ。

僕はハンドルを切って船に背を向け、暗いマーケット通りを北上する。緩い上り勾配にたちまち体が汗ばむ。修繕屋の火事場跡を越えて延々と行くと、やがて東西に走る太い道に出る。街灯もなく闇に満たされたこの道は一日に一度、夜明け前にやってくる水色の長距離バスのためにある。この世界を貫く長距離バスの道はどこの地にも属していない。様々な理由でふるさとを失った人々にとって、その水色のバスが生き残るための最後の希望なのだという。

その太い道を突っ切って、自転車のオートライトだけをたよりに山道に入る。ここからは自転車を押して上がらなければならない。空全体が鳴るような低い雷鳴が轟き、僕は足を速めた。

緩やかなカーブの外側にわずかに開けた平地があり、野菜や薬草が栽培されている小さな菜園がある。いつものようにそこに自転車を停め、僕は先にある窟に向かった。洞窟の入り口が分厚い板戸で塞がれており、その脇の岩の隙間から古い自転車のラッパ型ホーンが突き出している。まずはこの球形のゴム部分を二度ほど握る。すると窟の中にラッパの音が反響するのが聞こえる。しばらくすると、ホーンの少し上、やはり岩の隙間から突き出た空き缶から魔術師の声が聞こえてくる。

「どなた?」

空き缶を糸で繋いだいわゆる缶電話で窟の中と通じているのだ。

僕は缶に口を寄せ、雷鳴に消されないよう少し大きな声で言った。

「トゥーレ。本を返しに来た」

内側から閂が外される音がするのを待って、僕は板戸を開けて入っていく。

窟の中央に食卓兼仕事机である大きな四角いテーブルがあり、魔術師が舞台衣装のローブを着たまま手づかみで骨付き鶏を貪っていた。頭の上には缶電話のもう一方と、閂を引き上げる紐がぶら下がっている。卓上の白い紙箱に茹でたソーセージや豆入りのパン、焼き菓子などが乱雑に詰め込まれており、おそらく缶電話を取るために手を拭ったのだろう、ホテルの紋章のついた紙ナプキンに油染みがついていた。

それを見れば、魔術師がホテルで催されているお別れパーティーの余興に呼ばれ、報酬としてレストランの余り物をもらって帰り、着替えるのももどかしく空腹を満たしている最中だとわかった。

「客船の方々は私の鳩の演目を、魔術の概念を覆す斬新な出し物だと大変、喜んでくれてな。主催の伯爵も得意顔だったよ」

魔術師は僕に焼き菓子を取られまいとするように紙箱を引き寄せて言った。

鳩の魔術といえばタネが派手にまる見えになってしまう演目だ。斬新かどうかは別にして、予想外だったことは間違いない。主演の二羽の鳩、ウォルフレン九世とエルネスティナ十八世はたっぷりと藁を敷いた鳩小屋に戻されていたが、その低周波を捉える鋭敏な聴覚で驟雨の到来を予期しているのだろう、落ち着きなく首を動かしていた。

空の高みで巨大な石榴を引き裂くような凄まじい雷鳴が轟いたかと思うと、あっという間に大気を塗り込めるような激しい雨音に包まれた。

僕は網戸を開けてエルネスティナ十八世の頭を撫でてやりながら尋ねた。

「パーティーにはウルネイたちも来てたの？」

伯爵主催のパーティーにはもれなく町のお歴々が招待される。警察署長のダーネクさんはそのひとりだったが、青年団の団長・ウルネイはいずれその役職を継ぐ長子だ。

「ウルネイは招待されていたが、団長として青年団を引き連れて出席したいと申し出てな、伯爵に断られたそうだ」

伯爵の誕生日パーティーで酒に酔った青年団がシャンパンタワーに突っ込み、ホテルのバーに多大な損害をもたらしたことを伯爵は忘れていないらしい。週報に載った写真は夥しい数のグラスの残骸を活写していた。

「今頃はまず、〈踊る雄牛〉で雁首をそろえてくだを巻いているだろう」

「もう店にはいないと思うよ」

僕は卓上時計を見て言った。時刻は午前零時を二分ほど回っていた。

〈踊る雄牛〉の主のホッヘンさんは酒を飲みながら新しい一日を迎えるのは人生への冒瀆であるという固い信念を持っており、日付が変わる五分前にはモップを振り回してすべての客を店から叩き出すことで有名だった。逆らえば二度と店の敷居はまたげない。

魔術師は時計に目をやると小気味よさげな笑みを浮かべて言った。

「泣きっ面に蜂だな」

ホテルと客船では明け方まで華やかな宴(うたげ)が繰り広げられるにもかかわらず、青年団が土砂降りの雨の中を憤懣(ふんまん)やるかたなく帰路につく姿を想像するのはたしかに気分が良かった。僕は自分の衣類がまったく雨に濡れていない事実にさらに気をよくして、バックパックから三冊の本を取り出した。

「これ、返すね」

夜、灯(あか)りを消してベッドに入ってからこっそり懐中電灯を使って本を読む。いろんなことを完全に忘れ去って物語に没頭できる時間はかけがえのない貴重なものだった。大きさも装丁もばらばらの三冊の本はどれも中央府の印が入っていない。

僕が生まれるずっと以前に、個人が所有する書籍は特別な理由がない限り中央府の印のあるものと交換するか廃棄するように通達があったのだが、それに従わなかった人たちがいたのだ。彼らは小さな友人を匿(かくま)うように家の中に本を隠した。こうして、彼らが老いて亡くなった後に遺族によって屋根裏の行李(こうり)やベッドの下のトランクから印のない本が発見されることになった。動転し処分に困っていた遺族に魔術師が、私が細かく切り刻んで燃やしておきましょうか、と申し出たのが始まりだったという。厄介の種は三日分の豆と引き換えに魔術師に引き取られた。

その後、家々で葬儀が行われるたびに、台所の隅や階段の踊り場で「実は困ったものが」「それなら魔術師に」という会話が繰り返された結果、この窟に木箱やトランクに収められた印のない違反書籍が大量に蓄積されることになったらしい。

魔術師が豆入りパンを頬張りながら言った。

「その本だがな、ただで貸した覚えはない」

「わかってるよ」

本を貸してもらうお礼に、ウォルフレン九世とエルネスティナ十八世の餌を持ってくる取り決めになっている。僕はポケットからヒマワリの種を包んだハンカチを取り出した。

「これっぽっちか」

ハンカチを開いた魔術師は芝居がかった口調で呆れてみせた。

「鳩の一生はほんの六年ほどしかないんだぞ。死ぬまでに一度くらい、たらふく食わしてやりたいと思わんのかね」

まさにそう思って以前ヒマワリの種をどっさり持ってきた時は、魔術師が炒ってほとんど食べてしまったくせに。それを指摘したところで、おまえは変わった夢を見るね、などとぬけぬけと答えるのは目に見えている。

「僕は死ぬまでに一度でいいから、魔術師が完璧な魔術をやるのを見てみたいよ」

魔術師は聞き捨てならないことを耳にしたとでもいうように、握っていたソーセージを紙箱に戻して僕に向き直った。

「いいかね、トゥーレ。真の魔術師の仕事は、人々に奇跡を信じさせないことなのだ。

それこそが、奇跡を行う力を授かった者の使命にほかならない。なぜなら奇跡とは劇薬、つまり毒なのだから。何度説明したらわかるのかね？」

平たく言えば、魔術師は本当は奇跡を起こせるのだが、あえてそれを行わないでいるのだと主張しているわけだ。

「わざとタネを見せて演じるのって大変だよね」

「さよう。その点、非常に高度な技術と精神力を要するのだ」

僕の皮肉はまったく通じなかったようだ。

魔術師は自戒するようにかぶりを振ってしみじみと言った。

「お祭りではつい自分を見失って、すんでのところで奇跡を起こしてしまうところだった」

「そうだね」

僕は適当に聞き流し、新たに借りる本を決めるべく木箱の中を物色し始めた。実際、あの晩は僕もあやうく騙（だま）されるところだった。考えてみれば紙コップと揚げ菓子の串でできた鳥が本当に空を羽ばたくはずがないのだ。

「おまえ、私の話を信じていないね？」

心の内を見抜くような目で魔術師が言った。

ようやく気づいてくれたようなので、僕は正直に気持ちを伝えた。

「魔術師がひとつでも奇跡を見せてくれたら、なんだって信じるよ」

「おまえのいう奇跡とはどんなものかね？」

「死人を蘇らせるとか、水の上を歩くとか、空を飛ぶとか」

魔術師はここぞとばかりに嬉しそうに身を乗り出してきた。

「それに似たようなことならあるぞ」

すぐさま僕は両手をあげて魔術師を制した。

「雑貨屋のオーネさんの話なら、僕、もう何回も聞いたからね」

僕が生まれる前の話だが、町中が大騒ぎしたこの出来事を知らないものはない。しかしそれも、『からくりはわからないが結局は失敗に終わった』という点では、お祭りの夜と同じだった。ただ、オーネさんの一件は人々の爆笑ではなく、激しい怒りをもって幕を閉じたのだが。

魔術師はことの顚末（てんまつ）を思い出していくぶん自尊心を傷つけられたらしく、不満げに鼻を鳴らすと僕に背を向け、黙って紙箱の中の食物に集中した。

鬱蒼（うっそう）とした樹木の葉を叩く分厚い雨音の中で、僕は燭台（しょくだい）を木箱の脇に置いて本選びに没頭した。頻々と夜中に部屋を抜け出すわけにいかないので次はいつ来られるかわからない。しかも借りられるのは一度に三冊きりだから、これと思えるものを厳選したかった。古い書籍の黄ばんだページは、秋の日向（ひなた）を思わせるような懐かしい匂いがする。ページをめくるうち、僕は吸い込まれるように時空を忘れた。

気がつくと雨音がほとんど聞こえなくなっていた。

卓上の白い紙箱はいつのまにかオイルランプに取って代わり、鼻眼鏡の魔術師が天球儀の描かれた大判の本を読みふけっていた。僕は持参したメモ帳に選んだ本の題名と日付を記し、その一枚を木箱にピンで留めた。それから本が雨で濡れないように古い週報で巻いたうえ、ホテルの紋章のついたビニールの風呂敷で包んでバックパックに入れた。

「それじゃあ行くね」

声をかけると、魔術師がふと目を上げて言った。

「ときにトゥーレ、仮に奇跡が起こせるとしたら、おまえはなにを望むかね？」

もし奇跡が起こせるのなら、僕は母さんのために奇跡を願いたかった。だがどんな奇跡が起これば、母さんはつらい思いをせずにすむようになるのだろう。母さんが母さんであること、それ自体で傷つけられる世界で。僕には答えが見つからなかった。

「わからない」

自分がひどく無力に思えた。

「僕にわかっているのは、僕がなにをしても世界は変わらないってことだけ」

「当然だ。おまえは独裁者ではないからな」

「ドクサイシャ？」

「そう。その行為がたちまち世界を変える。欲すれば叶う、最もいびつで欲深い奇跡の体現者だ」

ランプの火影で魔術師の顔が不思議な仮面のように見えた。

「おまえの行為によって世界が変わることはない。なにかすることで、おまえ自身が変わることはあってもな」

驟雨は静かな霧雨に変わっていた。

僕は頭を空っぽにして下り勾配に自転車ごと体を預けた。瞬く間に山も長距離バスの道路も後方に退き、マーケット通りに入った。

栈橋で光を放つ客船は真珠のリボンをかけられた贈り物のようだった。次第に大きくなる船体を見ながら通りを下っていく。もうすぐ先代の伯爵の胸像という所まで来た時だった。僕は咄嗟に両腕に力を込めてブレーキを握った。視覚で捉えていたものを脳が認識した瞬間、それは動かしがたい現実になった。

電飾に照らされた甲板に霧雨が白く光りながらゆっくりと落ちていく。

そこに、お祭りの夜の晴れ着を着た母さんがひとり立っていた。

早朝の浅瀬のような淡い緑色の晴れ着とヘアスカーフをまとって、母さんは暗い水平線の方を眺めていた。

母さんはこの町を出て行く。客船に乗って誰も知らない遠い地へ行く。

僕は身動きもできずに甲板に立つ母さんを見つめていた。

これは、僕にとって不意打ちであるはずだった。しかし、本当は水飲み場で母さんを見つけた時から、痛みをともなう予感として僕の中にあったのだと初めて気がついた。

母さんのためになにを望めばいいのか、僕はどこかでわかっていたのだと思う。ただ、認めたくなかったのだ。こうすることが母さんにとって一番いいことなのだと。

僕がなにをしてもこの世界は変わらない。どうしてか母さんは母さんであり、父さんは父さんであり、僕は僕でしかない。だが、魔術師が言ったようになにかすることで自分が変われるのなら、僕は変わりたいと思った。

もう水飲み場の時のように子供のふりはしない。

僕は、母さんを行かせる。

ハンドルを切って胸像の角を曲がり、ペダルを踏む一足ごとに母さんが遠くなるのを感じながら暗い道を走った。

誰もいない家に帰り、僕は地下室に下りて母さんの意志を確認した。それから自分の部屋のベッドに腰を下ろした。

長い夜だった。

夜明け前に雨がやんだ。

辺りが白み始めると、僕は窓を開けてその時がくるのを待った。今すぐ港へ向かえばまだ間に合うかもしれない。ベッドに座った時からずっとねじ伏せてきた衝動が出口を求めてもがくようだった。駆け出してしまわないように両足に力を込めて立ち、山の稜線でゆっくりと回る風力発電のプロペラを見つめた。そうして、もう間に合わない時が来るのを待った。

早朝の大気を震わせて出帆の汽笛が響き渡った。

行ってしまう。

長い汽笛が三度。谺が消えるより早く僕は庭から飛び出していた。心臓が痛くなるほど全力でペダルを踏み続けた。

海はさざ波に朝日を受けて、無数の鱗を敷きつめたように光を漲らせていた。客船はすでに桟橋と水平線のなかほどにあり、デッキや甲板にいるはずの人影ももはや目視できなかった。雨上がりの澄んだ空気のせいで潮の香りがいつもより濃く匂っていた。僕は母さんを乗せた客船が小さな点になって光に呑み込まれるまで桟橋に立っていた。

†

母さんはああするしかなかったのだと、マリにはわかっていたのだ。

映画館を逃げるように立ち去ってからどれくらい経ったのだろう、僕は空っぽの桟橋の端に腰かけて客船の消えた方角を眺めていた。

あの朝白銀に輝いていた海は、高高度の太陽の下で青く澄み渡っていた。土曜日のせいかレジャーボートやヨットの船影が散らばっている。だがそれら眼前の風景を紗幕のように透かして、僕は客船が入港する見知らぬ港町を思い描いていた。そこは、たくさんの窓を持つ石造りの四角い建物が林立し、汽車の駅前には辻馬車が集まる大きな町だ。

いくつもの劇場や映画館もあるだろう。

僕は立ち上がって自転車に向かった。昼には父さんが家に帰ってくる。僕たちは二人で軽食屋へ行く。そしてこのさき何度もそうするようにカウンターに並んで座り、煮え過ぎた豆と揚げた魚を食べる。

居間の時計を見て思ったよりも遅い時刻になっているのに気がついた。正午を二十分あまり回っている。流しが水で濡れているのを見て父さんが帰っているのがわかった。

地下室の扉が開いていた。

僕が階段を下りていくと、父さんがあの大きな衣装箱の蓋を手に壁際に座り込んでいた。僕は黙って近づいた。衣装箱の中は、僕が誰もいない家に帰ってきたあの雨の夜と同じだ。父さんは僕の様子を見てひどく混乱しているようだった。

「おまえ、知ってたのか」

僕は頷いた。

二十歳を過ぎたばかりの母さんは、父さんのトラックの助手席に乗ってこの町にやって来た。新しい生活への期待と不安で胸をいっぱいにして。そのとき母さんが持ってきたのは、胡桃色の小さな革のトランクひとつきりだった。

トランクはやがて思い出の品として衣装箱にしまわれ、地下室に運ばれた。そして僕のベビーベッドやお祖父さんの肘掛け椅子に迎えられて二度と使われない懐かしいもののたちの仲間に加わった。

けれどもあの夜、衣装箱から胡桃色のトランクは消えていた。母さんはこの町に来た時と同じようにあの小さなトランクに身の回りのわずかなものだけを詰めていったのだ。

僕は、父さんと僕自身にしっかりと杭を打ち込むように声に出して言った。

「母さんはもう戻らない。客船に乗って町を出ていったんだ」

父さんは僕を突きのけるようにして階段を上がり、居間に向かった。そして本棚の横にある電話機の受話器に飛びついた。

「船舶通信所に電話しても無駄だよ」

父さんが通信所から客船に連絡して母さんを保護してもらうつもりなのだとわかっていた。もちろん僕だけでなく、母さんにもわかっていたはずだ。だとすれば母さんの取るべき行動はひとつだ。

「母さんはもう船にはいない」

父さんは自分の家の居間に見たことのない人間がいるのを発見したような驚きと不審の入り交じった顔で僕を見ていた。

僕はティティアンとラウルから聞いた客船の航路と旅程を詳細に記憶していた。ここ数日のラジオの気象ニュースで航路上に嵐がなかったことはわかっている。客船は予定通り今日の正午に次の港に到着した。ティティアンたちによるととても大きな商業都市らしい。母さんはすでに船を下り、都市の雑踏にまぎれてもうどこにいるのかわからない。

「どうしてなんだ」

受話器を置き、父さんはとんでもなく理不尽な話を聞かされたように両手を広げて訴えた。

「ここを出ていく理由なんてないはずだぞ」

「本当にそう思ってるなら、なぜあの衣装箱を開けたの？」

父さんの視線が揺らぎ、やがて顔を背けて黙り込んだ。

遠い町で母さんを見初めた父さんは、居住区で大勢の羽虫と暮らしていた母さんをきれいな捕虫網ですくい取るようにしてこの町に連れ帰った。だが父さんの妻となっても、母さんはまるで透明な二枚の硝子板に挟まれて顕微鏡で観察される生物のように町の人間からも羽虫からも隔てられ、身動きもできず、寒々とした蔑みの中で息をひそめて生きるほかなかった。

長いあいだ母さんはおそろしく孤独だったのだ。

父さんは腹立たしげにポケットから煙草を取り出した。

「礼のひとつも言わずに」

その一言が許せなかった。僕はうなり声をあげて頭から父さんに突進し、自分の体ごと突き倒した。電話台が倒れ、僕は父さんと組み合ったまま床の上を転がった。

この家の中の母さんの暮らしは、父さんの施しだったのか。

僕は組み敷かれても父さんの髪の毛を掴み、喉を殴り、がむしゃらに抵抗した。父さんの鉛のような一撃で頭の芯が痺れ、手足から力が抜け落ちた。

ミシンに立てかけたままだったズタ袋が倒れ、中から新しいノートの束と紙箱入りの鉛筆が飛び出しているのが見えた。僕が中等科へ進むものだと思って父さんがお土産に買ってきたのだ。都合のいい部分だけを繋ぎ合わせて、勝手に見たい世界を作り上げて。

床にのびた僕の胸ぐらを掴んで、父さんが尋ねた。

「あいつは、おまえに出ていくと言ったのか」

そんなことがまだ気になるのかと腹が立ち、僕は叩きつけるように答えた。

「母さんはなにも言わなかった。僕は母さんが晴れ着を着て甲板に立ってるのを見たんだ」

父さんはまるで顔面に一発食らったかのように身を引いた。それから座り込んだまま茫然とキルトのカレンダーに目をやった。父さんはカレンダーの赤いピンにそっと掌を触れると、背中を丸めて深く頭を垂れた。

「そんなはずはない」

絞り出すような声だった。分厚い胸も肩も震えていた。

「晴れ着を着て出ていくなんて」

涙が床に落ちて音をたてた。その床を父さんは両の拳で叩いて突っ伏した。

「そんなふうに、俺たちを憎んでいたはずがない」

父さんは身をゆすりあげるように号泣した。

僕は床にのびたまま、父さんの無惨な声を聞いていた。いつのまにか涙が耳を濡らしていた。

ふるさとの町は父さんにとって、母さんと僕が帰りを待っている町だったのだと思った。月の半分は遠い地にいる父さんは、羽虫ではないけれどどこへ行ってもよそ者だったのだ。ふるさとはいつも遠くにあり、そこには穏やかな家庭がある。しかしようやく町に戻ってみると、母さんが羽虫である事実とどう折り合いをつければいいのか父さんにはわからなかったのだ。羽虫の娘を町に連れ帰って妻にすればそれだけで幸福にしてやれると思っていたのだろう、そうではないとわかった時、不都合はすべて無視してなかったことにしてやり過ごすほか思いつかなかったのだ。そこには母さんの日々の現実も孤独も認める余地はなかった。ひとつの家で暮らしながら、父さんもまた孤独だったのかもしれない。

僕は中等科には進まず、トラックに乗ろうと決めた。

父さんもそうだったように助手席に座って見習いから始めるのだ。一緒に朝食をとっている時にそう告げると、父さんはゆっくりとゆで卵の殻をむきながら、それもいいかもしれないな、と言った。僕はなんとなく母さんもそう望んでいたような気がした。

学校のロッカーの荷物を取りに行き、オト先生に挨拶した。先生は父さんから聞いていたらしく、健康に留意するようにと言って送り出してくれた。

帰りにカイに会って僕が決めた進路を話した。カイは少し淋しそうな顔をしたが、もう交わることのない僕たちのこれからの時間に思いを馳せるように、君はいろんな町を見るんだろうな、と言った。カイは町を離れて中央府の中等科に進むのだと教えてくれた。

翌日、カイがお祭りの日の写真を持ってきてくれた。週報を発行しているイサイさんが撮影していたのを覚えていて、その中から母さんが写っているものを探してくれたのだ。小さいけれど母さんの表情がみてとれる。僕たちは、元気で、と言って別れた。

もし僕が町の人間だったら、僕たちは今とは違っていただろうか。庭のフェンスを出ていくカイを見送りながら、初めてそんなことを思った。

放棄された農場で父さんから運転を習い、盗賊から身を守るために回転式の銃の扱いも覚えた。

僕と父さんの出発は真夜中の便に決まった。

その日の午後、僕は父さんの煙草や缶詰の買い出しに行った。自転車の前籠に大きな紙袋を載せて戻ってくると、父さんが花壇の花をすべて引き抜いていた。

「少しずつ死んでいくのは可哀想だからな」

父さんはズタ袋に入れる肌着を畳みながら言った。この暑さで水を与えられなければ、丹精された繊細な花たちは僕たちが戻るまで到底もたない。言われるまで思いつかなかなかった気の重い作業を、父さんは僕がいないうちにひとりで終えていた。

要領よく肌着を畳んでいく手つきは僕が生まれる以前の父さんを思わせた。母さんと暮らし始めるまで、小さい時分からずっと父さんは自分で荷造りをしていたのだ。

無人になる家の戸締まりをし、鎧戸をひとつずつ下ろす。灯りを消して家を出る前、父さんがカレンダーの前に立ち、帰る日に赤いピンを留めた。


詰め所には同じ便で出発する運転手たちが集まっていた。僕は新しく作ってもらった認識票を首にかけた。煙草を吸い、コーヒーを飲み終えた男たちが、大きな雄鹿の剝製の頭を撫でて出ていく。僕も父さんのあとに初めて雄鹿の頭に触れた。そして立派な角に提げられた認識票の運転手たち、死んだ男たちに僕らを護ってくれるよう祈った。

エンジンをかける父さんの隣で、自分より二年早く父さんはお祖父さんの助手席に座ったのだと思った。

長距離バスの道を突っ切ってまっすぐに山越えの進路を取る。峠のトンネルに入る手前で父さんがトラックを停めた。初めて父さんが助手席に乗った時、お祖父さんがここから町を見せてくれたのだという。

車を降りると湧きあがるような虫の声がしていた。

消え残った家々の灯りの中にひときわ眩しく映画館の屋上のネオンが輝いていた。最終回はとうに終わっているから、マリが消し忘れたのだ。あのネオンの下に、初等科の僕がスタンプカードを握って通った映画館がある。カイと話すようになったロビー、母さんと初めて観た映画、マリにもらった招待券。僕は子供時代の自分に別れを告げて再び助手席に乗り込んだ。

トラックは轟音と共に暗いトンネルを突き進む。

ダッシュボードにはいざという時の冷たく重い武器がしまわれている。この先になにが待っているのかわからない。

でも僕はもう前しか見ない。

§　§　§

明日、受付に座った途端に電話が鳴るだろう。あの勿体ぶった執事の声が聞こえるようだ。

——マリ、おまえはゆうべネオンを消し忘れていたぞ。

おあいにくさま、わざとつけておいたのさ。どうせ伯爵が道楽でやってる映画館だ、赤字続きでも潰れないのに誰が電気代なんて気にするものか。あの子へのはなむけに、あたしがちょいとネオンを使ったくらいでばちは当たらない。テイルライトが峠で一度停まったようだったから、きっとあの子は見ただろう。

運転手たちのあいだでは、アレンカは晴れ着を着て客船に乗り、海の向こうの遠い町に消えたという噂。でもそれは間違いだとあたしは知ってる。

アレンカは心を決めて行動を起こした。なにもかもトゥーレのために。あの子は賢いけれど、すべてをわかっているわけじゃない。

ああ、お湯が沸いたようだ。

そろそろ熱いお茶を淹れたほうがいい。

やけどするほど熱いお茶に蒸留酒をひとさじ。

ほら、階段を上がってくる足音が聞こえる。三階建ての階段の先にあるのは、あたしが住んでいるこの部屋だけだ。

ノックはない。外から鍵穴に鍵が差し込まれる。

あたしが内側からかけた鍵が、カチリと音をたてて外される。

そして卵型の白いドアノブが回る。

こんな時、あたしはいつも考える。

オルフェオならどう言うだろうかと。

第2章 ——なまけ者のマリが語るふたつの足音の物語——

もう十月だってのに、今日は昼前からやけに蒸し暑い。

客席の掃除を終えて出てくると、葉巻屋が大発見でもしたかのように嬉しそうな顔をしてロビーに飛び込んできた。

「おい知ってるか、雑貨屋が壁と看板を塗り替え始めたぜ」

「それがなんだってんだよ」

あたしは箒とちり取りを片付けて汗を拭った。

「予言するけどな、マーケット通りじゃこれから店の塗り替えラッシュが始まるぞ。やつら、客船で貯め込んだ金の使い道をついに見つけたんだな」

そんな予言、当たったところで喜ぶのは土建屋だけじゃないか。

「それより修繕屋の具合はどうなんだい」

葉巻屋は途端に真顔になって辺りに視線を走らせた。

「馬鹿だね、誰も聞いちゃいないよ」

同じ映画を半年近くもかけていれば、やってくるのは冷房めあての涼み客くらい。スクリーンの女優が絶叫しようが、ひとが掃除をしようが無敵の高いびきだ。

あたしが煙草に火をつけると、葉巻屋はロビーのスタンド式灰皿の吸い殻を集めながらなかば呆(あき)れ顔で言った。

「まったく、羽虫の中で修繕屋のことを平然と口にするのはマリだけだよ」

そう、羽虫はみんな恐ろしくて口を閉ざしている。まるで修繕屋なんて初めからこの世に存在しなかったみたいに。

火事の直後の週報じゃ、青年団が伯爵寄贈の消防馬車を駆使して迅速な消火活動にあたったおかげで延焼が食い止められたと報じられたらしいが、笑わせちゃいけない。修繕屋の店は屋根も壁も焼け落ちて鉄の道具箱が熱でひん曲がるほどの火勢で燃えたんだ。そのうえあの晩は春先の強い風が吹いていた。消防馬車が現場に着いたときには隣の店も火に巻かれていなければおかしいというものだ。ところが隣は壁が焦げた程度でほとんど被害はなかった。どうすればこんな妙ちきりんなことが起こるのさ。

ちょっと考えればわかるじゃないか。

まだ火の気もない寝静まったマーケット通り。修繕屋の店の脇、暗い風の中に消防馬車が停まっている。これから火が出るのを知ってるみたいに待機している。

もとを正せば、長年あの場所で堅パン屋を営んでいた婆さんにも責任の一端はあるだろう。〈昔ながらの伝統食〉という煤(すす)けた看板を掲げていたが、若い者は見向きもしなかったし、頼みの年寄りも歯が悪くなって柔らかいパンに乗り換えた。店を畳むしかなくなった婆さんは、腹いせに町の人間ではなく羽虫に店を売った。その金を懐に、今は娘の嫁ぎ先で暮らしているが、婆さんもことの顚末に内心、震え上がっているだろう。修繕屋は荷車を引いて家々を回る商いに終止符を打ち、マーケット通りに店を構えた羽虫第一号になった。その報いがこれというわけだ。

青年団が火事を予見できたのは当然のこと。あいつらが修繕屋のじいさんを襲撃して店に火を放ったんだから。じいさんが逃げ遅れて大火傷を負ったのは店の中で昏倒していたせいだ。そんなことは羽虫であろうがなかろうが大人なら誰でも薄々感づいている。気の毒に、と口に出して言うのはむしろ町の人間たちだ。そのたびに舌の上で『でも自業自得』という隠し味を愉しんでいる。放火は露見しない、つまり犯人が捕まらないことはあらかじめわかっている。

「じいさん、まだ目を開けて息をしてはいるがな」

葉巻屋はそこまで言って首を横に振って立ち上がった。

死んではいないというだけで、生きているともいえない状況なんだろう。病院に担ぎ込まれてからもう半年以上になる。

「ああ、そうだ」と、葉巻屋が皮肉な顔で扉口から振り返った。「婦人会が金を集めて回ってるぜ。修繕屋のお見舞いにってな」

いかにも奥方連中がやりそうなことだ。早々に死んでいれば、羽虫には不相応の花輪のひとつも恵んでやってさっさと忘れられたものを、ここまで粘られるとさすがに死の苦しみが延々と続いていることに落ち着かなくなってきた。なにかしなければ、焼けただれたじいさんの体と同様、自分たちの良心も清潔に保てなくなったというわけだ。

ほどなく現れた奥方部隊は、先頭に判事の妻、続いて警察署長の二人の娘、さらに取り巻きの商家の姑たちが裾広がりに連なっていた。

今回の募金の発案者はもちろん判事の妻だろう。この女はひとり息子が中央府の中等科で寮生活を始めたせいで手持ち無沙汰になり、これまでにも増して慈善にのめり込んでいる。今も警察署長の長女が抱えた募金箱を両手で示しながら、映画館の受付にそれを置くことの有用性を得々と説いている。募金箱の腹には赤い飾り文字でなにやら書いてあった。

「これ、なんて書いてるんだい？」

あたしは話を遮って尋ねた。判事の妻は、あたしが文字を読めないのを思い出したらしく、子供に教えるように丁寧に言った。

「〈気の毒な、修繕屋さんの、ために〉」

この女の取り澄ました顔を見るたびに、腹の中でこう呟かずにはいられない。あたしはおまえに一生癒えることのない傷を負わせることができる。あたしがおまえの耳にひとこと囁けば、善良を装ったその作りものめいた口元はたちまち凍りつき、二度と心に平安が戻ることはない。

でも、言わないでおいてやろう。

この女は、自分でも気づいていないだろうけど、その昔、あたしに謎をひとつ解いてくれたことがあるわけだし。それでも、これくらいは言ってやってもいいだろう。夜のあいだに包丁や鋏が急によく切れるようになっていたら、きっと修繕屋の仕業だね。
「修繕屋は律儀な羽虫だからね、死んだあとだってこの御恩を忘れないよ。夜のあいだに包丁や鋏が急によく切れるようになっていたら、きっと修繕屋の仕業だね」

頭の回転の鈍い警察署長の次女だけがお得なクーポン券でももらったかのように笑顔を見せたが、女たちは複雑に混じり合ったおしろいの匂いと沈黙を残して帰っていった。

おかげで昼の休みが半分になり、昼食を買いに行くのも面倒になった。机の引き出しに食べかけのウエハースがあったので、それですませることにした。湿ったウエハースは羽虫の結婚式のささやかなお祝いのお菓子で、先週、葉巻屋の弟子が届けてくれた。子供の頃に洗濯場で一緒に働いていた羽虫の女の子が結婚したらしい。あたしは、もうその子の顔もぼんやりとしか思い出せない。

記憶なんてものは永久に増築を続ける家のようなものだ。見るたびに形を変えるくせに、覚えのある窓枠や屋根の先端が妙な具合にくっついている。元の姿を思い出そうとしているうちに、さっきまであった扉が消えてしまったり。だから自分が覚えていることが正しいとは限らないし、うっかりすると騙されることだってある。

あたしの場合は、物置のように埃っぽい狭苦しい部屋、それが長いあいだ人生の最初の記憶だった。

頭に何重にも包帯を巻かれてそこに寝かされていて、頭のてっぺんのあたりがザクザクと痛みで脈打っていた。耳や首が血でべとついて気持ちが悪かったのを覚えている。あたしは自分が誰で、どうしてそこにいるのかさっぱりわからなかった。

お仕着せを着た男や女が入れ替わり立ち替わり現れてはあたしになにか尋ねたが、そいつらの話す言葉もまったく理解できなかった。

そのうち立派な服を着た紳士が来てやっとあたしにわかる言葉を話した。見るからに尊大そうなその男が伯爵だってことはあとでわかった。伯爵は、あたしが客船に乗ってやってきて、船の誰かに頭を殴られて海岸公園に捨てられていたのだと教えてくれた。そしてあたしがなにも覚えていないのは頭に怪我をしたせいだと言った。

ああそうなのか、とあたしは思った。あたしの割れた頭はすっかり空っぽだったので、伯爵の話が最初の事実としておさまった。

オルフェオに出会わなければ、今でもそれをそのまま信じていたことだろう。

傷が癒えて動けるようになるとすぐに、あたしはホテルの洗濯場の夫婦に下働きとして引き取られた。たぶん七、八歳くらいだったが学校には行かせてもらえず、朝から晩まで洗濯場で働いた。仕事は重労働だったが、それでもあたしは少しずつ塔の地の言葉を覚え始めた。

ちょうど言葉が喋（しゃべ）れるようになった頃、鉄道に乗ってサーカスの一座がやってきた。一座は馬車を連ねて海岸通りをパレードし、ホテルの敷地に青と白の大きなテントを張った。

座員の住居を兼ねた何台もの荷馬車には、玉乗りをする道化の絵や飛び跳ねる猛獣、華やかな曲馬なんかのわくわくするような絵が描かれていた。でもあたしの心を摑(つか)んだのは、そういう荷馬車じゃなかった。

その一台の四角い横腹には、巨大な砂時計の絵が描かれていた。永遠と一瞬を同時に閉じ込めたようなあの秘密めいた砂時計の向こうには、いったいどんな人が住んでいるんだろう。あたしはこっそり覗(のぞ)いてみずにはいられなかった。

あれほど美しい顔をした大人の男を見たのは生まれて初めてだった。年齢は四十歳前後だっただろう、きれいに撫(な)でつけた艶(つや)やかな黒髪、男らしい眉(まゆ)の下には夜の海のように輝く知的な瞳(ひとみ)、整った鼻筋に色香さえ感じさせる口ひげ。たくましい肩にタキシードが似合っていた。ただ、椅子に座ったその人の足は床から遠く離れていて、黒いドレスシューズはあたしの靴とほとんど同じサイズだった。

美しい大人の男の顔を持つこびと。それがオルフェオだった。

†

オルフェオは若い娘からマダムたちまで女たちに絶大な人気があった。サーカスではお客が頭に思い浮かべた人や物や風景をぴたりと言い当てて喝采(かっさい)を浴びていたが、もっと近くでオルフェオに接したいという女たちのためにホテルのディナーショーにも出演していた。オルフェオはマダムの膝に座って人差し指から小さな火を出して煙草に火をつけてやったり、若い娘の膝に座って骨付き肉を食べさせてやったり。わざと娘の鼻の頭にべっとりとアイスクリームを塗りつけてやると、それだけで女たちは窓硝子が吹き飛ぶかと思われるほどの甲高い嬌声を爆発させた。

　羽虫は座員に近づくことを禁じられていたが、あたしはオルフェオと話さなければならなかった。どうしても。

　ショーのあとでオルフェオがいつものように一人で庭に出て葉巻を吸うところを待ち伏せて、あたしはすぐさま切り出した。

「教えてほしい。どうやれば小さくなれるのか」

　正面に立つとオルフェオはあたしの肩くらいまでしかなかった。

「それは教えられない。みんなが小さくなったら私の商売はあがったりだからね」

　もっともな言い分だと思った。あたしが誰にも言わないと約束したところで、オルフェオにそれを信じるいわれはない。

「おやすみ。人に見られたら叱られるのは君だよ」

　オルフェオは犬でも追い払うように冷淡に手を振った。

　人が来たらそれまでだ。どうすれば最短で重要なことだとわかってもらえるだろう。

「あんたは大人になってから小さくなろうと決めた。そうだろ？」

「だから？」

たいして興味はなさそうだったが、とにかく最後まで話してみるしかないと思った。

「毎日あんたのシャツにアイロンをかけてるのはあたしなんだ。肩にも脇にも皺ひとつあったためしはないだろ？」

「チップがほしいの？」

じれったくてあたしは激しく首を横に振った。

「あたしにはわかるってことなんだよ、何百人ものシャツをプレスしてきたからね。あんたのトルソーのサイズだと、小さくなる前は、曲馬団の団長よりも頭ひとつ大きかったはずだ。違うかい？」

初めてオルフェオが眉を上げ、あたしを斜めに見た。

あたしは勢い込んで続けた。

「ということは、あんたは三倍小さくなったってことなんだ」

「三分の一になったということだね」

「大事なのは」

思わず声が大きくなるのを抑えられなかった。

「あたしが同じように三倍小さくなれたら、これくらいってこと」

あたしは掌を水平にして自分の膝の少し上に当ててみせた。

「この肌の色だからあたしはどこにいても目立ってすぐに見つかってしまう。でもこれくらい小さくなったら、お客のトランクや、お土産を詰めた箱にだって隠れることができるだろ？」

「隠れてどうするの？」

「帰るんだよ、ふるさとへ」

あたしはもう小さくなれたみたいに心が弾んでいた。

「どこにあるのかわからないけど、駅や港に着けば、空気の匂いやなにかでどっちへ行けばいいのかわかると思うんだ。鳥が渡りをするみたいにさ」

オルフェオは、昼間の月のように静かな悲しい目をしてあたしを見上げていた。

「大きくなるまでお待ち。ここを出ても君はまた捕まってしまうよ。この世界はとても残酷だから、持たない者からより多くを奪い続ける。貪欲（どんよく）な機械みたいにね。もう、君にはわかっているんだろう？」

あたしはしばらく息をつめていた。

誰にも話していないのに、オルフェオはあのことを知っているんだと思った。

泣きたくなかった。

あたしはうな垂れるようにゆっくりと頷（うなず）いた。

オルフェオの掌があたしの頬を包んだ。あたしはうつむいたまま、少しだけつま先立ったオルフェオのドレスシューズを見ていた。

「私が旅した町の絵はがきを見るかい？　いつか君の役に立つかもしれない」

夜の庭に外灯が点（とも）っていた。

オルフェオとあたしは手をつないで急ぎ足。

芝生を横切るあたしたちの影は、姉と弟のようだった。あたしたちの魂は、兄と妹のようだった。

砂時計の荷馬車で過ごした時間はあたしの最も幸福な記憶かもしれない。

最盛期には八人ほどが暮らしていたという荷馬車は、居心地の良い居間と寝床がひとつになったような温かみのある場所だった。何度も張り替えたというビロードのソファの横には古い金色の竪琴が残されていて、軽く指を触れると歓迎するように澄んだ音色で応えてくれた。

オルフェオは引き出しいっぱいの絵はがきを持っていて、一緒に甘いお茶を飲みながら見せてくれた。薔薇の棘のような尖塔をいくつも持つお城、人や自転車と一緒に鉄道車両が行き交っている大通り、山の斜面が一面にキノコのような形の屋根で覆われている町。そんな場所があるなんて想像したこともないような風景ばかりだった。

たぶん興奮してはしゃぎすぎたのだ。いつのまにか絵はがきを広げたままソファに埋もれるようにして眠りこけていた。目を覚ましたあたしは息も止まる思いで壁の時計に目をやり、夜明けまでにまだ少し間があるとわかって胸をなで下ろした。夜のあいだに客室の外に出された洗濯袋をすべて回収して仕分けをし、洗濯場夫婦の朝食を準備して七時きっかりに寝室へ運ばなければならない。少しでも遅れたらひどい目に遭う。

オルフェオはそばの寝椅子で寝息をたてていた。あたしはオルフェオがかけてくれていたマントを拾ってオルフェオの肩にかけてあげた。そうして起こさないようにそうっと絵はがきを引き出しに片付けていたときだった。あたしは、あの一枚に出くわしたのだ。

忘れてしまった遠い過去から呼びかけてくるような風景だった。

ほかの絵はがきに比べて極端に色の数が少ない一枚。

青い空と輝く白い大地。

頭の中でいきなり映写機が回り出したみたいに、空から舞い落ちてくる白い花びらのような映像が思い浮かんだ。たくさんの小さな白い花びらは頰に触れると冷たい感覚を残して消えた。

そうだ、この大地の白は、空から来たんだ。少しずつ落ちてきて大地を白く平らかに覆い尽くした。

一度動き出した映写機は、汗だくで洗濯物を洗っているあいだも片時も休まずに回り続けた。あたしはあの白いものを見たことがある。でもあれはいったいなんなのだろう。あたしは年嵩（としかさ）の洗濯女に尋ねた。

「空から降ってくる小さな白い花びらみたいなので、冷たいのをなんて呼ぶんだい？」

「ああ、雪のことかい」

雪。その音の響きになぜだかわからないけれど確かに聞き覚えがあった。あたしは思わず叫んでいた。

「それだよ、雪、あたしは雪を見たことがあるんだ。こうやって上を向いて両手を広げて、雪が落ちてくるのを見たんだよ」

気がつくと洗濯女たちが手を止めてあたしを見ていた。驚いている顔はひとつもない。無言の叱責、嘲笑、嫌悪。やがてひとりの老女が口を開いた。

「なんのつもりか知らないが、この町で雪を見たことがあるのは、亡くなった先代の伯爵様と大奥様、そのおふたりだけなんだよ」

二人は新婚旅行でいくつも海を越えた地の高い山の上、太陽も凍るような頂にあるお城で降りしきる雪と一面の銀世界を見たのだという。先代の伯爵は記念にロータリー除雪車を持ち帰り、大奥様は雪というものの不思議を町の人間を集めて語り聞かせたらしい。

「大奥様はとてもお心の広いおかたで、あたしたち羽虫が窓の外からお話を聞くことを許して下さったんだ。あたしはまだおまえより小さな子供だったが、大奥様の気高いお声は今もはっきりと覚えているよ」

そう言うと老女は灰色の泡のついた指であたしをさした。

「おまえは羽虫の面汚しだよ。ようやく喋るようになったと思ったら、途端に嘘をつき始める。同じ羽虫でも、やっぱり色つきのはあたしらとは違うね。いいかい、おまえのような色つきの羽虫が生まれる場所に雪は降らないんだよ」

その日からあたしは〈嘘つきのマリ〉になった。

でもオルフェオはあたしの話を聞いて、洗濯女たちのことを折り紙付きの間抜けだと笑い飛ばした。

「だけどオルフェオ、あいつらの言うとおりなら、あたしはどこで雪を見たんだろう」

「マリは客船に乗ってこの町に来たんだろう？　だったら、マリも私みたいに旅をしていたんだよ」

オルフェオは葉巻を片手に当然の帰結のように言った。

そうだ、そうに違いないとあたしは思った。オルフェオはなんて頭がいいんだろう。あたしはこの町に来るまでずっと客船で旅をしていたんだ。たぶん誰かと一緒に。頭を割られたときに、それまでのあたしの時間は傷の裂け目から抜け出してしまった。

オルフェオはあたしの頭の傷痕をやさしく撫でて言った。

「過去の断片は、しかるべき瞬間に時を告げる鳥のように眠っている。その声が暁に響き渡るとき、あなたの幸運も不運もすでに定められた未来としてあなたの前にある」

それはオルフェオがサーカスで演じるときの口上で、過去に一点の良心の曇りもない聖人か極端に鈍感な人間のほかは、いくばくかの不安と罪悪感を覚えるものだと言っていた。けれど、そのときのオルフェオの心に沁み入るような口調はあたしに深い慰めに似たなにかを与えてくれた。

砂時計の荷馬車に出入りしているのを誰かに見られて告げ口されたのだと思う、洗濯場から出られない日が続いた。あたしの寝床は洗濯場の隅に木箱と藁でこしらえてあったから、明け方に羽虫の女が洗濯場の南京錠を開けに来るまでじっとしているしかなかった。

ある日、夜が明ける前に起こされ、いきなり洗濯場の親爺の荷馬車に乗せられて伯爵のお屋敷に連れていかれた。誰もいない玄関にひとり残されたあたしは、どう考えてもいいことよりも悪いことが起きそうだと覚悟した。ところが、しばらくすると執事が現れて床を磨くように言った。あたしは床や銀器やいろんなものを日が暮れるまで磨かされただけだった。

帰ってくるとサーカスのテントがなくなっていた。砂時計の荷馬車も座員たちの華やかな荷馬車も一台残らず消えていた。みんな行ってしまったのだ。

洗濯場の夫婦はあたしが一座に紛れ込んで逃げ出さないよう、お屋敷にやっておいたのだと初めて気づいた。オルフェオは出発の準備をしながらあたしを捜したに違いない。そのあいだあたしはなにも知らずに馬鹿みたいに皿を磨いていた。悔しさで涙が溢れた。

オルフェオがあたしにさよならも言わずに行ってしまうはずがない。きっとなにか残してくれているはずだ。手紙かなにか、あたしにあてたものを残してくれている。あたしはホテルの中も外も、思いつく限りの場所をすべて探した。だがなにも見つからなかった。

その晩、あたしは洗濯場の隅で布団を被って生まれて初めて声をあげて泣いた。淋しくて自分の涙に溶けて消えてしまえればいいのにと思った。

そのときなにかが布団の中に入ってきた。

あたしはびっくりして布団をはねのけた。すると、痩せた小動物のような幼い女の子がいた。手足が冷たくて怯えた目をしていた。あたしと同じネズミ色の寝間着を着せられていたから、洗濯場の夫婦が新しく下働きに雇った子供だとわかった。

名前を尋ねると、ニナと答えた。あたしはニナを布団に入れてあたしの体で手足を温めてやった。そうして背中をさすってやっているうちにあたしも眠りに落ちていた。

それからは、朝起きるとニナの顔を拭いて服を着せて髪を編んで世話をするのが、あたしの日課になった。仕事も洗濯物の畳み方から教えた。ニナはどこに行くにもあたしの後をついてきた。口数の少ない子だったが、あたしが喫茶室のゴミ捨て場でまだ食べられる焼き菓子を見つけてきたときは嬉しそうな笑顔を見せてくれた。夜は背中をさすってやらないと眠らない。ニナにはあたしが必要で、あたしはニナがいることで毎日に張り合いができた。だけど、あたしはニナが雇われた本当の理由をまだなにもわかっちゃいなかった。

それを知ったのは、珍しく夜に回収する洗濯袋の少ない日だった。あたしはいつもよりずっと早く手押し車をおして洗濯場に戻ってきた。すると薄暗い洗濯場の大きなアイロン台にニナが寝かされていて、その上に洗濯場の親爺が覆い被さっていた。

なにが起こっているのか一目でわかった。あの薄汚い男は、あたしにしたのと同じあのおぞましい行為をニナにもやっているのだ。

どうやって近づいたのか覚えていない。気がついたときには、あたしはアイロンを摑んであいつの頭に振り下ろしていた。

鮮血が辺りに飛び散り、ニナの金属のような悲鳴が響き渡った。あたしは心の中で助けを求めて、オルフェオ、オルフェオと繰り返していた。うずくまったあいつの頭から血が湧き出して床に広がっていった。

洗濯場の親爺は病院に運ばれ、あたしは警察署に連れていかれた。でもあたしは親爺を殴った理由を言わなかった。話したところで羽虫の言い分など相手にされるわけもないし、それでなくてもあたしはもう〈嘘つきのマリ〉として有名だった。

出血のわりに親爺の傷は浅く、翌日の昼には警察署にやってきた。あたしが監獄でべらべらと喋るのを恐れたのだろう、親爺が署長に気の荒い娘だがよく働くから今回は勘弁してやってくれと取りなしているのを、あたしは檻の中から、別の世界ですでに終わってしまったことを見ているような気分で眺めていた。

檻から出され、親爺と二人で警察署の玄関に向かいながら、あたしはこう言って親爺を脅した。あんたの女房には黙っててやるから、あの子をどこかよそに行かせろ。

もちろん女房は信じないふりをしてあたしを折檻するだろうが、あの女の鼻はそこまで鈍くはない。内心ではあたしの言うことをまるごと信じるだろうという確信があった。

親爺はニナを農場の下働きに出し、その代わりあたしは夜明けから真夜中まで人の三倍働かされるようになった。それ以来ニナには会っていない。羽虫は映画を観に来たりもしないから、大人になった顔も思い浮かばない。

あの小さなニナが結婚した。

湿ったウエハースを齧りながら、なんだか狐につままれたような、それでいて発作的に笑い出したいような気分だった。

檻に入れられたあのとき、あたしは自分の先のことなんてなんにも考えちゃいなかった。そうしたら次の日の午後にはもう檻の外にいた。でも結局のところ、あのあとあたしは人殺しとして監獄に行くことになったんだけど。

受付の黒電話が鳴っていた。

このベルが鳴るとき、あたしはいつだって受話器を取る前に内容がわかる。聞こえるのはお屋敷の執事の声。たとえば「マリ、おまえはゆうべネオンを消し忘れていたぞ」とか「マリ、今日はショーウインドウを磨く日だぞ」とか。今日は後者だ。

三日に一度、執事からショーウインドゥを磨けと電話がある。初めのうちは他に仕事がないのかと呆れたが、どうやら執事はこの電話を自分の役目のひとつと考えているらしい。

そういうわけで三日に一度、あたしは昼ごはんのあとにショーウインドウを磨く。暗くなる前に屋上に上がってネオンのスイッチを入れるのはいつものこと。日曜日は夕方で終わり。水曜日はお休み。

†

目が覚めるとまず張り出し窓を開けて部屋に海風を入れる。

この〈三階建て〉の窓からは、倉庫街の通りひとつ隔てて桟橋の突き出た港が目と鼻の先に見える。夏にはあそこに客船が泊まっていた。あの夜、雷鳴で目を覚ましたあたしは、たくさんの電飾をまとって輝く客船を眺めた。

そういえばあの日も、今日と同じ水曜日だったっけ。

あたしは水筒に熱いお茶を詰め、りんごと丸パンひとつを布袋に入れて部屋を出る。お天気は上々、おまけにあたしは自由。いつものようにまっすぐ目的地に向かう。

マーケット通りに差しかかると、驚いたことに葉巻屋の予言が的中して一斉に店の塗り替え工事が始まっていた。パイプと鉄板で組んだ足場の上で大勢の男たちが刷毛(はけ)を振るっている。土建屋によくもこれだけの人手があったものだと目を丸くして眺めていると、男たちの中にラシャの取り巻きたちの顔があった。なるほど、仕事にあぶれていた町の若いやつらが臨時に雇われたわけだ。腕まくりをして威勢だけはいいが、やたらに塗りたくったペンキが垂れて路上にカラフルな鳥の糞(ふん)のように盛り上がっている。日雇い仕事に慣れた羽虫なら安い労賃でもっとマシな仕事をするだろうが、土建屋も夏以来急に激しくなった町の人間同士の軋轢(あつれき)に配慮したものとみえる。客船の恩恵をほぼ独占したかたちでぼろ儲けをした商家は、定職のない町の若者たちの怨嗟の的になっていた。そこで連中を働かせて同時にマーケット通りに溜まった金をいくぶんなりとも吐き出させようという目論見だ。

あたしに言わせれば、町の人間から商家の何倍もの富を絞り上げてがっぽり稼いでいる伯爵には腹も立てないくせに、同じ庶民に転がり込んだ僥倖に色めき立つ気持ちが今ひとつわからない。それはあたしが羽虫だからかもしれないけど、まあ、確かに言えることがあるとすれば、連中の仕事ぶりだとパステルカラーの壁も白い窓枠もいくらも保たずに醜い剝げあとを晒すだろうってことだ。

羽虫に堂々とマーケット通りを歩かれては自分たちの沽券に関わるとでもいうように、頭上からきれいな弧を描いてバケツが飛んでくる。あたしがそちらに目も向けずにひょいとよけてやると、まるで魔女の所業でも見たかのように男たちがたまげた様子で顔を見合わせた。人間には影ってものがあって、間抜けな企みもそっくりそのまま路上で演じてくれることを知らないらしい。

森の樹木は落葉の時期に入って、木の間から銀色の太い柱のように光が射し込んでいる。

お休みの日、あたしはいつも森に来る。落ち葉を踏んでたっぷりと陽を浴びてお昼まで、りんごを齧りながらゆっくりと歩く。この季節の森があたしの一番のお気に入りだ。

もっとも、猟銃を担いだ人間が湧いて出るのは玉に瑕だけど。

以前、草むらに座ってお茶を飲んでいたとき、頭の上を弾がかすめたことがあった。さすがにびっくりしたけれど、そのあとが傑作だった。獲物を仕留めたと勘違いした男が喜色満面で駆けてきた。ところがあたしがいたもんだから、まるで落胆が顔にぶら下がったみたいにそいつの頬も口も情けなく垂れ下がった。それから、ぬか喜びを見られた恥ずかしさを取り繕うように、いかにも迷惑そうに鼻に縦皺を寄せてあたしを睨みつけた。その激変ぶりがあんまり珍妙で、あたしは思わず吹き出した。

憤然と立ち去る後ろ姿を眺めながらあたしは、ざまあみろ、と思ったものだった。誤ってあたしを撃ち殺したところで大したことにはならないだろうが、あいつらの〈迷惑〉を回避するためにこの世が回っているわけじゃなし。楽しみで森のいきものを殺す人間より、空腹で狩りをする獣のほうにあたしはよほど近しさを感じる。

さて、とあのときと同じように水筒をしまって立ち上がる。その拍子に、栗色の瞳の子鹿と目が合った。木立の中に立ち止まってじっとこちらを見ている。あたしはあいさつ代わりに幸運を祈る。

この世界は銃を担いだ人間が周期的に現れるところ。おまえもあたしもこの世の外には逃げられない。そんなこと、わかっていたからといって弾をよけられるわけではないけれど。

帰りは葉巻屋の家に寄って前の週に頼んでおいた食料と一週間分の煙草を受け取る。

羽虫の居住区では工場で腕を失った老人が日向（ひなた）の椅子で白昼夢にふけり、胸を病んだ子供が地面に三日月と星を描く。蒼白（あおじろ）く透きとおったあの子は冬まで生きられないだろう。

オルフェオが言っていたっけ。この世界は残酷だから、持たない者からより多くを奪い続ける。

何事にも例外はあるけれど、今、卓上に次々と食料品を並べながら駄法螺（だぼら）をまき散らしているこの男、葉巻屋がそれだろう。こいつは羽虫であることが嬉しいんじゃないかと思うほどいつもあっけらかんとして調子良く生きている。

「はい、手間賃を含めてこのお値段、まさに出血大サービス！」

「なに言ってんだよ。角砂糖はかどが丸くなってるし、小麦粉なんか頼んだ量より少ないじゃないか。どこまでぼったくる気だい」

あたしは納得のいく金額に達するまで交戦し、しまいには葉巻屋が両手をあげて降参する。どうせ折れるなら初めから吹っかけなければいいものを。

「前から言おうと思ってたんだけどね、金を貯め込んだりしてたら今に夜盗が来て血の泡を吹くことになるよ」

「金なんてないない。万にひとつあったとしてもだ、こんな掘っ立て小屋には置かないね」

どこかに隠し場所でもあるのか、葉巻屋はしたり顔で答えた。

鳩時計の小窓が開いて、愛くるしい鳩がポッポと一時を告げた。

「いつ見ても、あんたには不似合いだねぇ」

この小屋に来るたびにあたしはそう言わずにはいられない。

あの鳩時計は、修繕屋が修理したのだが持ち主がもう要らないと言うので、葉巻屋が煙草と交換して手に入れたものだという。

あたしは卓上の食料品を布袋に入れながら憎まれ口を叩く。

「映画で見たんだけどね、あんたみたいに金の代わりになんでも煙草と交換する男、刑務所ってとこの囚人に多いんだってね」

「刑務所ってでっかい収容所みたいなあれだろ？　揃いの服を着て、みんなで一斉に飯を食って、運動とかもするんだよな。それってどんな感じなのかなぁ」

葉巻屋は見知らぬ世界に思いを馳せるように言った。

あたしは部屋に戻って遅い昼ごはんを食べ、手に入れた食料品を片付ける。

蜂蜜の瓶の底に蟻が沈んでいる。金色の甘く重い液体の中で宙を飛ぶような格好で軽く脚を曲げたまま閉じ込められている。

あたしはその蟻に衝動的に名前をつけたくなるのを堪える。

そうして窓を閉めて横たわり、浅い眠りに落ちる。

夜、闇の中であたしは、階段をゆっくりと上がってくるあの足音を聞いて目を覚ます。

†

汗で湿ったシーツの上で反転すると、あたしは裸のまま部屋を横切って箱型テレビのスイッチを入れる。といっても、あたしは別にテレビが見たいわけじゃない。白っぽい光が室内をチカチカさせて、他人の声が無遠慮に流れ出すと、ものごとがさっさと進んでくれるからだ。

判事はおっくうそうに起き上がり、ベッドに腰掛けたまま靴下をはき始める。そう、その調子。次は立ち上がって床の上のズボンを拾い上げる。肉のたるみかけた四十男が衣服を身につけて町のみんなが知っている判事に戻るまで、あたしはキッチンの椅子に座ってブラウン管を眺める。町でも珍しいテレビがこの部屋にあるのを知っているのは、ほんの数人だけだ。

四角い画面の中には、遠い町の戦争が映っていた。

戦車や、崩れ落ちた建物や、食べ物を運ぶ車。

「ねえ」と、あたしは膝に頬杖(ほおづえ)をついて尋ねた。「なんだってあんな無駄なことをしてるんだい？」

「小さな戦争は効率のいい経済行為だからな、やめられないいんだよ。おまえの頭じゃわからないだろうが、そういう小競り合いのおかげでここの缶詰工場も儲かってきたんだ」

殺し合いのおこぼれにあずかってきたと簡単に言えばいいじゃないか。

あたしは卓上の水筒を取って飲み残しのお茶を喉に流し込む。

判事の話では、塔の地の中央府は小競り合いによる利益争奪戦に本格的に参入するべく、盟友関係にある潮の地を正式に支援することを決めたらしい。それを聞いて、あたしはなるほど夏に来た客船に潮の地の親善使節団が乗ってたのはそういう流れだったのかと納得した。

それにしても、一昨日のラジオニュースで報じられたという〈正式支援　決定〉の報は、あの葉巻屋のアンテナにも引っ掛からなかったほど町ではまったく話題になっていない。身の回りの情報は週報で間に合うし、みんなろくにニュースなんか聞いちゃいないから、おおかたの人間が知らないのだろう。まあ、そんなことを知ったところでどうなるんだ、といえばそれまでだ。中央府がなにかを決めて発表したら町の人間は従うだけ。そのうち、ああしろこうしろと命令があるだろうから、その時にわかれば事足りるというわけだ。

「中央府は骨の髄まで腐りきってる。今に始まったことじゃないが、あそこにいるのは甘い汁に群がる亡者みたいな連中ばかりだ。少しでもいい思いをしようと上の人間におべっかを使うほか能がない」

判事はまるでシャツのボタンが小さくて留めにくいのもそいつらのせいだと言わんばかりに苛立(いらだ)たしげに喋り続けている。この男はあたしのからだに乗っかって欲望を解消したあとは、愚痴を垂れて鬱憤(うっぷん)を発散しなければ損だとでも思い込んでいるらしい。あたしに言わせれば、おまえだって似たようなもんだ。ことあるごとに伯爵のご機嫌を取ろうと躍起になってるじゃないか。

あいもかわらず判事は扉を開けて出ていくまでぶつぶつと不満を述べ立てていた。

ひとりになると、あたしはテレビを消してソファに投げ出されたままの〈おみやげ〉を手に取る。判事の〈おみやげ〉はいつも古い週報で乱暴に包んである。キッチンのテーブルに運んで包みを開けると、干し肉の塊だった。マーケット通りの肉屋に吊(つ)ってある一番安い干し肉だ。もちろん羽虫のあたしには手が出せない代物だけど。

〈おみやげ〉は、あの男が自分の行為の後ろ暗さを和らげるためのものだ。良心を清潔に保つため。そういう意味では、奥様連中が映画館の受付に置いていった募金箱と同じだ。赤い飾り文字で〈気の毒な修繕屋さんのために〉と書かれた箱。

あたしは干し肉を薄く切ってパンにはさむ。それからキッチンに裸で立ったまま、吐き気を堪えてそいつを口に押し込む。

もうすぐ水曜日が終わって、明日からまた代わり映えのしない一週間が始まる。それだけのこと。あたしはそう考えていた。実際、映画館の受付に座っていて驚くべき出来事に遭遇するとも思えなかったし、あたしはたいていのことでは驚かないと思ってもいた。

だが、その考えは間違っていた。

土曜日の午後、よそゆきのワンピースを着たハットラが映画館に現れた。短く切りそろえた赤毛に可愛らしい髪飾りまでつけて。それだけでも充分驚きだったけど、そのうえハットラの隣に、祭りのときのように着飾った両親、ディタとアルタキが立っていたのだ。

†

ハットラの一家がそろって出歩くなんて、それこそ祝祭なんかの特別な機会だけだった。そういう時だって、ディタは、私たちにはなにも恥じ入るところなどないと全身で表明するかのように頭を上げ、両脇の夫と娘の手を固く握って、まるで戦いのように義務のように、誰とも言葉を交わすことなく町を歩いていたものだった。

そのディタが券を買おうと財布を取り出すのを見て、あたしは朝に食べたキノコがたちの悪い類いで、幻覚症状があらわれているんじゃないかと疑ったほどだ。だがたまたま吸い殻を集めに来ていた葉巻屋が啞然とした顔で同じ方向を見ているのに気づいて、よりによってこいつと同じ幻覚を見るはずがないと思い直した。それでもわけがわからず、あたしはすんでのところで葉巻屋に、今日は映画館でなにか特別なことがあるのかい、と馬鹿げたことを訊くところだった。それをせずにすんだのは、札を出したディタの顔を見て声が出なかったからだ。

ディタが嬉しそうに笑いかけてきたのだ。

それまで口角の上がったディタさえ想像もできなかったというのに、目の前のディタは笑顔で頬を上気させている。

「券を三枚。おつりは要りません」

あたしは黙って札を受け取った。

ハットラとアルタキは少し緊張気味に目を伏せている。

三人が自販機でレモン水を買って客席に消えると同時に、葉巻屋があたしのところにすっ飛んできた。

「これは、これの、あれだよ」

葉巻屋は興奮して言葉にならないらしく、もどかしげに腕を振って走る身振りをした。

あたしはようやく魔術師が読んでくれた先週の週報を思い出した。

「お祝いってことだね」

ハットラは中央府の運動競技大会において最年少で入賞し、小さな盾を持って帰ってきた。半分羽虫のハットラのことだから、週報には隅っこに小さく載っただけだったけれど、〈女子短距離走者として初めて、始まりの町に栄誉をもたらした〉という一文に、切手くらいの大きさで盾の写真が添えられていた。

ディタはなにか特別なことをしてハットラを祝ってやりたかったのだ。ディタがまだ少女だった頃に誕生日やなにかを両親に祝ってもらったときのように。たぶん映画のあとは博物館の向かいにあるフルーツパーラーに寄るのだろう。

「こいつは中等科の教師が〈踊る雄牛〉で喋ってたんだがな」

葉巻屋が声をひそめて囁いた。

「ハットラは来年、飛び級をして中央府の体育学院に進学するらしい。推薦枠で内定したんだってよ」

びっくりして「ほんとかい」と聞き返したあたしに、葉巻屋は得意顔で頷いてみせた。

あたしはなんだか目の前が開けるような気持ちだった。

中央府へ行けば、ハットラは始まりの町という帰るべきふるさとを持つ人間になれる。六つの町の精鋭が集まる体育学院では父親が羽虫なんてことは大した問題じゃない。大事なのは、ずば抜けた記録を出し続けることだ。

今まで以上に孤独で、緊張の連続だろうが、ハットラの孤独には希望がある。

とにかくあたしはなにかしてやりたくて、帰り際のハットラに表紙の一番きれいなパンフレットを選んで渡した。ハットラは目を瞬いたあと、「ありがとう」と言った。初めて聞くハットラの声は、細い笛の音のようだった。

夕方、黄色いコンバーチブルに乗ってコンテッサがやってきた。受付のカウンターに身を乗り出すや「ハットラたちが来たんですって」と赤い唇をほころばせた。情報源の葉巻屋はしれっとした態度で客席に入っていく。コンテッサが映画を観る前には、常に葉巻屋が吸い殻をひとつ残らず拾っておくことになっている。

「町の人間なんて身勝手なものよね。ハットラが体育学院で凄い成績を出したら、いきなり始まりの町の誇りだとかって言い出すわよ。あの子をつまはじきにしてきたのも忘れて」

「まあ、そんなとこだろうね」

あたしは気分良く答えてコンテッサのスタンプカードにスタンプを押した。

お目付役のドニーノはいつものように勝手にロビーのソファに腰を下ろし、仏頂面で腕組みをしている。コンテッサはいいのだが、毎回こいつがもれなくついてくるのには辟易させられる。今週はこれで三度目だ。

そういえば、とあたしはふと思った。いつからだろう、コンテッサがこんなに頻々と映画館に来るようになったのは。あたしは頭の中で月日を遡った。

そう、確かアレンカがこの町から消えた直後からだ。

なにか妙な気がするけれど、あたしは深入りはしない。実を言えば、コンテッサが映画館に来ること自体に、ちょっとしたからくりがあるのだ。

コンテッサは伯爵の養女としてこの町に現れてすぐに映画館の常連になった。きまって夜の最終上映回に現れて、特に長い映画を好んで何度も観に来ていた。そのたびに、暗闇の中でコンテッサに近づく男がないように、ドニーノがロビーに陣取って映画を観に来る男たちを追い払っていた。もちろんこいつも一応、男の端くれだから客席には入れない。そこで十五分に一度ほどソファから立ち上がっては客席の様子を確かめていた。

若いカップルは映画館の前に黄色いコンバーチブルが停まっているのを見ると別の暗がりを求めて海岸公園へ向かうようになったし、町には夜ひとりで映画を観に来る女はいないから、いきつくところ客席はコンテッサの貸し切りになった。儲からないが映画館は伯爵のものだから、好きなようにすればいいと放っておいた。

そういうわけで、あたしがからくりに気づいたのはまったくの偶然からだった。

いくつか前の冬、砂埃が屋根まで舞い上がるような激しい風の夜で、さすがのドニーノも早く帰りたいらしく、上映終了時刻にまだ間があるうちから外套(がいとう)を着こんでそわそわしていた。ロビーに居座られるだけで邪魔くさいのに、あたしはもう近くにいるのも面倒になって仕方なく戸締まりを始めた。

化粧室の小窓の鍵(かぎ)を確かめようと、通路奥にある扉を開けてあたしはあやうく声をあげるところだった。洗面台の前に降って湧いたように、みすぼらしいなりをした羽虫の女が立っていたのだ。

裏口の扉はあたしが煙草を吸いに出るとき以外はいつも鍵をかけてあるから、外からは入れない。玄関脇のロビーにはずっとあたしとドニーノがいたのだ。

いったいどこから入ったのさ、と後ろから肩を摑もうとしたとき、女が鏡越しにあたしを見つめているのに気がついた。すり切れた毛布のようなポンチョを着て、頭はストールで覆っていたが、こちらを見ている顔は間違いなくコンテッサだった。ドニーノが何度となく客席を覗いて、ひとりで映画を観ている姿を確認しているというのに。

　やがて鏡の中のコンテッサはたくらみを含んだ秘密めいた微笑を浮かべた。まるでそれが合図だったみたいに、あたしはいっぺんに仕掛けを理解した。

　客席にいるのはコンテッサの服を着た替玉なのだ。その女が羽虫、つまりすり切れたポンチョの持ち主だ。コンテッサは映画が始まるとすぐに客席を抜け出し、化粧室で羽虫と服を取り替え、映画館の裏口から外へ出る。ドニーノがロビーの扉から覗いても、客席は暗いうえにコンテッサが映画に来るときはいつも用心深くカクテルハットを被っているから露見する恐れはないに等しい。そうして上映が終わる前に戻ってきて元どおりに入れ替わる。

　もちろん手際よくやってのけるには、それなりの手助けがいる。こっそりと内側から裏口を開けて替玉を化粧室に仕込んでおいたり、コンテッサが戻ったタイミングを替玉に知らせたり。そもそもコンテッサひとりでは替玉の羽虫を見つけるのだって難しい。貸し切り上映のたびに現れる葉巻屋が一枚噛(か)んでいるのは確実だった。

　だからってあたしは葉巻屋になにか訊いたりはしない。葉巻屋も、こっちが気づいているのを先刻承知で黙っている。コンテッサが映画館を抜け出して二時間あまりどこでなにをしているのか、あたしは知らないし、知ろうとも思わない。

映画が終わると、コンテッサは今夜も現れたときと同じ豪奢な身なりで客席から出てくる。そうして、あたしの手に金を握らせる代わりに、軽くウインクをして通り過ぎる。あたしはコンテッサのそういう流儀が嫌いじゃない。

でも、この先どうなるかは誰にもわからない。

ものごとは突然、起こるものだ。あの時もそうだった。

ある朝起きると、洗濯場の夫婦がなかよくそろって死んでいた。

†

吐いた食べ物に血が混じっていたらしく、あたしが毒を盛って殺したに違いないと警察に引っ立てられた。夫婦の朝晩の食事は確かにあたしが作らされていたけれど、毒なんか盛っちゃいない。何度そう言っても取り合ってもらえず、おまえのほかに誰がやるんだと小突き回された。二人を殺したのはあたしだと決まっているようだった。

あたしはまた監獄に放り込まれたんだけど、やってもないことを、どうやってやったかなんて説明できるわけがなかった。

何日か経った昼、通りのほうから大勢の人間の叫び声が聞こえてきた。なにが起こったんだろうと思っていると、獄吏がやってきていきなりあたしの髪を摑んで檻の中から引きずり出した。そのままあたしは二階の窓のところまで連れていかれた。

警察署の前にまるで祭りのように町の人間が押し寄せていた。男も女も年寄りも若いのも。祭りと違うのは、誰もが拳を突き上げて狂ったように猛り立ち、怒声をあげていることだった。

「マリを縛り首に、マリを縛り首に！」

いつもは羽虫に嫌がらせをしない学校の女教師たちまでが、歯をむき出して喚いている。町中が熱狂的にあたしを殺したがっていた。

どうしてこんなことになるのかわけがわからなかった。あたしは立っていられずに床に座り込んだ。たぶん恐ろしかったのだ。いつのまにかそばに来ていた署長のダーネクが教えてくれた。以前にあたしが洗濯場の親爺をアイロンで殴って殺そうとしたことがあると週報で報じられたのだという。そのときは善良な親爺の取りなしで罪を免れたが、その恩ある養い親を今度は夫婦ともども毒殺したという筋書きだ。

白状すれば命だけは助けてやると判事が囁いた。

連日、町の人間が警察署を取り囲み、あたしは昼も夜も白状しろと責め立てられた。だが白状すれば、こいつらが手柄顔であたしを縛り首にするのは目に見えていた。羽虫をどうするかは町の裁量で、中央府の関知するところではない。

なにも喋らず、なにも考えない。あたしにできるのはそれだけだった。

ねっとりとした飴のように時間が溶け出して日付の感覚もなくなった頃、あたしは人々の怒号が聞こえなくなっているのに気がついた。入れ替わるように、町のあちこちから陰気な鐘の音が聞こえ始めた。葬列の先頭で打ち鳴らす鐘だった。町中で人がバタバタと死んでいたのだ。

伯爵の妻と老母が相次いで死に、中央府から来た医療団によって町にパラチフスが大流行していることがわかった。猛威が一段落したあと、洗濯場の夫婦の死因もパラチフスと判明し、あたしは釈放されることになった。監獄に入れられてから五ヶ月が経っていた。

消毒と称してあたしはそのまま病院に送られた。退院する時分には、死んだ夫婦の息子のラシャが町に戻って洗濯場を取り仕切っていて、あたしの寝る場所も仕事もなくなっていた。

ダーネクと判事と伯爵が相談したらしく、あたしは〈三階建て〉の空き室をあてがわれ、映画館の受付に座るようになった。

仕事を始めた初日、奇妙なことが起こった。

幕間(まくあい)に客席の掃除に行くと、年嵩のお針子が二人、座席に残って話し込んでいた。その熱をおびた顔つきからして、どうせ親戚(しんせき)の悪口か週報のゴシップ欄の話題で盛り上がっているのだろうと、あたしは耳に入るのも鬱陶しくて踵(きびす)を返した。すると、女のひとりが「いいんだよ、あんた」と席を立って駆け寄ってきた。それから新しい煙草の封を切って一本抜き取り、残りを箱ごとあたしの手に握らせた。

「取っときなよ。あの親爺は居住区へ子買いに行くような奴だったんだから」

そう言うと、女はなにやら心得顔で頷いて連れと一緒に出ていった。あたしはあっけにとられてしばらく手の中の一箱の煙草を眺めていた。

洗濯場の親爺がけだものじみた欲望を幼い羽虫の子供を使って満たしていた。そんなこと、あの女にはなんの関係もないことだ。親爺とこの煙草がどう結びつくのか、そのときのあたしには見当もつかなかった。

謎を解いてくれたのは、数日後に映画館に現れた判事の妻だった。この女は焼きたてのパンと葡萄酒の入った手籠を持ってやってきた。そいつを受付のカウンターに置くと、不思議なほど晴れやかな顔で言った。

「私は初めからあなたがやったんじゃないと思っていたの。でも、みんなが洗濯場の夫婦に仕返しをしたんだろうって言っていたものだから」

〈仕返し〉という思いがけない言葉が、頭の芯に染みこんでいくようだった。

それまで町の人間というのは、羽虫に対してどんなひどいことも平気でできるんだと思っていた。羽虫は人間ではないから、なにをしてもかまわないと。ところが、そうではなかったのだ。自分たちが同じような目に遭えば、きっと仕返しをしたくなるだろうと感じているのだ。だから町の人間の上に説明のつかない不幸がふりかかったら、すべて羽虫の仕業、羽虫の仕返しだと思い込む。

あたしは、警察署の窓から見た町の人間たちの、なにかにとり憑かれたように醜く歪んだ顔を思い出した。あいつらを突き動かしていたのは、恩知らずの羽虫への怒りではなく、仕返しをされる恐怖だったんだ。パラチフスだとわかるのがもう少し遅ければ、町の人間は羽虫が毒をばらまいているという恐怖に駆られて、何人もの羽虫を警察などおかまいなしに血祭りにあげたに違いない。やられるまえに、やってしまえと。

†

誰かがあたしの肩を突っついた。

むっとして身を起こすと、葉巻屋が妙にやさしい顔をしてあたしを見つめていた。

「マリ、もう帰りなよ」

気がつくと客席から音がしていなかった。開け放たれた赤い扉の向こうは、ひとけなく静まりかえっている。だけど、外はまだ白茶けたように明るい。

ああ、今日は日曜日だったんだと思い出した。映画館は夕方でおしまいだ。

あたしは急いで部屋に帰ると、分厚いチーズの一切れを紙に包んでポケットに押し込んだ。時計を見るといつもより一時間以上、遅れていた。でもまだ軽くひと勝負くらいはできるだろう。

今日はもう来ないと思っていたらしく、魔術師はなんの準備もせずに四角いテーブルに禁書を広げていた。文字がみっしりと詰まった分厚い本だ。物語の世界からこちらに戻り切れていない時の常で、鼻眼鏡の魔術師はあたしを見て間の抜けたことを言った。

「そんな格好で寒くないのかい？」

年寄りと一緒にしないでほしい。まあ、洞窟は底冷えするんだろうから大目に見てやろう。魔術師が早々と火なんか焚いているおかげで、あたしはすぐにお茶を淹れられるし。

二つのブリキのコップに湯気の立つお茶ができあがるあいだに、魔術師がテーブルにスゴロク盤を広げて四隅に駒を置く。四つの駒を二つずつ、つまりはひとりで二人分の運と頭を使って勝敗を競うのだ。盤の傍らに魔術師が厳かな身振りでウズラの卵を三つ置いた。あたしが勝てば卵をいただく。魔術師が勝てばチーズだ。さっそく紙に包んできたそれを出そうとあたしはポケットに手を突っ込んだ。すると指先に針で突いたような痛みが走った。

慎重にチーズの包みを取り出してポケットをあらためると、広場の塔をかたどった小さなピンバッヂが出てきた。

「おい、それはこの春に中央府が配ったバッヂじゃないか」

そう言われて思い出した。春頃、中央府が〈塔の地の人間の絆と団結の印〉として、六つの町の人間すべてにバッヂを配ったことがあった。配ったといっても、バッヂにはちゃんと値段がついていて、家族の人数分だけ税に上乗せされるとあって町の人間には不評だったと葉巻屋が話していた。いまだに身につけているのは一部の年寄りと跳ね上がった若い連中だけだ。

それにしてもこんなもの、あたしは触ったこともなければポケットに入れた覚えもなかった。

「おかしいねぇ、なんでこんなとこに」

客席を掃除しているときに見つけて、あとで落とし物箱に入れるつもりで忘れていたんだろうか。

魔術師が心配そうに眉を顰めて言った。

「そんなものを羽虫が持っているのが知れたら」

かえって危険だってことくらいわかっている。あたしはすぐさまそいつを火に投げ込んだ。それから中指の先にぷっくり膨らんだ血を吸い取ると、サイコロを取って勝負に集中した。

面白いように立て続けにいい目が出た。あたしは容赦なく魔術師の駒を蹴落として進んでやった。

魔術師は大きなくしゃみをしたり、テーブルをがたがたさせたりしてなんとかあたしの気を散らそうと試みていたが、やがて敗北が避けがたく迫ったことを悟ると、いまわの際にありがたい忠告を授けるように言った。

「マリ、いつかおまえの魂も、私に助けを求めることがないとは限らんぞ」

こいつが〈魂〉なんて言い出すときは、相手に雑貨屋のオーネの一件を思い出させて、自らのないに等しい威信をかき集めようとしているのだと相場が決まっている。

とはいえ、あたしは魔術師が〈魔術師〉と呼ばれているのは、オーネのことがあったからだと思っている。あれがなければ、今頃はヘボ師とでも言われていたことだろう。あたしがこの町に来るずっと前の出来事で、これは葉巻屋から聞いた話だ。葉巻屋はすべての経緯に立ち会った雑貨屋の主(あるじ)のヨンから直接聞いたのだと主張していたが、その過度な強調ぶりからしていくらか怪しい臭いはあった。とにかく、話はこうだ。

その頃、雑貨屋の商売を取り仕切っていたのはヨンの祖母のオーネだった。オーネは八十歳を過ぎてもみじんの衰えもみせず、真っ黒に染めた髪を大きなお団子にして頭頂部に盛り上げ、帳簿を片手に息子夫婦や従業員に厳しい采配を振っていた。店の奥には銀行に次ぐ頑丈な金庫があり、そのたった一本の鍵も、もちろんオーネが握っていた。

六月のある朝、身支度をすませて家を出ようとしていたオーネは、玄関ドアの手前でストンと座り込み、それきり意識を失った。医者を呼んだり、香油を塗ったり、薬草を煎(せん)じたり、あらゆる手立てを尽くしたが、その甲斐(かい)なく、オーネは四日目の夕方、親族の見守る中でただ一言、「鍵……」と言い残して息を引き取った。親族のものは青褪(あおざ)めた顔を見合わせると、次の瞬間、目を開いたままのオーネをほったらかして一斉に金庫の鍵を探し始めた。オーネが鍵をどこに保管していたか誰も知らなかったのだ。

家中くまなく捜索が行われたが、鍵は見つからなかった。追いつめられた親族がソファやクッションにまでナイフを突き立てていた夜更け、玄関のノッカーを鳴らすものがあった。扉を開けると、ローブをまとった魔術師が立っていた。

魔術師は舞台風の会釈をすると、お招きにあずかりましたのに遅くなって申し訳ございません、と詫びた。そしてローブの袖口を指して、ちょうど衣装のしみ抜きをしておりましたもので、と付け加えた。親族のものは、通夜に余興を呼んだのはいったいどこの馬鹿だ、と互いに罵倒し合ったが、魔術師は当たり前のようにオーネに呼ばれたのだと答えると、ぽかんとしている親族を尻目にまっすぐにオーネの寝室に向かった。

魔術師は目を開いたままのオーネに近づいてその口元に耳を寄せた。しばらくすると、魔術師はまるでオーネがなにか話していて、それを聞いているかのように苦笑を浮かべて首を振ったり、眉を上げて驚いた表情を浮かべたりし始めた。

その頃には親族の全員が寝室につめかけており、女たちは気味悪そうに肩を寄せ合い、男たちは息をつめて魔術師の一挙手一投足を注視していた。やがて魔術師はひとつ頷くと、親族に向き直った。それから舞台の上で、ご覧あれ、と見得を切るときのように両腕を大きく広げてたっぷりと間を取ったのち、オーネの頭頂部に盛り上げられたお団子の髪に指をさしいれた。そしてまさに魔術のようにそこから金庫の鍵を取り出してみせたのだ。

謝礼として渡された十日分の堅焼きパンとひと壺の蜂蜜を見て、魔術師は飛び上がらんばかりに喜び、親族が辟易して寝支度を始めるまでしつこく礼を述べて帰っていったという。

仮にここまでが事実だったとしても、魔術師はオーネが鍵を隠すのを偶然見たかなにかしたに違いないとあたしは睨んでいる。その証拠に、この話は急転直下、不幸な結末を迎える。

その夜の出来事がたちまち町中に知れ渡り、家族を亡くした者たちが荷車に一年分の干し肉の塊や缶詰を満載して魔術師の住む窟の前に押し寄せたのだ。

ここで正直に白状すればよかったものを、魔術師は口いっぱいによだれをためながら、ひどく悲しげな顔でこう言ったという。

――死者の声を聞けるのは、死者その人に呼ばれたときだけなのです。

そのうえ悲嘆に暮れる遺族を元気づけようと、いつものへっぽこ魔術を披露したのが決定打となったらしい。人々の憤激を買った魔術師は、干し肉を投げつけられて転倒したはずみで骨折。その夏中、動けなくなったという話。

「安心しなよ」

あたしはきっちりと勝ちを決めて言った。

「オーネみたいにこの世に未練はないからね。あたしの魂は魔術師を呼んだりしないよ」

魔術師は恨めしそうにテーブルの上のウズラの卵を眺めていた。

あたしがチーズをポケットに戻し、卵に手を伸ばしたときだった。魔術師はちょっと試してみるだけというような控えめな口調で言った。

「今さらこんなことを言うのもなんだがね、もしかしたら今日は日曜日ではないような気がするんだよ。日曜日なら私はスゴロク盤を用意して待ってたはずだからね」

開いた口が塞がらないというのは、こういう瞬間のことだろう。卵惜しさについに耄碌を装うか。あたしは腰に手を当てて大きくひとつため息をついた。

「いいから、ウズラは取っときなよ。なんならチーズもやるよ」

よほど嬉しかったとみえて、魔術師は珍しく窟の外まであたしを見送りに出てきた。

月明かりを浴びた菜園の一隅に、白いネリネが花を咲かせていた。

来るときには気づかなかったのに、あたしはなんでだかその花をずっと見ていたいような気持ちになった。

「綺麗だろう。夏に球根を植えたんだよ」と、魔術師が言った。

「あれを、少し分けてくれるかい？」

魔術師は気前よく鋏を入れて一束のネリネを持たせてくれた。

手提げランタンの灯りがあたしの足もとを照らす。

ゆったりとした歩調に合わせて、あたしの腕の中でネリネの白い花弁が頷くように揺れる。あやされる子供のように気持ちよさそうに。

こんなふうにハットラを腕に抱いて運んであげられたらいいのに。

病院の枕に、短く切りそろえた赤毛を広げて横たわっているハットラ。

あの子は不運にも弾をよけられなかった子鹿。

しばらく前のことだ。ハットラはいつものようにマーケット通りにひとりでおつかいに来ていた。急ぎ足で行くあの子の上に、壁の塗り替え用の足場が崩れ落ちた。ほんの一瞬でハットラの未来は卵のようにあっけなく割れてもう元には戻らない。ハットラは二度と走れなくなった。これからさき、歩くことも、立ち上がることもできない。

生真面目なあの子はまっすぐに前を見て脇目も振らずに歩くから、気づかなかったんだ。あたしみたいに路上の影を見ていれば、よこしまな罠にかからずにすんだのに。

体育学院への来年の推薦枠は、町の子弟の中からあらためて選出されることになったという。

判事の妻は、ハットラのためにも募金箱を作るだろうか。あたしは、赤い飾り文字で〈気の毒なハットラのために〉と書かれた箱を思い浮かべる。

すると急にあの女になにもかも教えてやりたくなる。

あたしが監獄に閉じ込められていた五ヶ月のあいだに、あいつらが本当はなにをしていたのかを。

†

あの五ヶ月のあいだ、毎日のように署長と判事と獄吏は三人そろって夜遅くあたしの牢にやってきた。罪を白状しない強情な娘を罰するためだと言って。

その結果、あたしは妊娠した。

何も知らないあいつらは、あたしの釈放が決まっても涼しい顔をしていた。あたしが檻の中でどんな目に遭っていたか喋っても、誰も信じないと高を括っていた。だからあたしは、この腹の中に証拠があると教えてやった。それからこうも言ってやった。

「色つきの羽虫の腹からは、大人の顔をした子供が生まれてくるよ。あんたたちの誰かひとりと、そっくり同じ顔をした子供がね。なにがあったか一目瞭然だ。あたしは監獄に閉じ込められてたんだからね」

それを聞いたときの三人の顔ったらなかった。獄吏は顔に脂汗を浮かべて今にも吐きそうだったし、判事はバケモノでも見たみたいに後ずさった。署長なんて目を剥いて墓石みたいに固まっちまった。

ところが釈放される前の晩、あいつらがやってきて、またぞろ三人がかりであたしを押さえつけた。だけど、そのあとはいつもと違っていた。あたしは腕に針を刺されて、それっきりなにも覚えていない。

目が覚めると病院のベッドにいた。年取った羽虫の付添婦があたしの額に手を置いて、「不幸な子は大きな光のもとに旅立ったよ」と言った。頭も体もぼんやりとしてよくわからなかったけど、たぶん朝だったんだと思う、あたしは窓から射し込む光が眩しくて両手で目を覆った。付添婦はカーテンを閉めて戻ってくるあいだ喋り続けた。

「そうだよ、生まれてきてもこの世の光はあの子を傷つける何万本もの刃だ。あの子は一度も声をあげて泣くこともなく、つらい思いもせず、眠ったまま夢の続きを追うように大きな光のもとに旅立ったんだ。こんなに幸いなことはないよ」

付添婦があたしの目尻を拭ってくれて、あたしは自分の涙に気がついた。お仕着せを着た付添婦は冷たい炊事場の臭いがした。

「安心おし。これからは、もう二度とおまえの体に不幸な子供が宿ることがないように、先生がきちんと処置して下さったからね」

下腹に大波のような痛みが襲ってきて、なにも考えられなくなった。痛みがたったひとつの慰めになることもあるんだと後になって思った。

退院後、あたしは三階建てのてっぺんの部屋と映画館の受付の職をあてがわれた。そうして働き始めてすぐに、あの足音が聞こえるようになった。

夜、三階建ての階段を一段一段ゆっくりと上がってくる足音。それはやがてあたしの部屋の扉の向こうで止まる。扉はノックされることはない。内側から鍵をかけていても無駄。外の鍵穴に合鍵が差し込まれる音がして、くるりと鍵は外される。

〈おみやげ〉を持って入ってくるのは署長のときもあれば、判事のときもある。今は看守長に昇進した元獄吏のときもあれば、伯爵が中央府から招いたお客のときもある。男たちはそれぞれに合鍵を持っていて、決して鉢合わせすることなくやってくる。あたしにとっては誰だろうと変わりがない、みんな同じ足音だ。

あの足音を聞かずにすむのは、日曜日の夜だけ。男たちは家族と過ごすから。

でも可哀想に、あの子はなにもかも知ってしまった。

どうしてなのかはわからない。

冬の真夜中、カイは通りに立ってあたしの部屋を見上げていた。晩餐会の正装をして、胸には新年の花飾り。打ち砕かれたような顔を見れば、それだけですべて知ってしまったのだとわかった。

あの子は泣いていた。なにも知らずに父親の権威と富に守られて生きてきた自分が耐えがたかったんだろう。あの子が悪いわけじゃないのに。正気に戻してやらないと、真っ黒な怒りと嫌悪の矛先を自分自身に向けてしまいそうだった。

あたしは煙草を吸いながら張り出し窓を開け、カイに声をかけた。

「自分を哀れんで一生を棒に振るつもりかい?」

あの夜をさかいにカイは映画館に来なくなった。中央府の中等科に行ったから、新しい暮らしに慣れる慌ただしさがあの子を助けてくれるだろう。

あたしは水差しにたっぷり水を入れて、魔術師がくれた白いネリネの花束を飾る。部屋の中が明るくなったようで気分が良くなる。ところがソファに腰を下ろそうとして、あたしは戸惑った。ろくに座る場所がないほど〈おみやげ〉が手つかずで放り出されたまま積み重なっていた。

いつのまにこんなに溜まっていたんだろう……。いくつかはソファにまで油が染み出している。なかには古くなって傷んでしまったものもあるに違いない。

明日まとめて捨てることにして、あたしはお菓子屋の包装紙で巻いた箱を摑んでベッドに寝転がった。そうして安物の甘い菓子を齧りながら、天井に貼った絵はがきを見上げる。

青い空と輝く白い大地。あの懐かしい雪景色の絵はがきだ。

男たちはことが終わるとみんなテレビのほうに気を取られてしまうから、誰もあれに気づいていない。

絵はがきがあたしのもとにやってきたのは、この部屋で暮らし始めてからだった。洗濯場に置きっぱなしになっていたあたしのわずかな持ち物、寝間着や靴やなにかが、あるとき段ボール箱に投げ込まれて階段の下に置かれていた。その中に絵はがきが入っていたのだ。表には、あたしが読めるほとんど唯一の文字が記されていた。

〈マリへ〉

ああ、やっぱりそうだったんだ、とあたしは思った。オルフェオがあたしになにも残さずに行ってしまったはずがないんだ。あんなに探し回っても見つからなかったのは、洗濯場の夫婦が隠していたからだ。それを、なにも知らないラシャがあたしのものだと思って一緒に放り込んだのだ。

あたしは嬉しさのあまりはがきを胸に押し当てて心ゆくまで涙を流した。それから、あの底意地の悪い元獄吏に取り上げられないように、大事な絵はがきを天井に貼った。男たちが尻を振って果てるまで、あたしは雪景色を見上げている。あたしの体も視界も揺れて、まるで雪の原を走っているようだった。そうして突如、オルフェオが言っていた〈しかるべき瞬間〉が来た。

あたしは思い出したんだ。子供の頃、雪を見たときのことを。

あたしは降りしきる雪の中を夢中で駆け回っていた。雪原に次々とあたしの足跡が残るのが面白くって仕方なかった。あたしは声をあげて笑っていた。頰に触れて溶ける雪が気持ちよかった。あたしは立ち止まって誰かを振り返った。

毛皮を着たひとりの年老いた男が、いかにも楽しげな笑みを浮かべてあたしを見ていた。その顔に重なるように、母さんの声が聞こえてきた。

「お父様のお葬式にいくのよ」

それは、長いあいだ耳にしなかったあたしのふるさとの言葉だった。

†

おろし立ての服を着せられて、あたしは母さんと一緒に汽車に乗った。膨らんだ袖が嬉しかったのを覚えている。母さんは若くて、私より濃い肌の色をした人だった。

あたしはお葬式がなにかわからなかったけど、みんなが集まるほどの〈式〉なんだから、きっとなにか大がかりな、心を動かさずにはいられないようなことが起こるのに違いないと思っていた。そしてそこには父さんもいるのだと思うと嬉しかった。

　父さんは一年に一度訪ねてきて、あたしたちを山や湖畔の静かな場所に連れ出した。母さんとは親子ほども年が違っていたけど、母さんにもあたしにもやさしかった。

　いくつも汽車を乗り継いだあと、客船に乗った。

　この町の港に着いたのは夜だった。母さんと馬車に乗ったような気がするけど、あたしは瞼(まぶた)がくっつくみたいに眠たくてよく覚えていない。

　目が覚めたら、黴臭(かびくさ)いソファに寝かされていた。いつのまにか寝間着に着替えさせられていた。そこは天井ばかり高い、立派だけどひどく厳(いか)めしい感じのする書斎で、あたしのほかには誰もいなかった。

　びっくりして母さんを捜しに行こうとしたけど、扉には鍵がかかっていてびくともしなかった。そのうち扉の向こうを大人たちが行ったり来たりしてる足音や、物を動かしているみたいな大きな音が聞こえたので、置いていかれたのではないとわかって少し安心した。でも、今度はあたしだけが〈式〉から仲間はずれにされたのが悔しくて悲しくて、大声で呼びながら扉を叩き続けた。

　そうしたらいきなり扉の向こうで、動物を叱りつけるような鋭い声がした。誰かが母さんの声を真似たような変な声だった。その声があんまり近くで聞こえたのであたしは兎みたいに飛び上がって一目散に暖炉のそばまで逃げ戻った。暖炉には赤々と火が踊っていて、死んだ書斎の中でそこだけが生きているようだった。あたしはとりあえず外の人が、あたしがここにいるのを思い出してくれただけで満足することにした。そのうち扉を開けに来てくれるはずだ。

あたしは書棚からできるだけたくさん挿絵のついた本をひっぱりだしてきて暖炉の前に横になった。挿絵も文字もみんな暖炉の火に照らされてちらちらと揺れていて、目を離したそばから動き出すようだった。

いつのまにかあたしは頁をめくるのをやめ、肘の内側に片耳をつけるように頭を載せたままぼんやりと挿絵を眺めていた。

その時、あの足音を聞いたんだ。雪の上を歩く足音。それはあたしの肘の内側、血管の中から聞こえていた。真っ白な柔らかい雪を踏んで歩いていく音だった。

頭の中に一面の雪景色が蘇って、あたしは夢中で耳を澄ました。

気がつくと扉が開いていて、ひとりの老婦人が立っていた。レースで溢れ返った真っ黒いドレスを着て、手には真珠を埋め込んだ杖を持っていた。

あたしになにか尋ねたようだったが、言葉がわからなかった。しばらくして老婦人は、あたしの知っている言葉で、ここでなにをしているのか、と訊いた。あたしは、雪の上を歩く足音を聞いていたのだと答えた。どんなものかをあたしが話そうとするのを遮って、老婦人はとんちんかんな質問をした。

「おまえは、誰と、どこで、雪を見たの」

まるで急に悪寒に襲われたみたいに声が震えていた。

あたしは一緒に暖炉の火にあたれるように場所を空けながら答えた。

「父さんと母さんと一緒に。高い山の上のお城のようなところで」

黒いレースで覆われた喉からくぐもった妙な音がした。

子供のあたしはなにも知らなかったのだ。その老婦人が父さんの妻だということも、その黒いドレスが父さんの死を悼む〈式〉のためのものだということも、高い山の上のお城のようなところは、父さんがかつてその妻と新婚旅行で訪れた場所だったことも。

老婦人はいきなり信じられないような速さで杖をついて近づいてきた。そして火の脇で右手の杖を振り上げ、あたしの頭に打ち下ろした。

どこかに捨てておけばこのまま死ぬだろうと、始末に困った伯爵が誰かにこっそり異母妹を遺棄させたのだろう。まさかなにも知らない料理番が荷馬車に乗せて戻ってくるとは夢にも思わずに。

頭に包帯を巻いて目を覚ましたあたしに、異母兄は真っ赤な嘘を吹き込んだ。客船の誰かに頭を殴られて海岸公園に捨てられていたのだと。

母さんがどんなつもりであたしを置いていったのかはわからない。でも、最初に書斎で目を覚ましたとき、母さんはもういなかったんだと思う。

あたしがはっきりと思い出すことができたのは、これだけ。あの雪景色の絵はがきも、あたしのふるさとの記憶までは呼び戻してくれなかった。

思い出すには遅すぎたのかもしれない。

オルフェオの手を離れた絵はがきは、時間の外側をぐるっと遠回りしたみたいに、とっくに大人になったあたしのもとに届いたのだから。

ふるさとの記憶は、細かくちぎられた物語のようだ。紙吹雪みたいに風にさらわれて、あたしには一握りの紙片しか残っていない。どことも繫(つな)がらない風景の切れ端ばかり。そこで話されていた言葉もおぼろげで、自分がなんと呼ばれていたのかも忘れてしまった。

思い出したところで、ふるさとはもうとてつもなく遠い。あたしが今、あらゆる苦難を乗り越えてそこにたどり着いたとしても、そこの人間にとってやっぱりあたしは羽虫なんだろう。

だからあたしは、アレンカが刺繡(ししゅう)した想像の鳥を、あたしのふるさとの鳥にした。なくしてしまったたくさんのものの代わりに。

果てしなく遠いあたしのふるさとは、あの鳥が群れをなして太陽の縁を渡っていくのが見えるところ。

あたしはなまけ者のマリ。

映画館の受付机に腕を投げ出して、肘の内側に片耳をつけるように頭を載せて、あたしは雪の上を歩く足音を聞く。そうして、あの足音があたしを迎えにくるのを待っている。それは奇跡でもなんでもない。かならず来るものだから。

昔ふるさとで暮らしていたあたしは、汽車に乗ったり客船に乗ったりしてここに来たけれど、あの足音はずっとあたしの通ったあとを歩いてきている。そしてそこにはいつも雪が降っている。木馬のある部屋にも、熱帯の花々の咲き乱れる坂道にも、朽ちた裏木戸にも、たくさんの汽車が停まっている駅にも。はっきりとはしないけれど、みんなどこか見覚えのあるところだ。だからこうやってずっと足音を聞いていれば、それがいよいよあたしのところに来た時、あたしのほうから飛び出していけるかもしれない。そうしたら、足音はあたしがずっと待っていたことを知って驚くに違いない。

そのときは遠くない。アレンカが訪ねてきたあの日、あたしは合図を受け取ったのだから。

†

客船が港に停泊していた水曜日のことだ。森から戻って遅い昼食をとっていると、不意に階段を上がってくる足音が聞こえた。男たちが来るのは夜と決まっていたから、あたしは不審に思って耳を澄ました。いつもと違う軽い足音だった。だが、あの階段を上がってくるのは男たちのほかにはない。あたしは怪訝な気持ちで酢漬けの魚をもぐもぐやりながら扉が開くのを待った。

ところが足音は扉の前に止まったままいつまでたっても動かない。しびれを切らして立ち上がった時、思いがけないことが起こった。扉が遠慮がちにノックされたのだ。そんなことはこれまでに一度もなかった。あたしは急いで扉を開けた。

アレンカが立っていた。なんでこんなところにアレンカがいるのかさっぱりわけがわからなかった。ろくに口をきいたこともないのに。アレンカは片手に買い物籠、もう一方に紙包みをさげて、緊張のあまり青褪めているようだった。

これをあなたに、とアレンカが紙包みを差し出した。いきなりなんだい、とあたしが言うのも耳に入らない様子だった。アレンカは自分の気持ちが変わるのを恐れるように扉の隙間から素早く部屋に入ると、テーブルに包みを置いてみずから開けてみせた。

お祭りの時にアレンカの着ていた晴れ着だった。

いらないとあたしは言おうとした。そんなもの着ていくところがないし、第一もらういわれがない。でも、あたしを見つめたアレンカは、断れば死んでしまうんじゃないかと思うような、階段の一番上からでも飛び下りそうな思いつめた顔をしていた。

一瞬の躊躇（ちゅうちょ）に力を得たようにアレンカは、着てみて、と言うなりあたしの服のボタンを外し始めた。このおとなしげな羽虫のどこにこんな大胆さが隠れていたのかと、正直あたしは驚いていた。

アレンカの細やかで、それでいて無駄のない手の動きは、幾度もドレスの試着を手伝ってきたまさに職人のそれを思わせた。あたしはこんなふうに人に丁寧に扱われたことがなかったから、いつのまにかうっとりとしてされるままになっていた。

耳の下で大きな花のようにヘアスカーフを結ぶと、アレンカは一歩後ろに下がった。あたしは、鏡の中の晴れ着を着たあたしに見とれていた。

思ったとおり、とアレンカは満足そうに微笑んだ。それからあたしの片手を取って自分の両手で包みこみ、軽く膝を曲げた。最上級の感謝を伝える仕草だ。あたしが口もきけないでいるうちに、アレンカは買い物籠を取って階段を駆け下りていった。

あたしは茫然（ぼうぜん）と突っ立っていた。

頭を整理しようとソファに腰を下ろし、ティーカップに手を伸ばした。だが、お茶なんかでは足りないような気がして、誰かの〈おみやげ〉の蒸留酒をカップに注いだ。

アレンカはどうしてあたしに感謝なんかするんだろう。以前、招待券をあげたことがあったけど、あれは何年も前の話だ。考えるうち、ひょっとしたらお祭りの夜のことだろうかと思いついた。もしそうなら、アレンカはあたしに感謝することなんかこれっぽっちもなかったのに。あれは、あの綺麗な鳥をあたしのふるさとの鳥にしたくて、あたしが勝手にやったこと……。

ほんの少しの酒だったのに、体が沈み込むように一度に疲れが吹き出した。森への往復に客船の人間でごった返すマーケット通りを通ったものだから、人混みに揉（も）まれてすっかりくたびれていた。あたしはそのままソファで眠りこんでしまった。

長い夢を見ていたような気がするけれど、雷鳴があたしを三階建ての小部屋に引き戻した。夢は妙にやるせない気分だけを残してたち消え、あたしは闇の中に座ったまま張り出し窓の外を走る稲光を眺めていた。あたしの胸にとまったふるさとの鳥は、あたしと同じで稲光を怖がったりはしないだろう。あたしたちは、黒い空が喉を鳴らすように轟(とどろ)くのを聞いた。やがて大粒の雨が落ちてきたかと思うと、たちまち世界を覆い尽くし、窓硝子を滝のように流れ落ち始めた。

あたしは手探りで灯りをつけ、水道の水をコップにくんで飲んだ。そのときになって、今夜はまだ誰も来ていないのだと気がついた。テレビの上の掛け時計に目をやると、午前零時を少し過ぎたところだった。きっと客船のお別れパーティーに出ているんだ。誰か来るのなら、これからだ。

そう思った途端、どうしてだかわからない、突然、今夜だけは耐えがたい気がした。階段を上がってくるあの足音を聞くのは耐えがたい。天井の絵はがきも助けにはならない。どうしても今夜だけは嫌だった。この体にまとわりつく夜のすべてが、おぞましく、厭(いと)わしかった。

キッチンテーブルに〈おみやげ〉の酢漬けの魚が載った皿がそのままになっていた。あたしは獣じみた叫び声をあげてそれをなぎ払った。酢と油にまみれた皿が割れて飛び散った。床に転がった残骸(ざんがい)を見るうち、胴のあたりからおかしな震えが込み上げてきた。あたしは声をあげて笑っていた。窓硝子を洗う雨のように涙が流れ落ちた。

汚れて砕けた器。あれが、あたし。もうどうにもならない。

だからずっと待っているのに。あたしだけのあの足音は、まだ迎えにこない。

あたしはキッチンのテーブルに身を投げ出して、雪の上を歩く足音を聞いた。

止めどなく涙を流しながら、規則正しい柔らかな足音にじっと耳を澄ましていた。

どれくらいそうしていただろう、いつのまにか雨音がしなくなっていた。

涙で重たくなった頭で、窓を少し開けてもいいかもしれないと思った。

立ち上がって張り出し窓に近づくと、港の客船が見えた。あたしは自分の目にしているものが信じられなかった。

甲板に雪が降っていた。

高いポールから扇のように電飾が掛けられた甲板に、銀色に輝く雪が舞い落ちていた。

霧雨が電飾の光を受けてそう見えるだけだと頭ではすぐにわかったけれど、あたしの目に見えているものは変わらなかった。

甲板に雪が降っている。

あそこに行きたい。行かなければ。あたしは部屋を飛び出していた。


タラップを駆け上がったところで誰かに腕を摑まれた。

おしろいを塗りたくったパラソルの婆さんが目をぱちくりしてあたしを見ていた。晴れ着とヘアスカーフのせいで、顔を見るまで肌の色がわからなかったらしい。

「あなた、こんなところに来てはだめよ。招待状がなくっちゃ」

黄色いパラソルを片手に婆さんは咎めるように言った。

目と鼻の先に雪の降る甲板があった。それは霧雨と一緒にいつ消えてしまうかわからない幻なのだ。あたしはパラソルの手を振り払いたかった。

だが、逆上させて金切り声をあげられてはおしまいだ。パラソルは勝手に転がる多面体のようにくるくると人格が変わるのだ。あるときは新居から散歩に出たうら若い新妻であったり、あるときは大農園の女あるじであったり、またあるときはコンテッサの忠実な侍女であったり。

あたしが黙っているのをパラソルは別の意味に解釈したらしい、頭をそらせて言った。

「私は別よ。お嬢様のお供で来てるんですからね」

今日は侍女の日のようだ。実際、コンテッサは面白がってたまにパラソルを連れ回しているから、お別れパーティーに連れてきたんだろう。

「お嬢様には迷惑をかけないと約束するよ。そこの甲板に行きたいだけなんだ。お願いだよ、通しておくれ」

パラソルの婆さんは目に見えて激しい葛藤に陥った。あたしは祈るような気持ちで答えを待った。やがてパラソルは意を決した様子であたしを見上げた。

「お持ちになる？」

パラソルは自分の黄色いパラソルをあたしに差し出した。甲板に出ればあたしは濡れてしまうから、自分のパラソルを貸すべきではないかと悩んでいたのだ。どんなときも手放さない大事なパラソルなのに。

今日はみんなどうかしている。

あたしは馬鹿みたいにまた涙がこぼれそうになった。

「ありがとう。でも大丈夫だよ」

パラソルはちょっとほっとしたような微笑を浮かべると、あたしの腕を摑んでいた手を放してくれた。

あたしは、雪の降る甲板に歩いていった。今夜あらわれたこの幻の雪は、あたしの足音から届けられたもののような気がした。

これは、もうすぐ迎えにいくという合図。

甲板に立って、あたしは暗い沖を見つめた。

あの闇の彼方(かなた)のどこかから、あたしはここに連れてこられた。

あたしはふるさとの鳥を胸に抱いて、心の中であたしの足音に呼びかけた。

あたしはここにいる。ずっとここにいて待っているから。

早く、急いで迎えにきて。

あたしは雪の中に立って、あたしの足音に呼びかけ続けた。

翌日、葉巻屋が映画館に来てアレンカがいなくなったと教えてくれた。

あの晴れ着は、アレンカからの別れの挨拶だったんだと思った。

しばらくして、アレンカは晴れ着を着て客船に乗り、海の向こうの遠い町に消えたという噂が流れた。でもそれは間違いだとあたしは知ってる。あの晩、晴れ着を着て甲板に立っていたのはあたしだから。

†

アレンカは、夜明け前に町の端を通る水色の長距離バスに乗ったんだ。

あたしはそこにいたように思い描ける。

辺りにはなにもない、コンクリートに棒が突き立っただけのバス停だ。アレンカは、身の回りのわずかな物を詰めたトランクに座って、頬杖をついてバスを待っている。白黒の古い映画みたいな大気に少しだけ風が吹いていて、それがアレンカの後れ毛を揺らしている。やがて、どこの地にも属さない道を水色の長距離バスがやってくる。アレンカは立ち上がってトランクを手に取る。

アレンカはみずから町を去った。トゥーレのために。

彼女はずっと修繕屋の火事のことを考えていたに違いない。ああいうことは一度起これればすぐに当たり前になっていく。あれが前例となって、なし崩し的にやっていいことになる。たぶんいくらも経たないうちに、もっと恐ろしいことになるのだ。

あの祭りの夜、アレンカは心を決めたんだろう。なにもかも悪いほうに転がってしまったから。ガスパンを喜ばせるつもりで晴れ着を着たんだろうが、町の家に住んで特別扱いされている羽虫が、ものの見事に注目を集めちまった。それでも、福引きに当たらなければまだ違っていたかもしれない。三人そろって舞台に上げられたうえに、トゥーレが町中の人間の前で、自分は半分羽虫だと宣言したりしなければ。この先なにかのはずみでトゥーレが反感を買えば、たちまち標的にされる。

じゃあ、アレンカがいなくなればトゥーレはどうするか。

マルケッタの家で暮らしながら中等科に通うとは思えない。トゥーレはガスパンとトラックに乗る。運転手はひと月の半分は町にいないから、町の人間がトゥーレを見かける機会は少なくなる。つまりトゥーレは今より目立たなくなる。もちろん危険な仕事だけど、何年かは父親と一緒だろうし、トゥーレは少なくとも武器を持って自衛できる。半分羽虫の子供が中等科に行って目障りな存在になるよりはよほどましというものだ。それに、アレンカが消えて町の人間が彼女の姿を目にすることがなくなれば、トゥーレの母親が羽虫だったこともいずれ人々の記憶から薄れていく。トゥーレのことを考えればそれが一番。

その考えは結局、正しかったんだ。割れてしまった卵は、もう元には戻らないから。トゥーレはあの子のようにならずにすむ。一度だけ髪飾りをつけて映画館に来たあの子。

そういえばいつだったか、トゥーレが久しぶりに映画館に来たっけ。ちょっと見ないうちに背も髪も伸びて、ずいぶん大人っぽくなっていた。学校みたいに山ほどの馬鹿みたいな規則がないぶん、今のほうが楽しいと笑っていた。

トゥーレは入れたばかりだというタトゥーを見せてくれた。右手の甲に、アレンカが刺繍したあたしのふるさとの鳥がいた。

「これを見れば、僕だとわかると思うんだ」

トゥーレはそう言った。

「そうだね」と、あたしは答えた。アレンカの記憶の中のトゥーレは、いつまでも初等科に通っていた頃のままだ。大人になれば面差しも変わる。でもあの鳥を見れば、アレンカはきっとトゥーレだとわかるだろう。

最終上映にやってきた葉巻屋とコンテッサが後ろからタトゥーを覗き込んでいた。

「トゥーレはトラックに乗っていろんな遠くの町に行くからな。何十年かのうちに、どこかでアレンカとすれ違うことだってあるかもしれないもんな」

葉巻屋はそう言うと鳥打ち帽に軽く手を当てて客席に入っていった。

トゥーレは「また来るよ」と微笑んで帰っていったけど、その後ろ姿をコンテッサがなぜだか少し悲しげな目をして見送っていた。

「そんなことは起こらないわ……」

コンテッサは小さく呟いた。

その口調は、絶対に間違いのないこと、まるでサイコロに七の目がないのと同じくらい動かしようのない事実を告げているように聞こえた。

あたしは、もしかしたらコンテッサはアレンカの行き先を知っているのかもしれないと思った。

でも、それがどこだろうと、今さらなにかが変わるわけじゃない。

†

誰かがあたしの肩に手を置いた。身を起こすと、目の前に葉巻屋の顔があった。

「帰って休みなよ、マリ」

最終上映が終わって、もう誰も残っていないようだった。

「顔色が悪いぜ。風邪でもひいたんじゃないのかい？」

「ひとの心配をするほど暇を持て余してるとは知らなかったよ」

のろのろと立ち上がって戸締まりを始める。

昨日と同じように、あたしは屋上のネオンを消して下りてくる。

今日は何曜日だったっけ。ひどく疲れて、考えるのも面倒だった。

何曜日でも同じだ。大差ない。

なんだか体がだるくて寒気がする。本当に風邪をひいたのかもしれない。椅子に腰を下ろしたときは、ほんの少し休んでいくだけのつもりだった。でもあたしはそのままうとうとしてしまったらしい。

目が覚めると、通りに雪が降っていた。

初めは夢を見てるんだろうと思った。映画館の空気が氷みたいに冷たくなっているのに気づいて、あたしは半信半疑で立ち上がった。

通りは降り積もった雪で真っ白だった。ジュースの木箱も路上に停められた自転車も分厚い雪に覆われている。その上にあとからあとから羽根のような雪が降ってくる。

すると突然、雪の降りしきる通りが真昼のように明るくなった。

雪の降る甘美な真昼。

あたしにはわかった。

ああ、とうとう来てくれたんだ。あたしの足音が、あたしを迎えにきてくれた。

あたしは外へと駆け出した。

§　§　§

その日は大陸が凄い速さで北に移動してるんじゃないかと思うほど昼過ぎから急激に気温が下がりだし、ついに空から白いものが舞い落ち始めた。

町に初めて雪が降ったその晩、葉巻屋たる俺は例年のごとく、ホテルの年越しパーティー会場で吸い殻集めにいそしんでいた。宿泊客のために毎年最上階で盛大に催されるのだが、いつもはお屋敷で年越しをする伯爵がこの日は雪見と称して珍しく来ていた。もし、伯爵がホテルにいなかったら、俺はマリになにが起こったのか翌朝まで知らずにいたかもしれない。ホテルで下働きをしている羽虫はひとり残らず俺の煙草を買っているから、新鮮な情報は煙草と交換されることを知っている。つまりホテルにもたらされる知らせは電光石火のごとく俺の耳に入ることになっている。

午前零時少し前、まもなく新年を迎えようという時刻にフロントの電話が鳴った。それが、伯爵に映画館で大変なことが起こったことを知らせる一報だった。

フロント係が驚いて口もきけない様子で電話の内容をメモし、そのメモがメッセンジャーボーイに渡され、そいつが宴会場にいる伯爵を見つけ出すより早く、俺は映画館に向かっていた。

俺が雪まみれになって駆けつけた時、映画館の前は真昼のように明るかった。

先代の伯爵が新婚旅行の土産に持ち帰ったというロータリー除雪車が、昆虫の目みたいなライトで煌々（こうこう）と通りを照らしていた。真っ白い雪の上に大きな血だまりができていた。

膝がガクガクと震えて俺は座り込んだ。

マリはいきなりライトの中に飛び出してきたのだという。ロータリー除雪車の怪物のような螺旋状の刃に巻き込まれて、マリは死んだ。ハットラがあのひどい事故にあってからというもの、マリは少しずつおかしくなっていった。休館日の水曜にずっと受付に座っていたり、日曜でもないのに魔術師を訪ねてスゴロクをしたり、十一月も終わろうという頃に袖なしの服を着てみたり。俺が客席で拾って渡した塔のバッヂのことも忘れていたようだと魔術師から聞いた。最後に会った時もマリは軽口を叩いていたけれど、俺はずっと心配してたんだ。

雪の上に、マリをロビーに運んだ跡が残っていたが、俺は動けなかった。時間の感覚も吹っ飛んで、どれくらいそこにそうしていたのかわからない。

我に返ったのは、もの凄い勢いで近づいてくる蹄（ひづめ）の音を聞いたからだ。

雪を蹴立て、人馬一体となって湯気が立ちのぼっていた。

馬上の人はコンテッサだった。

コンテッサは強く手綱を引いて馬をとめると、荒い息をつきながら黙って血だまりを見おろした。

そのとき俺は、間違いなく誰も見たことのないコンテッサの顔を見ているんだと思った。

そこには突き上げるような憤怒（ふんぬ）が漲（みなぎ）っていた。

第3章 ―― 鳥打ち帽の葉巻屋が語る覗き穴と叛乱の物語 ――

俺は葉巻屋。俺が遭遇した事件を語るにあたって、まず葉巻屋とはどのような存在なのかを話しておこう。

葉巻屋は何世代にもわたって主体的に羽虫であることを選択してきた羽虫、いわば生粋の羽虫だ。葉巻屋の子供はものごころつくとすぐに親から葉巻きの技術および心得を伝授される。加えて、掘っ立て小屋の中には煙草を巻くための紙がふんだんにあり、紙というものにはほとんどなんらかの文章が印刷されているから、放っておいても文字は読めるようになるし、親父の仕事について回っているうちに、足し算引き算や割引率の勘案方法なども自然と身につく。そういうわけで、早ければ十二、三歳で、遅くとも十五歳あたりには独立して葉巻屋のいない町に移り、そこで商いを始めるのが葉巻屋のしきたりだ。俺が初めて長距離バスに乗ったのもトゥーレと変わらない年頃だった。

そもそも羽虫は目障りな存在なので、見知らぬ町で商売をするためには、その町の人間にそれなりに存在価値を認めていただくことが不可欠である。手っ取り早いのが吸い殻と一緒に目立つゴミも片付けることだ。あいつがいると公共の場所がそこそこざっぱりしていいじゃないか、ってな具合になればしめたもので、葉巻屋に対する風当たりは一般の羽虫に比べていくぶん柔らかいものになるうえ、運が良ければ宝の山にありつけることだってある。

日報を出していた会社が潰れた時なんぞは〈三階建て〉の前に膨大な量の古い日報と辞書、法律の本の類いが放り出されていて、俺はこの先十年は煙草を巻く紙に不自由しないぞ、という心が震えるような喜びを胸に荷車にそいつらを積み込んで、自分の掘っ立て小屋まで何往復もしたものだった。俺は文字を読むのが好きなので、古い日報は読んでから使っているし、辞書やなにかは寝る前の楽しみに取ってある。

実際、一日の仕事を終えて読むものがあるというのはいいもんだ。魔術師が抱え込んでいる禁書も読みたいのだが、あいつは猜疑心が強いから俺に貸すと煙草にされるのではないかと考えているらしく、触れさせてもくれない。

さて、町おかかえの無料の掃除夫というこの献身的な役目は、いずれ自分の子供、あるいは弟子に継承される。だが、葉巻屋という生業の性格上、効率的にかつ良い吸い殻を拾うためには町の人間が集まる場所に出向かねばならず、当然の帰結として目立つ羽虫になる。であるからして、葉巻屋はすべからく高い自衛能力を有していなければならない。この点、是非とも必要となるのは、町のあらゆる老若男女に対して、どのような局面においても、たとえ一日がかりで集めた吸い殻を奪われて海に投げ捨てられようとも、気持ちよく明るく対応する不屈の陽気さ。もうひとつは、人の中をさりげなく空気のように漂って聞き耳を立てる技だ。小さな情報の切れ端を集めて繋ぎ合わせれば、驚くほどいろんなことが見えてくる。町で今なにが起こっているのか、それを知っておくのが自衛のうえで最も肝要なのだ。

とはいえ、自衛能力の高さを誇るこの俺が、コンテッサの一言でしくじったのは事実だ。おまえに助けてほしいの、と言われて完全に舞い上がった俺はつい、よろこんで、と答えてしまった。あんな後光が射すような女から助けを求められたら、俺でなくとも判断力が霧散しようというものだが、引き受ける前にとりあえず手助けの内容を聞いてみるという素朴な馬鹿でも思いつきそうなことが頭に浮かばなかった。おかげでコンテッサが映画館からこっそり抜け出す算段をこの俺が整え、その予想外の行き先への送り迎えさえ担うことになったのだ。

思えばコンテッサは何においても型破りだった。車も着るものも言動も。マリの死に対してもそうだった。

話を年越しの夜の映画館の前に戻そう。

雪の上の血だまりを見下ろしていたコンテッサは、馬から下りると無言で俺に手綱を手渡してロビーに入っていった。俺は路地の角の馬留めに手綱を結んで急いであとに続いた。

マリの遺体はソファに横たえられ、頭のてっぺんからつま先まですっぽりと古い暗幕で覆われていた。遺体の傍らに外套を血に染めた二人の男がいた。ひとりは伯爵の命令で除雪車を運転していたドニーノで、こいつは恐怖で目が吊り上がり、昼まで蒼白になっていた。もうひとりは週報の発行人のイサイ。雪の写真を撮りに出て事故の現場に遭遇したとかで、ホテルに電話してきたのもイサイだった。

コンテッサは迷わずソファの脇に膝をつくと、そっと暗幕の上部をめくった。嘘のように首から上にはかすり傷ひとつなかった。生きていた頃と違うのは目だけだった。閉じた両の瞼の上に、コインが載せられていた。町の人間が死んだ際は、死者が安らかに眠りにつくようにこんなふうにして目を閉じさせる。ドニーノは脳の活動が一時停止しているようなので、コインを置いたのはイサイだろう。

そのイサイが誰にともなく言った。

「この女も、この女なりに町のためにご奉公したのだから」

コンテッサはとんでもない暴言を聞いたようにイサイを睨みつけると、コインを取って投げ捨てた。俺が心底たまげたのはそのあとだった。まるで待っていたかのようにマリの瞼がゆっくりと開いたのだ。

濃い茶色の瞳は澄み渡り、美しく反り返った睫毛は力強くさえあった。

コンテッサがマリの目を覗き込んで言った。

「そうよ、マリ。それでこそあなたよ」

イサイが壁際に転がったコインを拾って再びマリに近づいた。コンテッサは横っ面でも張るようにその手を打ち払った。

「おまえの息子が合鍵を届けたのね」

イサイの息子のサロは鍵屋の弟子だが、俺にはどこの合鍵のことか、それ以前に、なぜこの状況で合鍵の話になるのかさっぱりわからなかった。ところがイサイは事情を呑みこんでいるらしく、だからなんだ、とでも言わんばかりに反感も露わにコンテッサを見返している。

葉巻屋の性とは悲しいもので、こんな折でも、自分が知らない町の出来事を他の人間が知っているという事実に、俺は少なからず自尊心をこぼたれた。

そこへ巡査のベルがやってきた。町の人間が誤って羽虫を轢き殺したところで処罰の対象とはならないから簡単な経緯を訊くだけですむ。ベルは主に凄惨な事故現場の後処理と遺体の始末のために遣わされたらしかった。羽虫は死亡が確認されるとその日のうちに埋葬しなければならないのだが、マリには身内がいないから、居住区から羽虫を何人か集めて荷車で荒れ地のはずれにある羽虫の墓地まで運ばなければならない。墓地といっても墓石がわりに大きめの石が並んでいるだけの場所だが。

ベルがとりあえず事故の状況について尋ねると、ドニーノがいきなり通電した機械のように、なんで羽虫のせいで自分がこんな恐ろしい目に遭わなければならないんだと大声で喚き出した。コンテッサはそれを完璧に無視して、受付にある黒電話の受話器を摑んだ。ややあって聞こえたコンテッサの言葉は、興奮の絶頂間近にあったドニーノさえ思わず耳を疑って絶句するものだった。

「ザメンホフ、葬儀の手筈を整えてちょうだい」

羽虫が町の葬儀屋で葬式をするなんて前代未聞のことだった。しかし、これはまだ序の口だった。コンテッサは電話の向こうの葬儀屋に向かって、葬儀は伯爵の娘である自分が喪主となり、町の人間も羽虫もすべて招待して明日から二日間、ホテルの最上階を借り切って行うと告げたのだ。さらに食事も飲み物もふんだんに用意するよう伝えて受話器を置いた。俺を含めて、居合わせた全員が度肝を抜かれていたのは間違いない。

コンテッサは俺たちに向き直った。

「マリがこの町に来た時、海岸公園に捨てられていたのを縁あってお屋敷で保護したのだから、最後も面倒を見るべきでしょう。お屋敷がやるからにはそれなりの格式が必要だわ」

一応筋は通っているのに感心した。イサイがたまりかねたように歩み出た。

「しかし、この女は」

「おまえは葬儀を知らせる号外を出しなさい」

コンテッサは命令形でピシャリとイサイを黙らせると、まっすぐに扉に向かった。忌々しげに唇をねじ曲げているイサイを見て、号外は一筋縄ではいかないぞ、と俺は思った。イサイは週報の持ち主である伯爵に直訴するに違いない。

俺はベルに「俺が馬を」と断ってコンテッサのあとを追って映画館を出た。

コンテッサは馬をとめた路地の角に立って煙草を吸っていた。そして俺が合鍵の件を尋ねる前に、俺の頭に爆弾を落とすような事実を述べた。

「マリは伯爵の異母妹よ」

　このとき初めて俺はマリの出生と監獄での出来事、マリが三階建てで男たちによって共有されていたことを知った。合鍵を持った警察署長、判事、元獄吏、さらには伯爵から合鍵を貸与された中央府からの客人たちが毎晩のように部屋を訪れていた。イサイの言っていた〈ご奉公〉とはそういう意味だったのか。

　いつも軽口を叩いていたマリが、そんな目に遭っていたなんて。

　この俺が、革袋を差し出すこともなく、フィルター付きの上等な吸い殻が雪に落ちてダメになるのを見送ったのは、あとにも先にもこの時だけだった。

　いつのまにか雪がやみ、コンテッサは三本目の煙草から細く立ちのぼる煙を見つめていた。

「署長と判事がしょっちゅう伯爵に招かれて、お屋敷の晩餐に来るのは知っているわよね。食後に男たちだけで集まるシガールームじゃ、マリのことが精力自慢の定番話になってるわ」

　立ち聞きが得意なのは俺だけじゃないらしい。

「マリが先代の奥方に頭を割られた時、その尻拭いをしたのが当時まだ巡査だった署長と判事補のひとりだった判事よ。あの二人が夜中にマリを海岸公園に遺棄したの」

伯爵に言われたら二人はどんなことでもやっただろう。先代の伯爵の死後に行われた民選では相変わらず投票率は半数以下で、はなから息子の伯爵が当選することは目に見えていた。そして議員の権限には警察署長と判事の任命権が含まれている。この時の功績で二人は今の地位についたのだ。そうして伯爵と一緒になってマリの一生を食いものにした。

コンテッサが喪主となって大々的な葬儀を行えば、伯爵も署長も判事も元獄吏も葬儀に顔を出してマリと対面せずにはすまないだろう。

煙草を足下の雪に落として、コンテッサは長く白い息をついた。

「葉巻屋、ひとつ頼まれてちょうだい」

俺は躊躇(ちゅうちょ)なく答えた。

「よろこんで」

その足で俺は映画館に戻り、マリの遺体の傍らで葬儀屋のザメンホフ父子が来るのを待った。ザメンホフ父子は、目尻の皺(しわ)ひとつに至るまで、ひとりの人間の壮年期と老年期が同時に存在しているとしか思えない相貌(そうぼう)で、二人が揃いの喪服で並んで立っているだけで時空を超越したような、死を扱うにふさわしい霊的な印象を与える。俺の弟子のハンヤンなどは、ザメンホフ父子は死んだらひとりの人間になると固く信じている。

ザメンホフたちは専用の馬車で現れ、俺はマリと一緒にそいつに乗って葬儀屋の処置室に行った。そしてマリの体が元通りに繋ぎ合わされて棺(ひつぎ)に納められるまで、父子がマリの目を縫い合わさないように見張った。その間に俺が飲んだ二瓶の安酒はすべて涙になって流れ落ちた。

†

その日の昼、つまり新年第一日の昼に号外が配られた。そこにはまったく思いも寄らぬかたちで伯爵の意図が反映されていた。なんと表には、塔の地が盟友関係にある潮の地を正式に支援することになったという大見出しが打たれていた。その下をびっしり埋めた小さな文字をよくよく読めば、戦争に参加するってことじゃないか。しかもことが決まったのは昨年の十月だ。週報はついに四季報に開き直ったかと俺は呆れかえった。だが、町の人間たちからは際立った反応はなかった。まあ、決まったことはどうしようもない、どうせ中央府からあれこれ指示があるのだろうが、あんまり無理を言われなきゃいいがな、という消極的な希望が聞こえてきただけだった。

マリの葬儀の告知は裏に印刷されていた。そこにはイサイがコンテッサへの面当てに掲載したと思われるロータリー除雪車の写真があった。モノクロだが螺旋状の凶暴な回転刃にべっとりと血がついているのが見て取れる一枚で、女子供は恐ろしがって誰も葬儀に行かないはずだと考えたのだろう。

しかし、これはまったくもって逆効果だった。町の人間にとって日々の暮らしは刺激に乏しいから、乾燥した藁に火がつくように怖いもの見たさが燃え上がった。折しも年始で仕事は休み。こうして新年一日目は、町中の家で喪服にアイロンがかけられることとなった。一方、羽虫にとっては、告知にあった〈食べ物と飲み物はすべて無料、お持ち帰りもご自由に〉という文言は這ってでも行く価値があるというものだ。

翌二日、葬儀の開始は正午だったが、俺は何かできることはないかと朝早くからホテルの最上階に出向いた。マリの棺が安置された中央の大広間は花で埋め尽くされ、ザメンホフ父子が繊細な芸術作品の仕上げでもするようにマリに着せた白いドレスの襞を入念に整えていた。扉続きの左右の広間に並べる料理の配置や天井の飾りつけなど、会場の準備の方は葬儀屋の事務員でありトゥーレの叔父でもあるスベンが取り仕切っていた。スベンは好みのうるさいコンテッサのあらゆる要望に応えるべく、垂れ幕の掛け方からなにから逐一、コンテッサの指示を仰ぎつつ忙しく立ち働いていた。その誠心誠意といった働きぶりは、意外にもスベンは葬儀屋に向いているのではないかと思わせるものがあった。

喪服の上にベールつきのトーク帽を被ったコンテッサは、一張羅の背広を着込んできた俺に気づいて目だけで微笑んでみせたが、お互いに公の場で声をかけることはしなかった。俺は午前中、脚立に上って天井の飾りつけを手伝った。

昼近くになると、町の人間も羽虫もこぞってやってきて、蛇腹式の扉のついた三基のエレベーターはフル回転、会場は弔問客で溢れかえり、ホテルに入りきらない人々がたちまち正面玄関から長蛇の列をなして〈最後尾はこちら〉の看板を持った係員はほとんど全速力でホテルから遠ざかっていった。

伯爵のクルーザーで第二の町からもかき集めたという花を、人々が一本ずつ献花台に置き、棺のマリに別れを告げ、その傍らに立ったコンテッサに挨拶していく。羽虫の老女の中には、胸の上に組んだマリの手にそっと触れていく者もあった。生きていた時は〈色つき〉の羽虫として白眼視していても、死ねばいきなり心を広く持てるらしい。

町の人間はコンテッサのてまえ神妙な顔をしていたが、目を開いたままのマリの遺体を見る目つきはおっかなびっくり、あるいは興味津々といった様子だった。

初等科のオト先生も来ていた。学校に無縁の俺がなぜオト先生に言及するかというと、この人は町の人間のくせに俺の煙草を吸う珍しい人だからだ。それなりの給料をもらっているはずだから、他の人間と同じようにフィルター付きのまともな煙草が買えないわけでもないだろうし、羽虫みたいに売ってもらえないなんてこともない。それなのに、なぜか俺の煙草を買ってそのたびに世間話をしたがる妙な癖がある。オト先生は直立不動でマリの目をしばらく見つめたのち、弔意を示すようにコンテッサの手を一度強く握っていった。

伯爵も来ると聞いていたせいだろう、イサイは具合が悪くて寝ていた末の息子にまで喪服を着せて一家総出でやってきていた。三歳のこの末っ子は、マリの目が開いているのを見て警笛のように泣き出し、さらに熱が上がったらしくその後はぐったりしていた。

町の人間と羽虫はコンテッサに挨拶したあと、自然と左右の広間に分かれていったのだが、俺はなにげなく町の人間たちが飲み食いしている広間を眺めて、あっと虚を衝かれた。号外の一面、塔の地が戦争に参加するというあの記事が威力を発揮していた。町の人間が全員、塔をかたどったピンバッヂを付けていたのだ。

去年の春頃、中央府が塔の地の人間の絆と団結の印として、六つの町の人間すべてに配ったバッヂ。事実上、買わされるはめになって不評だったあれだ。

俺の頭に、瞬時にことのなりゆきが思い浮かんだ。

昨晩、喪服のアイロンがけも終わり、夕食後の団欒の時、一家の父がそのへんにほっぽりだしていた号外の一面に目をやり、いよいよ塔の地もおっぱじめるのか、と嘆息する。中央府から『塔の地の者は一致団結し』なんて言われるんだろうなぁ、と思ったその時、忘れていたピンバッヂのことが頭をよぎる。そして「おい、塔の地のピンバッヂあったよな」と妻に声をかける。編み物の目数を数えている妻は上の空で「さあ、どっかの引き出しの奥にあるんじゃありませんか？」と答える。すでに不安を感じつつある夫は「なあ、こういう時節柄、明日はあれ付けて行ったほうがいいんじゃないか？」と言う。妻はちょっと思案したのち「でも誰も付けてなかったら、うちだけ張り切ってるみたいじゃないかしら」ともっともな考えを述べる。と、今まさに〈一致団結、皆そろって教育〉を叩き込まれている子供がダラダラと菓子など食いながら言う。「でもさ、みんなが付けてたらまずいんじゃない？」

明けて今日、喪服を着た一家はとりあえずピンバッヂをポケットに忍ばせて家を出た。そしてやはり葬儀に向かう隣人たちに「こんにちは。いいお天気ですね」などと話しかけながら素早くピンバッヂを付けているかどうかを確かめた。こうしてホテルに着く頃には全員がバッヂを付けているという状態に至った。もしかしたら何人かは慌てて家に取りに戻ったかもしれない。伯爵に塔の地への忠誠心が低いと思われてはたまらないからだ。

さて、当の伯爵は夜になってようやく姿を現した。案の定、署長と判事を従え、少し離れて元獄吏が背を丸めて続いていた。会場はまだ混み合っていたが、途端に喋り声が消え、誰もが頭を下げて後ろに退いた。おのずと開かれた棺までの道を伯爵は悠然と靴音を響かせて歩いた。花を置き、棺の傍らに立つと、死んだ異母妹の目を特段の感慨もない表情で見下ろした。それからコンテッサに、新鮮な鴨が手に入ったので晩餐までに戻るように言った。コンテッサは見事なまでの自制心を働かせて、まるで朝食の席の会話ででもあるかのように「ええ、そうしますわ」と答えた。

署長はどうしてこんなことになるのかわからないというような困惑した表情を浮かべてマリを眺め、判事はマリの組み合わせた手に視線を注いで、開かれたままの目をけっして見ようとしなかった。元獄吏は棺に近づけば呪われるかのように扉口に立っただけで帰っていった。

二日目の夕方、ようやく人の波が引き始めた時分になって、都会風の外套を着た少年が息せき切って現れた。冬期休暇に入っても町に戻っていなかったカイだった。トゥーレが電報で知らせたらしかった。

昨日も一日、壁際に立ち尽くしていたトゥーレがすぐさまカイに歩み寄り、無言で肩を叩いた。そのはずみで二人の目から同時に涙の粒がこぼれ落ちた。

かつて映画館のカウンターに仲良く並んだ二人にマリがスタンプを押してやっていた頃が思い出され、俺は胸が詰まった。

コンテッサが窓際に控えていた俺のそばにやってきて、雪道を帰っていく弔問客を眺めるふりをして言った。

「カイはマリの秘密を知っているわ。私がなにもかも教えたから」

俺はかろうじて棺の方を向いたまま、小声で尋ねずにはいられなかった。

「お嬢さん、なんだってそんなことしたんです？」

今さらだが、俺はコンテッサと面と向かって話す時は、お嬢さんと呼ぶ。

「カイは私が羽虫の格好で映画館を抜け出すのを見たのよ」

言うまでもなく俺は血の気が引いた。カイが目撃したコンテッサの隣には百発百中、この俺がいた。

去年、カイは両親と共に伯爵の新年の晩餐会に招かれた際、コンテッサを庭に連れ出して馬鹿な真似はやめるよう真顔で忠告したという。

「カイはこう言ったの。『伯爵に知れたら見張り役のドニーノは仕事を失うし、葉巻屋はもちろん、マリまで罰を受けるかもしれない』って」

合鍵を持つ男の息子がマリに言及するにおよんで、コンテッサの胸の中に悪意が芽生えたとしても、俺は責める気にはならなかった。

「結果的に秘密を秘密で買い取ったようなものね」

すべてを知ったカイは町で暮らすことに耐えられず、中央府の中等科に進んだのだと思った。昨日の朝、電報を受け取るやいなや金をはたいて漁船を雇い、いくつも乗り継いでここに辿り着くまで、カイは何を思っていたのか、赤く泣きはらした目を見れば察するにあまりあった。

コンテッサに忠告した時、カイが一番心配していたのはマリのことだったのだ。

いつのまにか窓外が群青に染まり、冬空に星が瞬いていた。

ついさっき怪力が帰っていったので、まだ葬儀に来ていないのは魔術師とハットラの一家だけだった。

ハットラを襲った災難について、羽虫は修繕屋の火事の時と同様、けっして口に出して語らず、町の人々は気の毒にと言い合った。立つこともできないハットラは中等科を退学し、飛び級で進学するはずだった中央府の体育学院には、新たに中等科五年の青物屋の息子が推薦された。

十二月の初めにハットラが退院してすぐ、トゥーレが家へ見舞いに行ったのだが、俺は運転手の詰め所でその時の出来事を聞いて肝を冷やしたものだった。なにせトゥーレが養鶏場のある敷地の柵に近づいた途端、家の中からディタが猟銃を手にして現れ、いきなり無言でぶっ放してきたというんだから。

もしもその瞬間、トゥーレが踵を返して一目散に逃げ出していたら十中八九、背中に鉛の弾が命中していたことだろう。というのも、ディタは少女の頃から父親と共に銃を取り、闇に乗じて鶏を狙いに来るキツネたちを撃ち倒してきたつわもので、その腕前は署長のダーネクさえ一目置くほどなのだ。しかしそこはトゥーレもさるもので、一発目の銃弾が耳元をかすめるや、横っ飛びに飛んで草むらに身を隠した。この点、さすが盗賊と渡り合う運転手の助手だけのことはあると俺は大いに賞賛してやった。だが話はここで終わらない。

トゥーレが草むらで様子を窺っていると、鶏舎からディタの夫のアルタキが駆け出してきて猟銃を取り上げ、ディタは人間とは思えないような叫びをあげて家の中に消えた。

アルタキは、もう大丈夫です、と声をかけながらトゥーレのそばにやってくると、町の人々にしばらくは家に近づかないように伝えてほしいと頼んだ。トゥーレはハットラのために遠くの町で買ってきたマルメロの味のする飴をアルタキに託して容態を尋ねた。

苦悩に満ちた父親は少しのあいだ黙っていたが、やがて、あの子はよく眠るようになった、と答えたという。走っていた頃はちょっとした物音で目を覚ましたり、夜中にうなされたりしていたのが、最近はよく眠る。目覚めて、少し食べてはまた眠る。まるでこれまでの眠りを取り戻そうとするかのように昼も夜もこんこんと眠っていると言った。

スベンが葬儀の終わりを告げる鐘を鳴らしながら廊下を歩いていく。ホテルの支配人が現れ、コンテッサが支払いの話をするために広間を出ていった。

結局、魔術師とハットラの一家は最後まで現れなかった。

俺はひとり、花に埋もれたマリの顔を眺めながら、雪の降り積もった屋根の下で薄い瞼を閉じて眠り続けるハットラを思った。すると横たわったマリの目がなぜだかハットラを見つめているような気がした。初めて与えられたハットラの深く純粋な眠りが、何にも妨げられることなく必要なだけ与えられるように、マリが見張っているように思えた。

†

桁外れ（けたはず）の葬儀のおかげでまだ誰も思い至っていなかった喫緊の課題、今後だれが映画館の受付をやるのかという問題をコンテッサは早々に解決していた。喪主の推薦というふれこみで、怪力が登用される前に博物館で警備員をしていた老人が受付に座ることとなった。退職後、娘が嫁いだ魚屋の二階で隠居生活をしていたのをコンテッサが〈信頼のおける人〉という理由で担ぎ出したのだが、本当のところは膝が悪くて耳が遠いのを気に入ったにに違いない。あの老人なら、コンテッサが羽虫と入れ替わって映画館を抜け出すのにまず気づかないだろうというわけだ。

俺が初めてコンテッサにこの暴挙の手助けを頼まれたのは四年前、コンテッサが町に来た年の冬だった。替玉を誰に依頼するか、これが最大の難問だった。謝礼はコンテッサ持ちだからたんまり頂けるだろうが、露見した際に伯爵の逆鱗に触れるのは必至だ。

考えた末、俺はアガに白羽の矢を立てた。背が高く体形が整っている点も大きかったが、アガは口が堅く目端の利く羽虫だったし、なにより三人の子供を抱えて寡婦になったばかりで是非とも金を必要としていたからだ。アガは報酬と仕事の内容を聞くと一言、「やるよ」と答えた。

初めて実行に踏み切った夜、俺はほとんど気分が悪くなるほど緊張していた。

とにかく映画の始まる前に中から裏口の鍵を開けてアガを入れ、化粧室で待機させた。それから無我夢中でドニーノに挨拶して玄関から外に出ると、大急ぎで裏口へ回って再び中に入り、コンテッサが客席から抜け出してきてアガと衣服を交換するあいだ、俺は冷や汗が吹き出してシャツが背中に貼り付くのを感じながら廊下からドニーノの動きを見張った。二人が入れ替わって出てくると、すぐさまアガを客席に送り込み、羽虫の格好をしたコンテッサと共に裏口から外へ出た。

冬の冷気に触れた俺はやり遂げた達成感で、高い山に登った人はこんなふうになるんじゃないだろうかと思うくらい高揚していた。だが、コンテッサの「行きましょう」という一言で重大なことを思い出した。コンテッサがドニーノの監視の目を逃れるからには何か目的があるはずで、俺はそいつを聞いていない。

高揚した気分は痛恨の思いに取ってかわった。いや落ち着け、落ち着け。なんにせよそれは伯爵に知られたくない行為だ。となれば、どうしたってあれだ。逢い引きだ。これから俺を待ち受けているのは、どこかの男の家の前で木枯らしに吹かれながらコンテッサが出てくるのを待つ心淋しい時間なのだと覚悟した。

果たして、コンテッサはひとつの扉を叩いた。それは博物館の裏口の扉だった。

コンテッサが怪力と……。めったにないことだが、俺はめまいを感じた。

だが、扉を開けた怪力は、コンテッサを見て両腕を広げて微笑んだりはしなかった。

「コッ」と発語したきり、口を開いたまま振り子の動きを追うようにコンテッサと俺の顔を交互に見るばかりだった。ずっとそうしていればそのうち違う顔が見えてくるんじゃないかと本気で信じているかのようだった。

コンテッサはさっさと中に入ると守衛室の扉の前を通り過ぎ、廊下に備え付けてある懐中電灯を手に取った。それから、「葉巻屋は怪力と守衛室で待っていてちょうだい」という指示を残して、夜の海のような広大な闇となっている展示室の方へ向かった。

怪力が「電気をつけた方がいいのかな」と俺に訊いた。こういう場合、気を遣うよりも、コンテッサは展示室に何をしに行ったのかという疑問を抱くのがまともな神経のありようだと思ったが、俺はあえて口には出さず、「こんな時刻に電気をつけると外を通った人がおかしいな、と思うから、それを避けたくて懐中電灯を持っていったんだと思うぞ」と親切に説明してやった。怪力は頷きながらコンテッサの指示どおり守衛室に入っていった。もちろん、俺が怪力の隣でおとなしく待っているわけがない。できるだけ多くを知ったうえで、そいつを胸にしまっておくのが自衛の要だ。というわけで、俺は手洗いに行くと怪力に言い置いて、闇の中を手探りで展示室へと向かった。

毎日のように来て間取りは頭に入っているから、展示物にぶつかるようなヘマはしない。しばらく行くと、闇の奥からコンテッサの囁き声が聞こえてきた。先に忍び込んで待ってた奴がいたのか。俺は相手の顔を確かめようと声のする方へ進んだ。

角を曲がると、異様な光景が目に飛び込んだ。懐中電灯が床に置かれており、その光の輪の中にコンテッサがひとり、こちらに背を向けて座り込んでいた。しかも、辺りには誰もいないのに、コンテッサはがっくりと頭を垂れたままなにやら喋っているのだ。

見てはいけないものを見てしまったというあの手の端的な恐怖を実感した。これはなんらかの悪魔的な儀式に違いない。俺はよろめいて、咄嗟に巨大な牛の鼻輪のような展示物にすがりついた。コンテッサがこちらを振り返った時、俺は間一髪、その鼻輪の一部となって隠れていた。光の中にいるコンテッサは闇に目が慣れないらしく、せわしなく展示室内を見回している。その半身になった膝の上に、銀色の四角い箱が乗っかっていた。そいつが俺を恐怖から解放してくれた。無線機だった。船舶通信所にあるものより小型で、つまみがたくさんついている。コンテッサはイヤホンをつけてマイクを握り、誰かと交信していた。

しかし待てよ、と俺は首をひねった。あんな無線機は町では見たことがない。いったいどこから現れたのかと辺りに目を凝らすと、コンテッサの傍らの大きな日時計が妙なことになっていた。石の台座に金属の文字盤が嵌め込まれているのだが、その文字盤の部分が、ホテルにあるグランドピアノの蓋のように斜めに上がっていた。あの日時計は、コンテッサが伯爵と共に町にやってくる旅の途上、寄港先のバザールで気に入って購入したものだと聞いていた。コンテッサはあれに隠して無線機をこっそりと町に持ち込んだのだ。

だとしても、仕掛けのある日時計が偶然、売られていたというのは都合が良すぎる。おそらく、バザールに並んでいた時に、すでに誰かの手によって無線機は仕込まれていたのだ。始まりの町で暮らすことになるコンテッサと連絡を取り合うために。とすれば、それが交信の相手である可能性が高い。

コンテッサは交信を再開していた。どんな話をしているのか、わずかなりとも聞きたいという健全な好奇心を胸に、俺は光の届かない壁伝いに息を殺して近づいた。

ところが、コンテッサが話していたのは塔の地の言葉でも共通語でもない言語、俺が人生で一度も聞いたことがない言葉だった。当然、俺には何を言っているのかわかりようがなかった。かろうじて聞き取れたのは、名前だけだった。

『塔の地が』『塔の地に』って、俺に言わせると、ありゃ風土病ですね」

「そういう人たちから見れば、私も羽虫ってわけね」

コンテッサは煙草に火をつけると、聞き役に徹している怪力に微笑を向けて言った。

「いつも制服を着ているのね」

俺はただちに作りつけの物入れを開けて、コンテッサに同じ制服があと二着あるのを見せてやった。

「実はね、怪力は制服を洗濯してアイロンがけする時も、制服を着てるんですよ」

この話をするとたいていの相手は笑うのだが、笑ったのは俺だけだった。

話し手がひとりで話してひとりで笑うのは、客観的に見てうとましい、あるいは痛ましいのどちらかだが、その時の俺はどちらかというと後者だった。

コンテッサは興味深そうな目で怪力を眺め、怪力ははにかんだようにうつむいていた。

「おまえ、ここはいくつめの町なの？」

少し間があって怪力が答えた。

「五つめ」

俺は顔には出さなかったが内心驚いた。羽虫はよほどのことがなければ何度も長距離バスに乗るような馬鹿な真似はしないものだ。長い旅の末に別の町に着いても、新参の羽虫として最下層からやり直す暮らしが待っている。そんな骨の折れることを繰り返すなんて、よほどのもの好きだけだ。なんでだろう、と俺は不思議だったが、基本的にそんなのは人の勝手だから、まあいいやと思っていた若葉の頃、あの婆さんが現れた。

どこから流れてきたのか、見慣れぬ婆さんがいきなり往来に立ち、悪霊にでもとりつかれたように猥雑(わいざつ)な言葉でこの世を呪い始めた。すでにご存知かもしれないが、この騒ぎは通りかかったコンテッサが「陽に当たりすぎたのね」と言って自分の持っていた黄色いパラソルを婆さんに与えたことで収束した。以来、婆さんは黄色いパラソルをありがたい護符のように片時も離さず、パラソルの婆さん、または単にパラソルと呼ばれ、無害な羽虫の老婆としておさまったかに見えた。

ところが広場に市が立ったある日、とれたての野菜や果物を買い求める人々で賑(にぎ)わっていた午後、突如、パラソルが「人殺し！　あいつだ！　あいつが私の夫を殺したんだ！」と叫び出した。ざわつく買い物客に向かってパラソルは一層、声を張り上げて訴えた。

「あいつは私の目の前で夫を殴り殺して、金と食べ物を奪って逃げたんだ！　人殺しの強盗だよ！」

パラソルはまっすぐに怪力を指さしていた。そして今度は怪力に向かって喚き始めた。

「おまえは台所の扉をこじ開けて入ってきた。メイドの悲鳴を聞いて様子を見に行った夫を、おまえは殴り殺したんだ！　私が見てる前で！　台所の食べ物を奪って、引き出しの金貨と、暖炉の上の銀の燭台を持って逃げたんだ！」

生々しい記憶が蘇ってきたように、パラソルは込み上げる嗚咽に喉を詰まらせていた。誰もが怪力を凝視していた。

その時の怪力の反応は俺の考える限り最悪だった。まるで罪を暴かれた罪人のように怯えた顔で人々を見まわすと、一言も言葉を発することなく逃げ出したのだ。

俺は心配であとを追いたかったが、こういう時はまず状況を見極めることが先決と考えてその場にとどまった。パラソルは事件の詳細を語り続け、人々の間に急速に不安な空気が広がっていった。それに押されるように、巡査のベルがパラソルに近づいて声をかけた。これはいよいよ警察署で事情を訊くつもりだなと思った。その時、忽然とコンテッサが現れ、ベルに向かって当然のことのように「お送りしますわ」と申し出た。

コンテッサはコンバーチブルの助手席にベルを、後部座席にパラソルを座らせた。そしてドニーノがパラソルの全身から発散される強烈な怒りと臭気にたじろいで隣に乗るのを躊躇している隙に素早くドアを閉めて車を発進させた。うまく立ち回って事情聴取に立ち会うつもりなのだとわかった。そちらはコンテッサに任せて俺は怪力の様子を見に行くことにした。

守衛室に行くと、なんと怪力は大慌てで荷造りをしていた。博物館に迷い込んだテントウムシも両手に包んで逃がしてやる怪力が、人を殴り殺したなんて俺は考えてもいなかったから、その様子を見てむしろ動揺した。真偽を問いただすと、怪力はこの町に来るまでパラソルの婆さんの顔も見たことがないと誓った。それでも、もうここにはいられないと繰り返すばかりで埒があかず、俺はとにかく長距離バスがこの町を通るのは夜明け前だからとなだめて怪力を椅子に座らせ、煙草を吸わせまくった。

夕方前になって、コンテッサが博物館の玄関から観覧客のように堂々と入ってきて怪力の無実が証明されたと知らせてくれた。

パラソルはどうやらついこのあいだ結婚したばかりのつもりで、自分のことを夫を殺された若妻だと思い込んでいるのだという。緑色の屋根の家に住んでいて、メイドと料理人がおり、奥様と呼ばれていると主張しているらしい。その妄想の中では、もうすぐパラソルの父が雇った弁護士が警察署に現れることになっているそうだ。

妄想なりに作り込まれているのに感嘆しつつ、俺は安堵の息をついた。

「だからおまえはこれまでと同じように、その制服を着て博物館に座っていればいいの」

コンテッサは守衛室のテーブルに両手を組んで怪力の目を見つめた。

「制服を着ていればみんなおまえを怖がらない。大きな体も人並み外れた腕力も、すべて伯爵の所蔵品を守るためにあるのなら、誰もおまえを怖がらない。だから今までどおり制服でいれば大丈夫」

怪力はようやく落ち着いたように体の力を抜いた。

たぶん怪力は人々に怖がられることをずっと恐れてきたのだと俺は気がついた。人々が怪力に恐怖を抱いた時、その町はもう怪力にとって安全ではないのだ。何か恐ろしいことを仕出かしそうだから、その前に監獄に入れてしまえ。いわば、予防的な自衛策というわけだ。そこで怪力が抵抗しようものなら、それ自体が罪になること請け合いだ。それできっと怪力はいくつもの町を転々とするしかなかったのだろう。

コンテッサもそうだったのだろうか、とそのとき俺はふと思ったんだ。

怪力の巨体がいやでも人目を引くように、コンテッサの美貌は幼い頃から際立って衆目を集めたに違いない。伯爵の養女という肩書は、怪力の制服のようなものなのかもしれないと。なんといっても、コンテッサには怪力が常に制服を着ている理由が最初からわかっていたわけだから。

†

マリの葬儀と埋葬が終わった途端、喪が明けたといわんばかりに大気は節操もなく暖かくなった。平時の俺は、朝起きると一番に、秘密の日課のために町外れの病院に向かう。

これを語るに先立って、病院は病気を治療する場所ではないことをあらかじめお伝えしておく。病気治療は往診のみで、対象は霊廟（れいびょう）あるいは門付きの広々とした墓を持つ裕福な家と定められている。なんといっても彼らは高額な租税を納めているのであるからして、町にとって非常に価値のある重要な方々というわけだ。

では町の大多数の庶民はどうしているのかというと、塔の地においては、病を得た者は他人に迷惑をかけることなく静かに死を待つのが模範的態度とされている。つまり、家族に介護を委ねて家で死を迎えるのが原則だ。もっとも、それが可能な大家族ばかりではないので、病院に面倒をみてもらわねばならない家もある。そうした人々は、多くの子をなすという塔の地への貢献を怠ってきたとみなされ、入院に際して、病室代および介護費用を半年単位で前納する義務が生じる。その懲罰的な意味合いからもわかるように、仮に入院三日目でポックリいっても払い戻しはなく、そのぶんが怪我人の治療費に充てられる仕組みになっている。その怪我人も、羽虫の場合は瀕死の重傷者に限られている。

当然のことながら、羽虫が怪我をして病院に担ぎ込まれたのち完治して退院する可能性は高いとは言えない。もうわかったと思うが、俺の秘密の日課というのは修繕屋を見舞うことだ。

具体的には、二階の隅にある病室を訪ねて特上の煙草をこっそり一本吸わせてやるのだ。あれだけ煙草が好きだったんだから、死を待つだけの毎日にもひとつくらい楽しみがあってもいいじゃないかと思ったわけだ。ちなみに特上というのは、羽虫の吸った煙草の吸い殻やおが屑なんかの一切混じっていない、町の人間が嗜むフィルター付きの煙草の吸い殻だけを集めて巻いたもので、いってみれば一番茶みたいなもんだ。

というわけで、俺は数日ぶりに修繕屋のベッド脇の丸椅子に腰を下ろし、特上に火をつけてから修繕屋の口元に当ててやった。すると修繕屋は赤ちゃんがおっぱいを欲しがる時みたいにちょっと口をすぼめて煙草に吸いつく。一口吸わせると俺は煙がこもらないように窓を少し開ける。

雪のすっかり解けた中庭で、パラソルが歌いながら花壇を耕していた。コンテッサがあれでは物乞いもできないだろうとパラソルに賃金を払って病院の花壇の世話を任せたのだが、庭仕事が性に合うらしく季節ごとに可愛らしい花を咲かせてくれる。

パラソルといえば、こんなことがあった。

イサイが博物館に週報を置きに来た時のこと、回転扉に迷い込んだテントウムシみたいにイサイの後ろからパラソルが入ってきた。たまたま吸い殻集めに来ていた俺はすぐさま怪力に隠れるように言って、イサイにパラソルを連れ出してくれと身振りで伝えた。パラソルが怪力を見てまたぞろ暴れ出し、伯爵の所蔵品を何かひとつでも壊したら一大事だ。

怪力は〈踊り狂う影像〉の陰に素直に身を縮めたが、カメラをぶら下げたイサイの方は、ひと悶着起これば記事にできるとでも考えたんだろう、パラソルがふらふらと展示品の方へ向かうのを黙って眺めているだけだった。

俺が舌打ちをしてパラソルを捕まえようとした時、パラソルは突如何かに感激したようにつま先立つと、展示品の嗅ぎ煙草入れに駆け寄って手に取った。職務に忠実な怪力が止めに走ってくるのが見えて俺は万事休すだと思った。パラソルが嗅ぎ煙草入れを奪われまいと常にもまして逆上し、黄色いパラソルを振り回して怪力に打ちかかる姿が頭をかすめた。

ところが、パラソルは掌の上の嗅ぎ煙草入れを怪力の前に差し出すと、こう言った。

「これ、お父様の持っていた嗅ぎ煙草入れよ」

パラソルは嬉しくてたまらないように怪力に話しかけていた。

「いつもポケットに入れて持ち歩いていたのよ。ああ、懐かしいわ。私にも時々、触らせてくれたの。もちろん、中の煙草はだめよ。この綺麗な蓋飾りのところ。ほら見て、ここの金の葉っぱの模様が素敵でしょう？」

怪力でなくてもなんと答えればいいのかわからなかったと思う。少女のように喋り続けるパラソルに俺も唖然となっていた。

パラソルは不意に言葉を切ると、不思議そうに目を瞬いた。

「でもお父様の嗅ぎ煙草入れが、どうしてこんなところにあるのかしら」

予期せぬ沈黙の中にイサイの声が響いた。

「あんたの町がなくなったからだよ。あんたの町の男たちがみんな、意気地なしで腰抜けだったせいでな」

見知らぬ人間にいきなり力いっぱい突き飛ばされたら、こんな顔になるのかもしれないと俺は思った。パラソルは目を見開いて立ちすくんでいた。それから、急に空気がなくなってしまったように喘いでひとつ息を吸い込むと、足下もおぼつかない様子で博物館を出ていった。

　そんなことがあったのもすっかり忘れたみたいに、その後もパラソルは町で怪力を見かけるたびに相変わらず怒声をあげて黄色いパラソルの一撃を食らわそうとした。だが、あの時のパラソルがどうしてだか俺の頭に焼き付いている。そのせいかもしれないが、俺はひょっとしたら、パラソルの話はすべて本当だってこともあるんじゃないかと思う。

　緑色の屋根の家はどこかにあって、そこでは嫁いだばかりのパラソルが庭で花の世話をしたり、将来に備えて子供部屋の壁紙の模様を選んだりしてたんだ。ところが強盗が家に押し入って夫を殴り殺してしまった。そいつは図体のでかい男で、だから大きな男を見るたびにあの強盗なのだと思い込む。羽虫となったパラソルは、生きのびるために正気の垣根を何度もジグザグに飛び越えながら、自分の記憶と折り合いをつけてきたのかもしれない。

　俺は病室の窓から花壇を耕すパラソルに声をかける。

「奥様、今度は何を植えるんですか」

　パラソルは二階の窓の俺に気づき、額に手で庇を作って朗らかに答えた。

「ここはクレマチスにしようと思ってるんですのよ」

　俺はベッド脇の丸椅子に戻って修繕屋に教えてやる。

「春になったら庭にクレマチスが咲くぜ」

　修繕屋はもちろん口をきくことなんぞできない。

煙草を吸わせるあいだ、俺は大きな声では言えないことを修繕屋を相手にべらべらと喋る。これが結構くせになる。だから修繕屋はいろんなことを知っている。

たとえば、二十年ぶりに入港した客船にコンテッサがずっと無線で交信していた相手が乗ってきたのを知っているのは、当のコンテッサを除けば俺と修繕屋だけだ。そう、ティティアンとラウルだ。交信の内容はわからないが、やりとりはいつも緊迫したただならない調子だったので、俺は二人が町に現れた時、正直、何かどえらいことが起こるんじゃないかと身構えるような気分だった。ところが、二人はコンテッサの幼馴染みというふれこみでお屋敷に泊まっただけで何事もなく去っていき、俺としては拍子抜けというか、腑に落ちない感じを抱いたものだった。

俺は修繕屋に煙草を吸わせながらマリの葬儀の様子を話してやった。マリの死に顔がきれいだったことや、俺が天井の飾りつけを手伝ったことやなんか。

返事の代わりに、長くなった煙草の灰が折れて落ちた。

修繕屋にはもう煙をまっすぐに吐き出す力もない。骨と皮みたいに痩せてしまった。もしかしたら、最初から俺の声など聞こえていないのかもしれない。俺がただ話したいだけで。

修繕屋とは長いつきあいになる。むこうは荷車を引いて町を回っていたし、こっちは吸い殻集めをしているから、よく街角で出くわして一緒に座って一服したりした。修繕屋は腕はいいが愛想のない職人で、町の女がぼろぼろになった包丁なんかを持ってくると、死んでから連れてきても生き返らせることはできないと断った。

修繕屋が堅パン屋の婆さんから店を買ってマーケット通りで商売を始めようとした時、実のところ俺はよした方が良いと思ったし、修繕屋にもそう言った。店をやるなら居住区に近い森の辺りにでも掘っ立て小屋を建てて始めた方が得策だと勧めた。町の人間は来にくいだろうが、羽虫ほど貧しいわけじゃなし、何か壊れたらまた新しいのを買えばすむからだ。

だが、修繕屋は自分の仕事は修繕することだと言った。マーケット通りの一番端なら、羽虫も町の人間も来やすいから、壊れかけたものや古びたものがダメになってしまう前に修繕できると言って譲らなかった。皮肉なことに修繕屋の店は古びる間もなくあっというまに燃えてなくなってしまった。

それにしても、あの焼け焦げた跡地を喉から手が出るほど欲しがっている人間がいようとは、この俺もマリの葬儀が終わって一階のラウンジに下りる時まで知らなかった。

帰りがけにラウンジの吸い殻も集めておこうと思ったのだが、行ってみるとすでに灯りを落とした薄暗い中で、誰かがコンテッサを呼び止めて話していた。その男は、焼け跡の土地に店を出したいから、コンテッサから伯爵に取りなしてほしいと懇願していた。宙に浮いたあの土地は当然のごとく伯爵の管理下にあるのだが、男はそこに香水の店を出したがっており、すでに中央府の仕入れ先も見つけてあるからと懸命に頼み込んでいた。人に聞かれたくないからだろう、囁くような小声だったので誰かわからず、俺はそっと回り込んで顔を見た。スベンだった。そうか、葬儀で大奮闘していたのはコンテッサに取り入るためだったのかと得心した。コンテッサは、そういう話は今することではないでしょう、とすげなく断って帰っていった。

俺は聞こえなかったふりをしてそばにあった灰皿の吸い殻を集めていたのだが、スベンが足早に俺の方へやってきたので、仕方なく手をとめて会釈をした。塔のバッヂを付けたスベンは低く響く声で言った。

「調子に乗るなよ。俺たちの胸三寸で、おまえたちなどどうにでもできるんだからな」

スベンは憎々しげに俺を睨みつけると、靴音も高く出ていった。

そんなことは羽虫ならみんなわかっている。だがスベンは、それを口に出して言わなければ気がすまない。羽虫のアレンカが義姉になって割をくったからじゃない。スベンのような人間にとっては、それを声に出して自分の耳で聞くことが是非とも必要なのだ。そういう人間は〈踊る雄牛〉に行けばいくらでもいるし、たぶん、世界中のどの町にも存在しているのだろう。

俺はコンテッサになぜマリの葬儀をしたのかと訊いたことがある。マリの死を悼み、合鍵を持っていた男たちをその死に対面させるだけではなく、何か他にも目的があったのではないか。

コンテッサは冗談とも本気ともつかない口調で、誰がマリのために涙を流すのか知りたかったからだと答えた。そうして、こう付け加えた。

「この町でマリのために泣いたのは四人だけ。カイとトゥーレとパラソル。大人の男は怪力ひとりだったわ」

俺は勘定に入っていないのかと思うと淋しくはあったし、いくぶん打撃でもあった。コンテッサが俺を枠外にした理由が、その時にはわからなかったからだ。その理由について、俺は修繕屋が死んだあとになって思い知ることになるのだが、それはまだ少し先の話だ。

†

一月も半ばを過ぎた頃、町で麻疹（はしか）が流行（はや）り始めた。感染源は、マリの葬式にイサイが無理矢理連れてきた末の息子だろうと俺は睨んでいた。イサイは献花後も熱で赤い顔をした末の息子を抱いたまま、混み合った隣の広間に腰を据えて一家でたらふく飲み食いしていたから、俺の読みどおりなら、高熱と発疹（ほっしん）をともなうこの病はこれから町中に大流行し、パラチフスの時と同じように大勢の死人が出るだろう。

それだけではない。どこか嫌な風が吹いているような気がした。

その日、コンテッサは交信を終えて守衛室に来てからも料理の皿やウォッカには手をつけず、枝付き燭台の蠟燭の灯りを見つめたまま黙り込んでいた。俺が賑やかしに法螺話をしても、まるで耳に入っていないようだった。

日時計に隠したあの銀色の無線機から、何か悪い知らせがもたらされたのだろうか。

コンテッサが守衛室に来るようになって四度目の冬。この秘密の晩餐は唐突に終わりを告げるのではないか。そんな予感がした。

不意にコンテッサが顔を上げて言った。

「葉巻屋、干し葡萄を買ってきてちょうだい」

マーケット通りの店はまだ開いているから、コンテッサのお使いと言えば相手が羽虫の俺でもなんだって売ってくれるが、当のコンテッサは今、映画館の客席で映画を観ていることになっている。俺にお使いなど頼めるはずがないのだ。この辻褄の合わないお使いは、入れ替わりが露見する端緒となりかねない危険を孕んでいる。

だがコンテッサはそこまで頭が回っていないようだった。俺に聞かれたくない話、怪力と二人だけで話したいことがあるのは明白だ。俺は「よろこんで」と答えて守衛室を出た。

裏口を開けると風が廊下を鳴らした。俺はそのまま扉を閉め、靴を脱ぎ、足音を忍ばせて守衛室の隣の備品室に向かった。出がけに硝子コップをこっそり上着の下に隠して持ってきたから、こいつを壁に当てれば守衛室の会話が聞き取れるはずだ。できるだけ多くを知ったうえでそれを胸にしまっておくのが自衛の要という俺の信念はいつ何時であろうと揺らがない。お使いを引き受けた時点で、店に行ったが干し葡萄は売り切れていたと言おうと決めていた。

備品室に忍び込んで灯りをつけ、さっそく盗み聞きをしようとした時、室内が何か以前と違うような気がした。あるべきものがなくなっているような違和感があった。なんだろう、と見まわすうち、壁のフックにいつも吊ってあった怪力の雨合羽がなくなっているのだと気がついた。特注サイズの制服と一緒に誂えてもらった大判の毛布よりデカいゴム引きの雨合羽が消えていて、そのせいで壁がぽっかり空いていたのだ。

俺の直感が何かおかしいぞと告げていたが、この際都合がいいのでいったん忘れることにして、コップを壁に当てて耳を寄せた。

何も聞こえなかった。

俺が守衛室を出て少なくとも三分以上は経っているのに、何も聞こえないとはどういうことだ。もしや筆談しているのではあるまいかと俺は焦った。その時、いきなりコンテッサの声がした。

「もうすぐ時間がなくなる」

無線で交信していた際のあの切迫した声の調子と同じだった。俺の神経はいやがうえにも高ぶり、痛いほどコップに耳を押しつけていた。

しばらくして、またコンテッサの声が聞こえた。

「怪力、おまえに伯爵を殺してほしい」

驚きのあまり危うく頭でコップをかち割るところだった。

伯爵を殺してほしいだと？

怪力も茫然としているに違いない。だが、コンテッサは一度切り出すと、堰を切ったように喋り始めた。

「伯爵はとても用心深い。だから眠る時はいつもひとりになって、眠り薬を飲む前に必ず寝室に鍵をかけるの。眠っているうちに殺されないように。伯爵の寝室の鍵はひとつきりで常に伯爵が持っている。その合鍵を作っておまえに渡す。私が屋敷の裏口の戸を開けておくから、おまえはそこから忍び込んで伯爵の寝室の鍵を開けて中に入るの。そうして、眠っている伯爵をバルコニーから投げ落とす。眠っているから悲鳴もあげない。あとは寝室に鍵をかけて裏口から帰ればいいだけ。裏口は私がまた鍵をかけておくから。朝になれば誰かが伯爵を見つけて、バルコニーから落ちたと考える。伯爵の寝室には鍵がかかっているのだから、誰も殺されたとは思わない」

ちょっと待て。鍵にはお屋敷の家紋が彫られているんだぞ。鍵屋に合鍵を作らせれば必ずバレる。イサイの息子のサロは鍵屋の弟子なのを忘れたのか。

「もちろん寝室の合鍵は、誰にも知られないように遠くの町で作ってもらうわ」

俺はとりあえずほっとした。だが、それきり声は聞こえなくなった。

静寂の中で俺は考えた。

伯爵が死ねば、莫大(ばくだい)な遺産はすべて養女であるコンテッサのものになる。無論、伯爵がいつになれば自然に死んでくれるのかはわからない。俺の目算ではあと二十年かそこらは大丈夫なのではないかと思う。コンテッサは伯爵が死ぬのを待つのが嫌になったのだろうか。いや、最初に言っていた『もうすぐ時間がなくなる』というのは、どういうことだ。あの無線機での交信と何か関係あるんじゃなかろうか。

この段階でひとつ確かに言えるのは、コンテッサが俺ぬきで、怪力と二人で事を進める気でいるということだ。

だとすれば必然的に俺にはやるべきことがある。

翌日は吸い殻集めをうっちゃって博物館に忍び込み、午後いっぱいその作業に没頭した。

コンテッサが次に映画館に来るまでの数日がひどく長く感じられた。落ち着くために吸い殻を拾いまくった。もう使えそうにない吸い殻まで集めた。革鞄(かわかばん)が膨らむと気持ちが少し落ち着いた。ところが、いよいよその日になると、狙い澄ましたようにのっけからケチがついた。

俺が町おかかえの無料の掃除夫としてマーケット通りの角にある先代の伯爵の胸像を磨いていると、弟子のハンヤンが息せき切って走ってきた。余談だが、マリの出生を聞いて以来、俺は先代の伯爵の頭に付着している鳥の糞(ふん)を、必ずひとつかふたつ残しておくことにしている。そんなことをしなくてもたちまち新しい糞が降ってくるのだが、寸刻も休まず不快な気分でいろ、おまえは常々そういう姿でいるのがふさわしい、という俺の気持ちの控えめなる表明である。

本題に戻ろう。ハンヤンは替玉のアガから大至急俺に渡すようにと紙切れを託されていた。小さく折り畳まれたそれを開いて目を通すと、なんとアガの三人の子供が次々と麻疹に罹患したため、今日は映画館には行けないとあった。そういえば、初等科は麻疹の蔓延で全学年が昨日から休みになったと聞いていた。

夜までに急遽、代役を見つけなければならない。これは一大事だ。とにかく居住区に戻ってなんとかそれらしく務まる女を見つけねばと考えて駆け出そうとしたその時、背後でオト先生の悠長な声がした。そうたびたびはない大慌ての時に「君、ちょっといいかな」と呼び止められたりするのが人生だ。葉巻屋たるもの、どのような局面においても、町のあらゆる老若男女に対して気持ちよく明るく対応せねばならない。

俺は、何でございましょう、と笑顔を作って振り返った。オト先生は一束二十本のいつもの煙草を所望して、おもむろに代金を支払いながら言った。

「早く麻疹がおさまってくれればいいのですがね」

そうだった、この人はどういうわけか俺と世間話をしたがる奇癖があるんだった。今だけは勘弁してくれという気持ちをねじ伏せ、俺はそうでございますね、と相づちを打って口を噤んだ。話の接ぎ穂を与えてはならない。

「ところで、このあいだ貸した本はどうでしたか？」

訊かれるまですっかり忘れていた。オト先生はなんのつもりか知らないが中央府の印の入った本を俺に貸してくれたのだった。

俺の一瞬の沈黙に、オト先生は遠慮がちに尋ねた。

「ひょっとして退屈でしたか？」

退屈ではなかった。率直に言って、よく知りもしない奴の自慢話を延々と聞かされているようでむしろ苦痛だった。だが、まさかそう口に出すわけにもいかない。

「非常に興味深く、大変に感銘を受けました」

最大限の賛辞を送ったつもりだったが、オト先生はなぜか困惑したような面持ちで目を瞬いている。学校の先生なのだから、ここは大いに気を良くするはずのところだろうに。しかし、今はオト先生の心の謎を考察する余裕はない。俺は、ではまた、と鳥打ち帽を取って素早く別れの挨拶をすると一目散に居住区へ向かった。

代役探しは思っていた以上に難航した。羽虫の若い女たちの多くが子供の麻疹の看病に追われていて、まずもって体が空いている者を見つけるのが難しかったのだ。結局、やや頭が軽めではあったが、一度でもコンテッサの服が着られるのならどんな危険も厭わない、絶対にうまくやると代役を熱望した娘があったので、そこで手を打ったのだが、その頃には辺りはとっくに暗くなり、最終上映の開始時刻が迫っていた。

俺は代役を連れて映画館へ急いだ。その途上、トゥーレに出くわした。革のジャンパーを着てすっかり運転手助手が板についた様子のトゥーレは、俺に気づいて駆け寄ってきた。映画館へ行くのかと訊くから、そうだと答えると、トゥーレはコンテッサに伝言を頼みたいと言った。

「今日は映画館に行けないと伝えてほしいんだ」

「なんか約束でもあったのか？」

「用事を頼みたいって言われてたんだけど。急用ができて」

トゥーレによると、トラックの輸送経路が変更されることになり、今夜出発の便はとりあえず運行休止が決まったのだが、まだ再開のめどが立っておらず、これから詰め所に説明を聞きに集まるのだという。

いきなりの運休なんて初めてのことだと俺はちょいと気になった。缶詰工場も休業になるのだろうか。だが、俺は気がせいていたので伝言を引き受けて慌ただしく別れた。

映画館の前にはもう黄色いコンバーチブルが停まっていた。代役を裏口の外で待たせて館内に駆け込むと、この日初めての幸運が俺を待っていた。ドニーノが手洗いに立っており、コンテッサがひとりでロビーのソファに座っていたのだ。この時ほど受付の爺さんの耳が遠くて助かったと思ったことはない。爺さんの背後で代役のことを手早く説明するとコンテッサは小さく頷いた。

「それから、トゥーレが今日は映画館には行けないって」

コンテッサの顔色が変わるのがわかった。何か重要な用事だったのだ。

「なんでしたら、俺が頼まれましょうか？」

「いいえ、また今度で平気よ」

ドニーノが戻ってくる気配がしたので俺はそのまま客席に入った。

いつもの手順で入れ替わると、俺はコンテッサと連れだって博物館へ向かった。

空気が冷たく澄んだ夜で、星が冴え冴えと輝いていた。コンテッサがまた俺に無用なお使いを頼まなくてすむように、あらかじめ用意しておいた台詞を口にした。

「お嬢さんを守衛室に送り届けたら、俺はちょっとアガの子供の様子を見に行ってきますよ。帰りの時刻にはまたお迎えに行きますんで」

言い訳をする必要がなくなって、コンテッサはどことなく気が軽くなったようだった。

「お大事にって伝えてね。でも葉巻屋は麻疹、大丈夫なの？」

「俺は子供の時分にやってますから。お嬢さんは？」

「私も。だから安心してるの」

世間話が途切れ、しばらく黙って歩いた。

「葉巻屋、おまえは葉巻屋という仕事が好き？」

そんなことを訊かれたのは初めてだった。俺は葉巻屋の家に生まれたから当然、葉巻屋になるものだと思っていたし、今日に至るまで葉巻屋以外の自分など想像したこともない。

俺は少し考えて答えた。

「俺が葉巻屋だってことは、俺が俺だってのと同じことなんですよ」

コンテッサを守衛室に送り届けると、俺は前回と同じように裏口の扉をいったん開け閉めしてから備品室に入った。部屋の灯りはつけず、前もって準備しておいた小型懐中電灯の光を頼りに、壁に立てかけてある長い蛍光灯の束をそうっと横へずらした。現れた壁に、俺の会心の作である覗き穴が穿(うが)たれている。

盗み聞きをした翌日、ここに忍び込んで半日がかりでこしらえたのだ。勤務についていた怪力はまったく気づいていない。まあ仮に俺があいつでも、コンテッサに伯爵を殺してくれなんて頼まれたら、何日かは水の中に潜ってるみたいに地上世界の物音なんぞ聞こえなくなる。

俺は懐中電灯を消し、鳥打ち帽の鍔(つば)を後ろに回して覗き穴に目を寄せた。

コンテッサがテーブルに身を乗り出すようにして怪力を説得していた。

「本当にもう時間がないの。これまでと同じように言われたとおりにしていれば、今より何倍も悪くなることはない。みんなそう思っている。羽虫も町の人間も、伯爵や中央府のほとんどの人間も。でもそうじゃない。力がひとところに溜(た)まって動かなくなれば、代謝をやめた生きものみたいに腐っていくだけ」

そう言うとコンテッサは立ち上がって落ち着かない様子で室内を歩いた。

「できるだけ早く缶詰工場を売らなければならないの」

なんで話がそこに繋がるのかわからなかった。トラックの輸送経路が変わるとトゥーレは言っていたが、何か関係あるのだろうか。

「来月になればあの缶詰工場は中央府のものになる。伯爵もまだ知らないわ。中央でもほんの一握りの議員しか知らないことよ」

俺の頭にいきなり週報の号外が浮かんだ。本格的に戦争に参加するというのは、そういうことなのか。コンテッサはその種の情報をあの交信でやりとりしていたのか。

「次は何が起こるかわかるわね。中央府は、忠誠法を発動して町の人間の資産を管理下に置く。製造業、運輸、船舶、なにもかも。そうなる前に、伯爵の資産をすべて相続して売り払い、塔の地を離れる」

しかし、塔の地を離れていったいどこへ行くというのか。怪力がまさしく俺の訊いてほしいことを尋ねてくれた。

コンテッサは再び腰を下ろして怪力をまっすぐに見つめた。

俺はもうこれ以上、仰天することはないと思っていたが、コンテッサの答えは俺のその慢心を木っ端微塵に粉砕するものだった。

「私たちは羽虫のための新しいふるさとへ行くのよ。そこに行けば羽虫はもう羽虫ではなくなる。虐げられることなく、暴力に晒されることもなく、健やかに安全に暮らせる。私たちはもうすぐその町を手に入れるの」

内陸にある〈砦(とりで)の地〉には八つの町があり、その第六の町を買い取る手筈になっているらしい。コンテッサの仲間たちがすでにその町に入って密(ひそ)かに準備を始めており、あとは〈砦の地〉の中央府にお金を渡すだけだという。

「今は実りの少ない農業地帯だけど、水を引けば豊かな土地になるわ。私たちはふるさとを耕すところから始めるのよ」

そんなことが可能なのか。俺が今、覗き穴から見ているこれは本当に現実なのか。

じっと聞いていた怪力は、俺が衝撃のあまり見事に失念していたことを尋ねた。

「今までその第六の町で暮らしてきた人たちはどうなるんです」

「羽虫以外には出ていってもらうわ。その人たちも自分が羽虫になれば、これまで自分たちが何をしてきたかわかるでしょう」

コンテッサはそう言うと、テーブルの上の怪力の手を握った。

「黙って我慢していても誰も助けに来ない。自由を手に入れるには闘わなければならない」

コンテッサの瞳は蠟燭の灯りを受けて怖いほど煌(きら)めいていた。

「私は寝室の合鍵を用意する。伯爵を殺して。大勢の羽虫のために」

俺はもはや完全に吸い殻集めどころではなくなった。こんな大それた企(たくら)みがうまく運ぶわけがない。失敗すれば、怪力もコンテッサも間違いなく広場で縛り首だ。

いやしかし、伯爵が薬を飲んでぐっすり眠っているなら、怪力にとっては赤ん坊のようなものだ。不可能ではないのではないか。怪力によく考えるように言うべきだろうか。だが何を話すにしても、そもそも俺がなぜこの計画を知っているのかという疑問を抱かれるのは避けて通れない。必然的に覗き穴が見つかる。そうなると当然、穴は塞がれ、この先は覗けなくなる。本当にそれでいいのか。

そうこうしているうちに、ドニーノが麻疹に倒れた。

コンテッサがひとりでコンバーチブルを運転して通りを走り去る姿を見かけた日の夜、トゥーレのトラックが出発したという情報を掴んだ。今回は一週間で戻るらしい。

俺は、コンテッサが遠くの町で合鍵を作らせるつもりなら、トゥーレに頼んだのではないかと思いついた。伯爵の寝室の鍵は持ち出せないだろうが、鍵の型さえ何かに取ってあればいいのだ。このあいだコンテッサがトゥーレに頼もうとしていた用事というのは、それだ。もちろんコンテッサは合鍵の用途を話すはずがないから、トゥーレは気軽に引き受けただろう。俺としたことが大きく抜かっていた。代役探しに手間取ってあたふたしていたせいで、トゥーレに伝言を頼まれた時は頭が悪くなっていた。

トゥーレが合鍵を作って戻ってくれば、事が動き出す。俺はいても立ってもいられず、朝一番に怪力に会いに博物館に行った。

裏口の鍵が開いていたので、もう起きているのだとわかった。ところが、まだ七時前だというのに、守衛室に怪力の姿はなかった。　俺は声をかけながら展示室の方を見に行った。

天井の高い大展示室いっぱいに朝の光が射し込み、窓が開け放たれていた。壁際の所定の椅子に制服を着た怪力が座っていた。

「どうしたんだよ、こんな早くから。開館は九時だろ?」

怪力は眩しそうに目を細めて窓の方に目をやった。

「テントウムシが来るのは、もっと暖かくなってからだな」

今はテントウムシどころの状況じゃないだろ。俺がどこから話し出そうかと考えていると、怪力が言った。

「俺は本当に人を殺したのかもしれない」

怪力はどうかしちまったんじゃないかと俺は不安になった。しかし考えてみれば、穴から覗いているだけの外野の俺だってこれだけ尋常じゃない心持ちになっているんだから、渦中の怪力がこの状況の振れ幅に対応できず我を見失うのも無理はない。ここはひとまず怪力に平常心を取り戻させるのが先決だ。

「いいか、落ち着けよ、怪力。仮にパラソルの亭主が本当に強盗に殺されたんだとしよう。それはパラソルの新婚時代だ。それはいつだ? 正確にはわからないが、そいつは間違いなくおまえが生まれる前の話だよな?」

「そうだな。俺のふるさとが燃えたのは、俺が十五の時だから。家族の中で生き残ったのか？

予想外に冷静な反応に俺は戸惑った。しかも、怪力が自分のことを話すなんて初めてのことだ。待てよ、そうすると、人を殺したかもしれないというあれは、本当のことなのか？

怪力は穏やかに話し続けた。

「俺は死に物狂いで山をいくつも越えて逃げ延びたんだ。最初は何人か一緒だったのに、気がつくと俺はひとりで、自分がどこにいるのかもわからなかった。それでも自分が羽虫になったのはわかった。俺は長距離バスが走る道を探した。でも見つからなかった。どっちへ行けばその道に辿り着けるのか見当もつかなかった。

俺は雨水と野草だけで何日も何日もふらふらになってさまよった。そうしたら野っ原に一軒、灯りのついた家があったんだ。あそこに食べ物がある。それしか考えなかった。家に入ると男がいて、俺を見た途端、壁の猟銃を取ろうとした。俺はそいつをぶん殴って、食べ物を奪って逃げた。あの時、俺の拳の一発でそいつは死んだかもしれない。もしそうなら、そいつが死んだことで今、俺は生きているのかもしれない」

怪力は膝の上に置いた自分の大きな掌を見つめていた。

俺は何も言えなかった。病室の修繕屋みたいに、何も答えられなかった。

人から奪えなければ死ぬ。たぶん、奪えない者から死んでいく。

そんな時間を俺は生きたことはない。葉巻屋はみんな生まれた時から羽虫だから、ある日いきなり羽虫になるって経験もしたことはない。ふるさとなど持ったこともなければ、奪われたこともない。

　俺は怪力の肩ひとつ叩けず、結局、黙って自分の掘っ立て小屋に帰った。


　一週間後、トゥーレのトラックが戻ってきた。ドニーノはまだ寝込んだままだった。

　俺は悩んだ末、覗き穴は塞ぐべきだと思った。これ以上、知ってはいけないような気がしたのだ。

　怪力が展示室の方にいる昼間を狙って裏口から備品室に忍び込んだ。工具と詰め物を手に覗き穴に向き合うと、このあいだのコンテッサの言葉が頭の中を駆け巡った。

　俺はいつのまにか埃(ほこり)っぽい床に座って、穴を塞ごうと思いながら窓枠の影が動いていくのを見ていた。

　コンテッサは羽虫のための新しいふるさとを作るという。そのためには闘わなければならないという。ふるさとを耕すところから始める暮らしはよいものなのか。自由というのは、命を懸けるに値するほど確かなものなのか。俺にはわからない。

　怪力が仕事を終えて守衛室に戻ってきた気配で我に返った。もうそんな時刻なのだと気づいて俺は慌てて立ち上がった。いずれにせよ、隣に怪力がいたのでは作業はできない。今日のところはひとまず退散することにして、そっと備品室を出ようとしたその時、裏口が開いてコンテッサがやってきた。俺は肝を潰して、まさにもんどりうつ勢いで再び備品室に身を潜めた。そうだ、ドニーノがいない今、コンテッサは映画館で入れ替わりをする必要もないのだったと今さら思い至った。最近の俺は抜かりが多すぎると臍(ほぞ)を噛(か)んだ。

だがコンテッサが現れたことで、俺は多くを知っておくという葉巻屋の行動原理、もはや習性となったそれに抗(あらが)うことができなくなった。とどのつまり、またしても穴を覗いていた。

†

覗き穴の向こうの怪力は、テーブルの脇に立ってお茶を淹(い)れていた。

「どうして俺を選んだんです」

先に怪力が口を開いたのは初めてのことだった。

「体が大きくて力が強いからですか」

それが選択要因の重要な部分を占めているのだろうと俺は思っていた。だが、コンテッサはまったく関係のないことを話し始めた。

「去年の夏、客船でお別れのパーティーがあった夜、伯爵がどうしてもひとりで客船には行かせないと言うので、私はパラソルを連れていったの。ドニーノに話を聞かれては危険だったから。あの晩、私はティティアンとラウルの船室で町を買う相談をしていた。なかなか話がまとまらなくて、夜明け前、私は少し頭を整理したくて船を下りて辺りを歩いたの」

怪力がぎょっとしたように手をとめてコンテッサを見た。

なんだ、どうした、コンテッサが夜明け前に散歩したのが何かマズいことなのか。

コンテッサは怪力に頷いて言った。

「そうよ。私はその時に、第三倉庫から出てくるおまえを見たの」

なんだって怪力は夜明け前の倉庫になんていたんだ。だいたい、どの倉庫も夜は鍵がかかっているはずじゃないか。

「おまえは、雨合羽に包んだ重そうなものを肩に担いでいた」

雨合羽。以前はこの覗き穴の右手の壁にかけてあったあの特大のあれだ。どうしてなくなったんだろうと俺も一度は引っ掛かっていたんだった。

「車のヘッドライトがよぎって、おまえは慌てて身を隠した。人に知られてはいけないものを運んでいるんだとすぐにわかった」

怪力が倉庫から何か盗み出したってことなのか？　いや、怪力に限ってそれはない。こいつは極端に物欲に乏しいのだ。百歩譲っても、第三倉庫にあるのは主に酒の類いだ。下戸に近い怪力には無用の長物でしかない。

「覚えているでしょう？　あの時、ホテルのパーティーを終えた伯爵が車で私を迎えにきたのを。私はおまえを逃がすために、まだ飲み足りないと言って伯爵と運転手のドニーノを客船に引っ張り込んだ。そして二人が酔い潰れるまで飲ませてから、ひとりで倉庫を見に行ったの。もう辺りが白み始めていて、私は薄緑色の小さな硝子石が転がっているのを見つけた。楕円形で中央に泡のような白い線が走っている綺麗な硝子石。その日の午後、私はアレンカがいなくなったのを知った」

　おい、ちょっと待て。どうして倉庫の話にアレンカが関係してくるんだ。アレンカは客船に乗って町を出ていったはずだろ。

　だが、怪力はコンテッサを見たままじっと黙っている。

　まさか、怪力が雨合羽に包んで倉庫から運び出したのは……。いや、そんなはずがない。俺は頭に浮かんだ仮定を蹴散らした。そんなもの運び出して、隠しおおせるわけがない。

「あの午後、私が博物館にトゥーレを呼びに行った時、おまえの靴は泥だらけだった。倉庫を出る時はそうではなかったのに。私は、倉庫を出た後おまえが何をしたか確かめたかった」

　どこかに埋めてしまえば……。俺は首の両側に鳥肌が立つのを感じた。

「それで、俺を罠にかけたのか」

　怪力の口調は落ち着いていたが、もう丁寧な言葉ではなくなっていた。

「ええ、ミントのガムを渡して。思ったとおり、あなたの手にはまめができていた」

鳥肌が両腕と背中に広がった。

怪力の腕力なら、短時間で人ひとり埋めるくらいの穴を掘るのは簡単だ。

いや、コンテッサが喋っているのはただの想像だ。アレンカがたまたまそのタイミングでいなくなっただけで、倉庫にアレンカがいたかどうかなんて、コンテッサにだってわかるわけがないんだ。

「私は翌日、トゥーレを訪ねて硝子石を見せたの。あの子は自分が昔、アレンカに贈ったものだと教えてくれた。もちろん、硝子石をどこで見つけたか話してはいない。あの子はアレンカがお祭りの晩に水飲み場で落としたんだと思ってるわ」

コンテッサはお茶を一口飲んでから静かに言った。

「あの夜明け前、あなたが肩に担いでいたのはアレンカの遺体。あなたが遺体を運んで埋めた。どこに埋めたのかも、もうわかってる」

怪力はテーブルに手をついてゆっくりと腰を下ろした。その姿を見て、俺は怪力がコンテッサの言葉を認めたのだとわかった。

可能ならば俺も座りたかった。今にも膝の力が抜けてへたりこみそうだった。

アレンカは町を出たのではなく、あの晩に死んで怪力によって町のどこかに埋められていたなんて。

しかし、ひとつの事実に気づいたことが、俺の気力を奮い立たせた。俺は再び両足に力を込め、穴の向こうに集中した。

コンテッサはこのことを当初から知っていて黙っていたのだ。コンテッサが映画館で入れ替わって頻繁にここに来るようになったのはアレンカがいなくなってからだ。だとすれば、コンテッサはその時から怪力を伯爵殺しに利用するつもりだったのではないか。

俺はコンテッサの表情に目を凝らした。

だが、その横顔はどう見ても恐喝者のものではなかった。コンテッサは痛みを分け合うように怪力の手に自分の手を重ねた。

怪力は悲しげにうつむいていた。

「あの日、トゥーレはアレンカが死んだことも知らずに博物館に捜しに来たんだ。俺は、疲れ果てて吊り鉢でうたた寝しているトゥーレが可哀想でならなかった。聞こえないとわかっていても、お母さんは、どこにいても君のことを思っていると声をかけずにいられなかった」

「アレンカの死はおまえのせいではない。それはわかっている。でも、この町の羽虫のためにおまえはああするほかなかった。あの時のように、羽虫のために力を貸してほしい。おまえにならきっとできるはず」

アレンカの死を隠してこっそり遺体を埋葬することが、なぜこの町の羽虫のためなんだ。

それになぜアレンカの遺体は倉庫なんかにあったんだ。いや、そもそもなんでアレンカは死んだんだ。俺にはわからないことだらけだった。

しかし、コンテッサの次の言葉が俺を差し迫った現実に直面させた。

「明日の夜、伯爵を殺してほしい」

俺は喉元に刃物を突きつけられたかのように息をとめていた。

「一緒に砦の地へ行こう、ふるさとを望むすべての羽虫を連れて。私たちの町を作ろう」

怪力は決断を迫られていた。どうするんだ、どう答えるんだ。

うつむいていた怪力が、顔を上げてコンテッサを見つめた。

「パラソルも連れていってくれるか」

コンテッサが青年のように微笑んだ。

「もちろん」

俺の目の前で、コンテッサが革のハンドバッグを開き、お屋敷の家紋が彫られた合鍵を取り出した。伯爵か、あるいはコンテッサと怪力か、いずれかの死に直結するその鍵が、怪力の大きな手の中に消えた。

コンテッサと怪力はいよいよ明日の夜、実行しようとしている。それを知っているのは俺ひとりだ。この俺はいったいどうすればいいのか。

俺はパニックになった。つまり俺の日常は非日常になった。こんなことは誰にも相談できない。いや、待て。非日常が日常である奴がいるぞ。あいつなら自分なりの論法を組み立ててこの事態を受け入れられるかもしれない。少なくとも俺はひとりで知っている重荷からは解放される。そうだ、話すならあいつしかいない。

岩の隙間から古い自転車のラッパ型ホーンが突き出している。その球形のゴム部分を、俺は握力の限界まで高速で握り続けた。窟の中でラッパの音が何重にも反響して鳴り響くのが聞こえた。窟の外に空になった鳩小屋が放り出してあったので、俺は手加減しなかった。数年に一度、魔術師のもとから鳩がいなくなるのだが、俺の勘では、鳩の行き先はあいつの胃袋だ。

増幅するラッパ音に頭を抱える魔術師の姿が目に浮かび、俺はわずかではあったが久しぶりに胸がすくのを覚えた。俺に言わせれば、火急の用件で訪ねる者の胸中も考えずにこんなくそ面倒くさいカラクリをこしらえる方がどうかしているのだ。ホーンの上の空き缶から、大音響にかき消されまいと叫ぶ魔術師の声がした。

「どなた、どなた」

俺は缶電話に向かって大声で怒鳴った。

「葉巻屋だ、開けてくれ」

ここまできてようやく窟の口を塞いだ分厚い板戸の閂が外されるのだ。俺が窟に入った時には魔術師はまだ閂を上げる紐に両手でしがみついていた。

博物館からほとんど駆け続けに駆けてきたので喉が渇いていた。まず水瓶の蓋を開けてブリキのコップでたっぷりと水を飲んだ。膝が痛いとうるさく言うので、俺が時々、外の水桶からここに水を運んでやっているのだ。

蓋を閉めて口を拭いながら振り返った途端、棚の上に置かれたスゴロク盤が目に飛び込んだ。マリが死んでからまだひと月も経っていない。

俺は正視できずに目をそらした。

「そういや葬式に来なかったな」

「呼ばれなかったのでな」

「コンテッサは羽虫もみんな招待したぜ」

「いや」と、魔術師はやや芝居がかった身振りで俺を制して言った。「マリ自身に呼ばれなかったのでな」

こいつが、私には死者の声が聞こえるのだよ、とまたぞろ人前で駄法螺を吹き始める前に、過去の教訓を思い出させてやったほうがいいだろう。

「その昔、オーネが金庫の鍵を団子頭に隠していたのを、あんたがなんで知ってたのかはわからない。だがな、そのあとあんたがえらい災難に見舞われたのは覚えてるぜ」

俺は記憶が蘇る時間を与えてやった。

いかさまの痛い代償を思い出したらしく、魔術師は不愉快そうに顔を歪めた。

「私ももう若くはない。骨折すれば一年は治らないだろう」

俺の目が別世界を見ていたのでない限り、魔術師は当時も充分に若くなかったが、そんなことはこの際どっちでもよかった。俺は魔術師の向かいに腰を下ろして話を切り出した。

「聞いてくれ。明日の夜、大変なことが起きる」

「ほう、お告げでもあったのか」

皮肉を言えるのも今のうちだ。聞いて驚け。俺は知っていることを一切合切ぶちまけた。

さすがの魔術師もこれには真顔になった。俺は興奮してたたみかけた。

「明日の晩には町がひっくり返るぞ」

魔術師は膝をかばってゆるゆると立ち上がると、炉の方へ向かった。

「この町はとっくにひっくり返っている。みんなが気づいていないだけでな。この町だけではない。たいていの町はひっくり返っているか、そうなりつつある」

いつもの俺なら、達観も度が過ぎると一回りしたただの間抜けだと笑うところだが、今回ばかりはそうはいかない。

「たとえそうだとしても、俺たちは、俺たちというのはつまり、あんたと俺のことだが、どうすればいいと思う。知っているのはあんたと俺だけなんだ」

魔術師は火の燃える炉の脇にしゃがんで薪の細い枝を手に取った。

「私はなにもしない」

俺は驚いて尋ねた。

「なにもしないって、まさか放っておくのか」

「コンテッサと怪力には二つの道があった。やるか、やらないか。二人はやることを選んだ。それを知ったおまえと私にも、二つの道がある。伯爵に密告するか、黙って見ているか」

そう言うと魔術師は枝を二つに折って火にくべた。

「おまえはおまえで決めればいい」

どこをどう歩いたのか覚えていない。俺はなんとか自分の掘っ立て小屋に帰り着いた。傾いた戸を押し開けると、ハンヤンが椅子に座って居眠りをしていた。煙草を巻く練習をしていたらしく、机の上に巻紙や葉が散らばっていた。巻き上がった数本に自然と手がいった。気づかないうちに、随分と腕を上げていた。

俺はハンヤンの肩を揺すって起こし、もう帰って寝ろと言った。ハンヤンは俺を見て、修繕屋が死んだ、とだけ言って帰っていった。それを伝えるために待っていたのだと思った。

鳥打ち帽を脱いで椅子に腰を下ろした。引き出しから特上の煙草の入った缶を取り出す。修繕屋のために俺が巻いたこの煙草に、もう火をつけてやることもない。

コンテッサは葉巻屋という仕事が好きかと俺に尋ねた。俺は、俺が葉巻屋なのは、俺が俺であることと同じだと答えた。

もしコンテッサが望むような新しいふるさとが手に入ったとしても、そこに葉巻屋の仕事はない。そこでは羽虫のために吸い殻から作り直したまがいものの煙草は必要ない。誰もが町の人間としてまっとうな賃金で働き、フィルターの付いた煙草を吸えるのだから。

俺は新しいふるさとには行かない。

コンテッサが最初から俺を勘定に入れなかったのも道理だと思った。俺が伯爵の謀殺に手を貸したとして、命を落とす危険はあっても得るものはない。これは、コンテッサなりの公正さなのだ。俺は突然、今すぐ博物館へ行って怪力に何か手伝わせてくれと頼みたい衝動に駆られた。ひどく幼い子供じみた衝動。受け入れられる余地もない願い。

それでも、俺は魔術師のようにはなれない。とても黙って見ていることなどできない。こうして座っているあいだにも、時間は明日の夜へと近づいていく。両手で目を覆っても、それをとめることはできない。

鳩時計が午前四時を打った。俺が修繕屋から煙草で買い取った鳩時計。マリはここに来るたびに、俺には不似合いだと言って笑った。

二人とも、もうこの世にいない。

俺は帽子を摑んで掘っ立て小屋を飛び出した。夜道を走りに走り、秘密の隠し場所から貯めた金を取り出した。

うまくいけば俺には第三の道がある。

夜明け前、俺は水色の長距離バスに飛び乗った。座席に倒れ込んだ目の先を、群青と白の空が水平に流れていった。

俺は夜が明けていく博物館を思った。

博物館は風に乗る方舟(はこぶね)のようなものだ。そこには、かつて繁栄した王国がその栄華を誇示した大がかりな工芸品や、すでに用途もわからなくなった歴史の遺物、消えていった町から奪われた品々が並んでいる。しかし、いつかは始まりの町もなくなり、あそこに収められたものたちは遠く四方へ散らばって、どこかの博物館やバザールの片隅に置かれる。

俺は何日もバスに乗り、窓外をいくつもの昼と夜が入れ替わった。

浅い眠りの中で、黄色いコンバーチブルに乗ったコンテッサと怪力とパラソルが、ピクニックにでも行くように楽しげにどこかに向かう夢を見た。

†

給油所の近くに、ピンク色のネオンサインの輝く終夜食堂がある。俺はそこで人を待っている。この町でも会えないかもしれない。

始まりの町を出て以来、俺はどの町にもあまり長くとどまらないようにしている。ひとつの町に根を下ろした暮らしに戻る気になれないというのもあるが、あのあと始まりの町で何が起こったのかを知るまでは、万一の事を考えておくべきだという頭もあった。事の成否によっては、大事件の前夜に姿を消した俺は、お尋ね者になっている可能性もあるからだ。もちろん、始まりの町にいたことは誰にも悟られないよう細心の注意を払っている。

しかし、たとえ計画が失敗に終わっていても、コンテッサはおとなしく広場で縛り首になったりはしなかっただろう。頭に袋が被(かぶ)せられるまで、修繕屋の火事のこともマリのことも真実を叫んで、羽虫たちに、待っていても助けは来ない、闘えと訴えたに違いない。

逆にもし首尾よくことが運んでいれば――実のところ、考えれば考えるほどあの至って単純な計画は失敗する可能性の方が低いのではないかと思えてくるのだが――コンテッサは伯爵の莫大な資産を換金して今頃は新しいふるさとに向かう準備をしている頃かもしれない。町の羽虫の多くがコンテッサと怪力と共に行くことを選ぶだろう。

いずれにせよ町の様相は一変しているはずだ。それを知るために今も俺は待っている。

この二ヶ月間、俺は見知らぬ大きな町に着くたびに給油所へ行き、右手の甲に鳥のタトゥーを入れた運転手助手に宛てて伝言を残した。鳥打ち帽が終夜食堂で待っている、と。

午前一時。終夜食堂は軽食を取る運転手たちで賑わっていた。セルフサービスの煮詰まった珈琲(コーヒー)の匂いと皿のぶつかる音、低く流れるラジオ。どの町の終夜食堂も驚くほどよく似ている。

ここがいくつめの町になるのか、俺はもうよく覚えていない。だが、一度だけ始まりの町で見た顔に出くわしたことがあった。

鉄道を使う金をケチって徒歩で山越えを試みた時のことだ。飢えと寒さでもう一歩も動けなくなり、どうせ死ぬならひと思いにトラックにでも轢かれて楽にいきたいと、やけくそになって道路の真ん中に倒れていると、薄気味の悪いことに霧の中から御者のいない荷馬車がやってきて俺の脇に停まった。

恐怖というのはどんな時もある意味、人を活気づかせるもので、俺は瞬時に跳ね起きた。すると荷馬車の後部の扉が開く音がして、ひとりの男が現れた。その特徴的な男に俺は見覚えがあった。昔、サーカスの一団と共に始まりの町にやってきた小人だった。髪の色は漆黒から灰色に変わっていたが、目を見張るような美しい顔はあの時のままだ。こいつのディナーショーには金持ちの女が集まって、俺はフィルター付きの吸い殻をしこたま集めたのだ。小人はいかにも迷惑そうな顔で言った。

「私の馬は繊細なんだ。そこをどいてくれ」

俺は咄嗟(とっさ)に愛嬌(あいきょう)を振りまいて答えた。

「乗せてくれるならどきましょう」

癇(かん)に障ったらしく、麓(ふもと)に着いたら馬の蹄(ひづめ)の裏を掃除して、飼い葉と水をやってブラシがけするという条件が付加され、俺はようやく荷馬車に乗せてもらった。

大きな砂時計の描かれた荷馬車には、昔と同じように小人ひとりだった。食べ物にはあまり執着がないものとみえて多少の嫌みを言われただけで、俺はパンとポットに入った温かいスープにありつくことができた。

生気を取り戻した礼に、とっておきの法螺話を披露したが、小人は憂鬱そうでたちまち俺はうとましい存在になった。気を取り直して室内を見まわすと、ビロードのソファの横に金色の古い竪琴が置かれているのが目に入った。俺はすかさず尋ねた。

「竪琴をお弾きになるんですか」

「あれは昔、高地に棲む鳥声族の長の娘が、聖なる白い猿と交わって生まれた白髪の子供が弾いていたものだ」

一口に言って思い描けなかった。だが、他にも座員がいたことはわかった。

「昔はほかにどんな方がいらしたんですか？」

「最盛期は座長を含めて八人いたそうだ。その竪琴を弾いていたのと私の曽祖母である小人、棘男、双生児の娘、骸骨男、鬚女」

さすがの俺も半信半疑になってきた。もしかしたら、これは話を打ち切りたいんじゃなかろうか。試しに簡単に答えられる質問をしてみた。

「ところで、どちらに向かっていらっしゃるんですか？」

「しかるべき時に、しかるべき場所へ」

俺は黙ることにした。灰色の髪の美しい小人はソファに座って物思いに沈んでいたが、しばらくすると眠ってしまった。

あの時、俺が始まりの町にいたと打ち明けることができたら、小人と町の話ができたかもしれないと思うと、今でも残念だった。

俺は毎日あの町のことを思い出す。ここ数日の暖かさで、病院の庭にはもうクレマチスが花を咲かせているだろう。そんなことを考えると、俺は葉巻屋なのに、あの町が失われたふるさとのような気がしてくるから不思議なものだ。

不意に目の前に湯気の立つ珈琲のカップが置かれた。

顔を上げると、そこにトゥーレが立っていた。

†

「あ、飯は？」

あてもなく待ち続けた相手が突然現れて、俺は喜ぶ以前に気が転倒して間の抜けた第一声を発していた。

トゥーレは前の町で食事をすませ、ガスパンはトラックで仮眠を取っていると答えながら、俺の向かいに自分の珈琲カップを置いて腰を下ろした。

「間に合ってよかった。何度か入れ違いだったから、今度ももういないかと思ったよ」

俺に会おうとしてトゥーレも骨折ってくれていたのだと思うと、込み上げるものがあった。

半年の見習い期間を終えて今はガスパンと交替でハンドルを握っているというトゥーレは、託された責任に見合う落ち着きと判断力を身につけたように見えた。町にいた時は気づかなかったが、体つきも荷の積み下ろしなどで力を使うせいだろう、軽やかではあったが一本芯が入ったようにしっかりとして、俺は親でも親戚でもないのに感慨無量だった。

トゥーレはそんな俺に気づかないふりをして、ハンヤンはうまくやっていると教えてくれた。俺がいなくなったその日から、葉巻屋の後を継いだと吹聴して今では顧客の信用も勝ち得ているらしい。おかげで俺が町を出たことは誰も不審に思っていないようだった。ハンヤンの奴、知ってか知らずか、洒落たことをしやがる。

俺は熱い珈琲を一口飲んで気を落ち着けた。それから、さりげなく話を向けた。

「怪力やコンテッサはどうしてる？」

トゥーレは避けて通れないことに直面した者のように、ひとつ息をついてから言った。

「葉巻屋。今から話すことを、僕はまったく信じちゃいない。ただ、町ではこういうことになってる」

俺にどう話すべきか、今日までトゥーレが何度も考えたのがわかった。同時に俺は、大きな波が来るのを予期した漁師が甲板に足を踏ん張るように衝撃に備えた。

「怪力は、夜中に伯爵の寝室の金庫を狙って侵入したところを、部屋にいた伯爵に射殺された。お屋敷の裏口がこじ開けられていて、その写真が週報に載った。パラソルの一件で町の一部には怪力は昔、強盗だったんじゃないかという根強い噂があったし、お屋敷に侵入した晩、怪力がいつもの制服じゃなくて引き子の頃のシャツとズボン姿だったのも、金目の物を奪ってすぐに逃亡するつもりだったからだと言われてる。遺体のシャツの胸には、散弾銃で撃たれた大きな穴が開いていた」

俺はまさしく自分の胸にデカい風穴が開いて後ろに吹っ飛んだような気分だった。痛みを感じる間もなく死んじまった俺が、驚いて自分の死体の大穴を見ている。そんな感じだ。

なんだってそんなことになっちまったんだ。お屋敷の裏口はコンテッサが開けておく手筈だったし、伯爵は眠り薬を飲んでぐっすり眠っているはずじゃなかったのか。コンテッサの計画とはまるきり……。

俺の生きた心臓が跳ね上がり、慌ててトゥーレに尋ねた。

「コンテッサはどうしてる」

「麻疹で寝ついて、そのまま……」

そんなはずはない。コンテッサは子供の頃に麻疹に罹ったから大丈夫だと言うのを、俺はこの耳で聞いている。

「コンテッサはいつ死んだんだ」

「怪力の事件から一週間くらいあとだった」

やたらに激しく脈打つのを感じながら、俺は確信した。

あの計画は実行に移される前に、すでに伯爵に露見していたのだ。だから伯爵は眠り薬を飲まず、部屋の暗がりに座って散弾銃を構え、怪力が寝室に入ってくるのを待ち構えていた。そして怪力が充分に近づくのを待って、至近距離で確実に射殺した。それで散弾銃の弾は飛び散らず、怪力の胸に大きな風穴を開けたのだ。そうして怪力を始末したあと、コンテッサを病死に見せかけるために、薬かなにかを使って時間をかけて殺した。コンテッサは謀殺されたのだ。

事件のあった夜のうちに、コンテッサは体の自由を奪われていたに違いない。おそらく怪力のために裏口を開けた直後に。裏口は、押し入った証拠となる写真を週報に載せるためにあとからこじ開けられたのだ。

しかし、いったいどこからあの企みが漏れたんだ。知っていたのは俺と魔術師の二人だけだ。まさか魔術師が？　いや、それはない。俺は純粋に信憑性の問題として考えた。俺が密告したならまだしも、あのへっぽこで知られる魔術師では、オーネの話同様、屋敷の人間が真に受けたとは思えない。

とすれば、どうしてどこから計画が知れたんだ。

考えられるのは、あの合鍵くらいだった。コンテッサが伯爵の寝室の合鍵を作ったことが何かのはずみに漏れたとしたら……。

「正直、僕はまだコンテッサが死んだっていう実感がないんだ。最後に会った時はとても元気そうだったから」

「それって、おまえが町の外で作ってきた合鍵をコンテッサに渡した時のことか？」

「葉巻屋も合鍵のこと知ってたのか」

　俺は黙って頷いた。俺の推測をたった今、確認したと告白する必要はない。

トゥーレの話では、合鍵のことを頼まれたのはマリの葬儀が終わってしばらくした頃だったらしい。ドライブ途中のコンテッサがトゥーレの家に立ち寄ったのだという。

「急に車の調子が悪くなったとかで、タチアオイの角の所に車が停まっていて、ドニーノがボンネットを開けて点検してたよ。僕はコンテッサとポーチでお茶を飲んだ」

トゥーレも薄々感づいているようだが、ハンドルを握っているのはコンテッサだから、調子が悪い云々(うんぬん)はドニーノを遠ざける口実だったのだろう。

「コンテッサは、合鍵は贈り物にしたいから内緒で作りたいんだと言っていた」

「それで何も訊かずに引き受けたのか？」

「僕は以前、悪霊のようなものから、コンテッサによって救われたことがあるんだ。あのときコンテッサが来てくれなければ、子供だった僕は一生忘れられない悪夢のような体験をしていたと思う」

　嫌悪感だけを鮮明に伝えるこの比喩(ひゆ)的な表現は、コンテッサが登場する前の出来事を具体的に語りたくないからだろう。

「だから合鍵のことを頼まれた時は、コンテッサの役に立てるのが嬉しかったんだ。むしろ何も訊かずに引き受けたかった」

トゥーレはお屋敷の裏口が壊されていたせいで、合鍵と怪力を結びつけて考えていない。そもそも伯爵の寝室の鍵のことなど何も知らないのだから結びつけようもないのだが。

「運休が明けてトラックが出発する日、昼頃にコンテッサが家に来て、合鍵を作るための鍵の型を渡してくれた」

俺はその昼、コンテッサがひとりで車を運転して通りを走り去るのを見かけている。ドニーノが麻疹で寝込んで自由に動けるようになったコンテッサは、自らトゥーレに鍵型を届けに行ったわけだ。

「その、鍵の型ってのは、石膏かなにかに取ってあったのか？」

「いや、化粧用のコンパクトの中に粘土が詰めてあって、そこに型を取ってあった」

なるほど、コンパクトなら蓋があるから型が崩れる心配もないし、化粧道具だから女が手にしていても怪しまれない。よく考えられていると俺は感心した。

「合鍵のこと、ガスパンに知られたりとかは……」

「そんなヘマはしないよ。コンテッサが家に来た時は二度とも父さんは出掛けてたし、鍵型のコンパクトは僕が肌身離さず持ってたしね」

そういうことなら、合鍵のことがバレるはずがない。

その時、俺はふとトゥーレから伝言を預かった時のことを思い出した。突然の運休が決まった日、俺はトゥーレから『今日は映画館に行けない』とコンテッサへ伝えるように頼まれたんだった。

「トゥーレ、本当は運休が決まった日に、映画館で鍵型を受け取るはずだったんだよな？」

「ああ。でも急に詰め所に集合がかかって行けなかったんだ」

トゥーレに渡せなかったコンパクトは、あの日、コンテッサの革のハンドバッグの中に入ったまま、いつものように衣装を取り換えた替玉のアガに……。

違う。思い出した途端、俺は胃袋がせり上がるような不快感に襲われた。あの日の替玉は代役だったんだ。あの娘はこう言って代役を熱望した。

『一度でもコンテッサの服が着られるのならどんな危険も厭わない』

生まれて初めて豪華な服や装飾品を身につけた羽虫の娘は、ハンドバッグも開けてみたのではないか。そして中の口紅やコンパクトもしげしげとあらためたのではないか。代役がコンパクトに隠された鍵型を見たとしたら……。鍵にはお屋敷の家紋が彫られている。いくぶん頭の軽い娘でも、これは普通ではないと感づいたはずだ。

かつてコンテッサが言っていた。家政婦のシモナはコンテッサの悪い噂ならお金を出してでも買うと。もし、鍵型のことが代役からシモナに伝わっていたら、コンテッサがどこの合鍵を作ろうとしているのか、シモナにはすぐにわかったのではないか。伯爵が常に持ち歩いている一本しかない鍵。薬で深い眠りに落ちている伯爵に近づく目的は、容易に察しがついただろう。シモナは伯爵にことを告げた……。

もしそうなら、伯爵はどう動いたか。

俺は代役を立てたあとに起こったことを思い出そうと記憶を辿った。コンテッサの状況に何か変化はなかったか。

そう、あの頃だ、ドニーノが麻疹で寝込んだのは。

そこまで考えて、俺は慄然とした。

ドニーノは本当に麻疹で寝込んでいたのだろうか。見張りがいなくなったと思えば、コンテッサは安心して大胆に行動する。あの夕方、コンテッサが入れ替わりをすることもなく、出来上がった合鍵を持ってひとりで守衛室の怪力を訪れた時、お屋敷の誰か、伯爵の意を汲んだ者がコンテッサを尾けていなかったと言い切れるだろうか。

もちろんすべて俺の推測に過ぎない。

だが、もし俺があの日あの娘を代役に選ばなければ、その後の出来事は変わっていたのかもしれない。もしアガの三人の子供が次々と麻疹に罹らなければ、もしイサイが末の息子をマリの葬儀に連れてこなかったら、もしコンテッサがあれほど豪華なマリの葬儀をしなければ、もしマリが死ななければ、もし先代の伯爵が除雪車を持ち帰らなければ……。

今とは違う現在が無数にあったはずなのに、それらはすべて現実の外にはじき出され、怪力とコンテッサの死というたったひとつの事実だけが残った。

コンテッサの葬儀は屋敷の者だけでひっそりと執り行われ、遺体はお屋敷の霊廟に納められたという。伯爵はそうやって自らの所有物に欺かれた恥辱を人知れず葬ったのだ。

テーブル上に腕を組んでうつむいたままトゥーレが言った。

「最後になった日、コンテッサは合鍵のお礼にって、封を切っていない煙草を一箱くれた。知ってるだろ？　箱にサンザシの花の絵が描いてある」

「ああ。金色のフィルターの付いた最高級のやつだ」

俺は雪の降った夜、映画館の角で煙草を吸いながら俺にマリの話をしたコンテッサを思い出していた。

「別れ際に、コンテッサは、大人になってこれを吸う時、私のことを思い出してと言ったんだ。まさか、あんなふうに死んでしまうなんて」

コンテッサは、計画が潰えた時は死ぬ時だと覚悟していたのだと思った。

おそらく怪力もそうだったのだ。引き子の頃のシャツの胸に大きな穴を穿たれて……。

そう思った時、俺はおかしなことに気づいた。

なぜトゥーレは怪力の遺体の状態を知っているのか。

罪を犯した羽虫の遺体は墓地には葬られず、麻袋に入れて廃線になった鉄道線路の先の谷に運ばれ、そこに投げ捨てられるのだ。運転手の職についているトゥーレが遺体を運ぶ労役に駆り出されるわけがない。

「トゥーレ、おまえ、どこで怪力の死体を見たんだ……？」

トゥーレの目に動揺の色が浮かんだ。

俺に知られたくないことがあるのだとわかった。

「おまえ、どうして怪力の死にざまを知ってるんだ？」

†

トゥーレは黙って自分の珈琲カップを見つめていた。

悲しみ、哀惜、匂いのようにほんの一瞬立ち戻る純粋な懐かしさ、それらすべてが抜け落ちたトゥーレの顔には、悪夢から帰還して放心している者のような疲労だけがあった。

長い沈黙のあと、トゥーレは言った。

「僕はずっと思ってたんだ。葉巻屋が町を出たのが、あの事件の起こる前で本当によかったって」

その出来事を語ること自体、苦痛なのだと思った。だが、俺が今聞いたばかりの事の顛末（てんまつ）以上にトゥーレが心を痛めることなどあるだろうか。俺は自分が逃げ出したことも棚に上げて、話してくれるよう懇願した。

青年期に向かうまだ柔らかい眉根（まゆね）に影のような皺が浮かんだ。

「怪力の死体を見たのは、僕だけじゃない」

トゥーレは一度、目を閉じてから続けた。

「広場に死体が晒されたんだ、何日も。町の人間は男も女も子供も、怪力の死体を石で撃って、唾を吐きかけた。体はすぐに斧と鉈でバラバラにされて、顔に汚物がぶちまけられた。切り飛ばされた怪力の指は、戦利品として男たちの奪い合いになった。女たちは台所のゴミを桶で運んでそこにばらまいて、怪力はカラスに食われて形もなくなるまで広場に晒されていた」

正気の沙汰じゃない。俺は込み上げる胃液を飲み込んだ。町の普通の人間が、女たちまでもがそんなことをするなんて常軌を逸している。

誰かが扇動したんだと直感した。

最初に思い浮かんだのはイサイの顔だった。しかし、あいつはマリの瞼に二度までもコインを置こうとした迷信深い男だ。町の人間だろうが羽虫だろうが死者を畏れる。

気がつくとトゥーレが俺を見つめていた。その目の底には、俺の知るトゥーレにはなかった暗くうねるような侮蔑があった。

「スベンだ」

トゥーレが言った。

「スベンが町の人間を煽ったんだ」

ホテルの暗いラウンジでコンテッサに修繕屋の焼け跡の土地をねだっていた葬儀屋。

俺に足早に近づいてきて、わかっていることを口にしなければ気がすまなかった男。

「あの男は、広場に集まった町の人間に大声で叫んだんだ。『伯爵に逆らう者は、始まりの町を、ひいては塔の地を滅ぼそうとする者だ。塔の地を愛する者は今こそ、その忠誠を行動で示せ』。そう言って、模範を示すように先頭を切って怪力の死体に斧を振り下ろしたんだ」

その一撃が、血なまぐさい狂乱の幕開けとなったのだ。青年団があらかじめ準備していた鉈や刃物の類いを広場の石畳の上に投げだし、各人は消防用の斧を手に遺体に襲い掛かったという。

ラシャたちが加わり、踊る雄牛に集う男たちが次々と続いた。俺にはその時の熱狂と錯乱に沸き返る広場が目に見えるようだった。初めは尻込みしていた商家の主や農場の男たちも、血を浴びた人間が増えるにしたがって慌て始める。猛々しい声が、血に濡れた頼もしい腕が、彼らを遺体の前へと引っ張り出す。そして気がつくのだ。この勢いだと手を汚していない自分たちの方が数が少なくなる。

少数派に踏みとどまるには心の拠り所が必要だが、そんなものはどこにもない。頼れるのは子供の頃からの教えだけだ。

——いざという時、塔の地の人間はすみやかに一丸となる。

野蛮で残虐な行為が、塔の地への忠誠を示す勇敢な行動にすり替わる。男たちは堰を切ったように鉈を取り、遅れを取り戻そうと躍起になって怪力を切り刻んだのだ。

「僕は心の底から恐ろしかった。みんなと同じことをしなければ、敵とみなされる。そうなったら何をされるかわからないと思った。僕は息を殺して人垣から後ずさった。誰も僕に気づかないようにと必死に祈りながら。他にも何人かいたけど、お互いに顔を見る余裕なんてなかった。軽食屋の爺さんが逃げ損ねて、血のついた鉈を握らされるのが見えた。僕が広場に背を向けて駆け出した時、爺さんがもの凄く甲高い雄叫びをあげるのが聞こえた。血みどろの死体に突進したんだとわかった」

トゥーレは広場から逃げ出し、マーケット通りの角まで走りに走って、そこで嘔吐したという。

「通りにハンヤンがいたから、すぐに居住区に行って羽虫たちに広場に近づくなと伝えるように言った」

しかし浜に出ていた引き子の中には知らせが届かなかった者もあり、夕方、広場の近くで羽虫が何人か、興奮のおさまらない町の男たちに袋叩きにあったらしい。スベンは広場での出来事のあと、長年の念願であった青年団への入団が許されたという。

トゥーレはスベンのことをもうけっして叔父さんとは呼ばないだろう。

怪力の遺体が晒された日、トゥーレが広場に行ったのは、見物にやってきた大勢の町の人間たちの中にあって、週報がなんと言おうと怪力が強盗に入ったなどとは信じず、心からその死を悼む者として怪力のそばにいてやりたかったからだろう。口に出しては尋ねなかったが、トゥーレのことだから、誰もいなくなったら供えるつもりで、ポケットに一束の野の花を忍ばせていたかもしれない。

それでも、俺はトゥーレが広場から逃げ出せた幸運に心から感謝していた。昔のトゥーレなら逃げ出すことも思いつかぬまま、立ちすくんでいるところを軽食屋の親爺（おやじ）のように鉈を摑まされ、力尽（ちからず）くで行為を強いられたかもしれない。そのような経験は、人の魂を殺してしまうものだ。

「今ではまるで何もなかったみたいにみんな普通の暮らしに戻ってるよ。ただ、最近はみんな普段からいつも上着に塔のバッヂを付けるようになった」

トゥーレは内側に折り込んでいた上着の襟を外に出してみせた。そこに塔のバッヂが付けられていた。トゥーレは自分を恥じており、傷ついてもいるのだとわかった。

俺は手を伸ばしてトゥーレの腕を軽く摑んだ。そんなことは何でもないことだと伝えたかった。

トゥーレの口元にわずかな微笑が浮かんで消えた。

俺はトゥーレが乳母車に乗っていた頃から知っているが、今、目の前に座っているのは俺の若い友人と言ってよかった。

「葉巻屋。始まりの町のトラックがここを通るのは、今夜で最後になる。缶詰工場が中央府に接収されて、次からは毎回ルートが変わるらしい」

俺は、そうか、とだけ答えた。コンテッサが守衛室で話していた未来がすでに現実になっていた。

もう会えないかもしれない。

トゥーレも俺もそう思っていた。

この時間を惜しむように、トゥーレがすっかり冷めた珈琲を口に運んだ。その右手の甲に刻印された鮮やかな鳥のタトゥーが、俺の胸を錐のように刺した。

トゥーレはアレンカの死を知らないのだ。

いつかどこかの遠い町で、あの手の甲の鳥を見たアレンカが、大人になった自分に声をかけてくれる。トゥーレはそんな日を願っているのだ。

その願いは叶わないと伝えるべきだろうか。しかし、俺が知っているのは死んだらしいということだけで、どうして、どんなふうに死んだのか何もわかっちゃいないのだ。そんな話を聞かされる身になってみろ。

俺はアレンカの死を黙っておくことにした。

「もう行かないと」

トゥーレがカップを置き、やさしい目で言った。

俺は何かしてやりたかったが、別れに手渡せるものもなかった。商いは中断したままでポケットには煙草はおろか、飴のひとつもない。法螺話ならいくらも備蓄があったが、仕事に戻ろうとしている相手にとってこれは大変な迷惑でしかない。

なにかないか、と思った次の瞬間、俺は自分を褒めちぎってやりたいと思うような名案を思いついた。

「トゥーレ、おまえに俺の金庫を譲る。こいつは銀行の金庫より頑丈で安心なんだ」

俺はさっそく、金庫の場所を教えてやった。

塔の広場の南東の角から中心に向かって、石畳の上を八歩行った所に、よくよく見ればそれとわかる×印のついた敷石がある。そいつを裏返すと、三十センチほどの深さの穴がある。俺は稼いだ金をビニールの風呂敷に包んで常にそこに隠していたのだ。

「大事なものはあそこに隠しておけばいいんだ。未来永劫、誰も気づかないからな」

トゥーレは感心したように目を丸くしていたが、やがて嬉しそうに頷いた。

「ありがとう。じゃあ、元気で」

「ああ。またどっかでな」

†

俺はひとつだけ残された珈琲カップを手に取った。数時間前、俺はトゥーレが現れることを期待してこの椅子に腰を下ろした。そんなふうに待つことも、これから先はもうない。

いよいよ俺はひとりになってしまったのだと思った。

ここに来た時、俺の人生の中でコンテッサと怪力はまだ生きていた。人の死は、その知らせがもたらされた時に事実になる。だから、俺にとってあの二人は二ヶ月前の夜更けではなく、今夜、死んだのだ。

俺は勝手に想像する。薬を飲まされ生気もなく横たわったコンテッサ。そのベッドを取り囲んでいるのは伯爵、家政婦のシモナ、執事のタイラー、ドニーノと忠実な召使いたちだ。親密な静寂の中で密かに処刑が行われる。伯爵の目配せで元看護師のシモナが硝子の注射器を手に取り、涙のように透明で無慈悲な劇薬がコンテッサの血流に解き放たれる。すでに弱っていた心臓の鼓動がゆっくりと間遠になり、やがて止まる。最期の時には人は色々なことを思い出すというけれど、コンテッサのその一コマに俺はいただろうか。

煮詰まった冷たい珈琲を飲み、俺は鳥打ち帽を脱いでその死を悼む。羽虫のふるさとを建設しようとしたコンテッサと怪力は、二人ながら伯爵に抹殺されたのだ。

伯爵はまさに害虫を駆除するように淡々と手順に則(のっと)って二人を葬り去った。しかし、その伯爵を伯爵たらしめているのは、あの町なのだ。上目遣いにありがたく押し頂いて、養い、育てているのはあの町だ。

あそこには二種類の人間がいる。

ひとつは始まりの町の人間であることを大いなる誇りとし、熱烈に先祖を信奉する人々だ。自分たちの血脈は勇敢で純粋で美しい。だが中央府はとっくに別の町に移転し、町は坂道を転げ落ちるように急速に衰退しつつある。本来の自分たちはもっと輝かしい存在であるはずなのにという満たされない自負心を抱えて悶々としている。

もうひとつは自分が始まりの町の人間であるのを当たり前だと思っている人々だ。当然、町にも塔の地にもさしたる関心はないのだが、尻すぼんでいく町に将来の明るい展望などあるべくもなく、目先の生活のあれこれと他人への不満でいつも頭をいっぱいにしている。

まったく違うように見えて、どちらの人間にとってもなくてはならないものがある。それが俺たち羽虫の存在だ。町の人間は羽虫をどこまでも踏みつけにすることで自分たちの優位を確認し、そのような行為が許されていることにかろうじて自由を実感している。つまりは、羽虫を虐げることで瀕死の自由を延命し、なんとか誇りと自尊心を保っているわけだ。

この誇りと自尊心の裏側に、獰猛な黴のようにびっしりと根を張っているのは、怒りと憎悪だ。羽虫は我々の町に寄生し、町のものをかすめ取って平然と生きている。あいつらは不当だ、狡いという怒り。我々の町を侵食する者への憎悪。本当は我々の方こそが多くを奪われている被害者なのに。

この手の被害感情をもとに町の人間はひとつの幻想を共有している。すなわち、羽虫を一匹残らず町から駆除できれば、本来のあるべき姿、かつての誇り高い町を取り戻せるというやつだ。もっとも実際に羽虫が一掃されると農場も工場も漁場も人手が足りずに立ちゆかなくなるから、実現したあかつきにはほかならぬ町の人間が困るわけだが、そのような卑俗な現実とは無縁とばかりに、この幻想は広場の堅牢な石の塔のように人々の心に屹立している。

もう長いあいだ、町の人間は羽虫を踏みつけにすることでなけなしの自由を味わい、ようやく自尊心を保ってきたのだと俺は思う。羽虫の俺が言うのもどうかと思うが、どうして町の人間はそんな惨めな境遇に立ち至ってしまったのか。思うに、もしかすると初めの躓き(つまず)は、ごく控えめな欲望だったのではないか。言ってみれば、自分だけ損をするのは嫌だというような。

たとえば、上の者の命じるとおりにやれば実行者は法を犯すことになる、という状況は犯罪集団に限らず、どんな人間の集まりでも少なからずみられるが、人間は貪欲(どんよく)な生きものだから、命じる側が自らの利益や都合のみを考えてとんでもない不公正をやらかす場合を想定して〈法〉なるものが設けられており、実行者はその法を盾に理不尽な要求を断ることができる。俺が三階建ての前に放り出されていたのを拾ってきた古い本によると、かつては建前としてそんなふうになっていたらしい。

だが俺の知っている世の中では、上の者の要求に異を唱える者はまずいない。俺の育った町で、たまにそういう変わり者の話を聞くことがあったが、おおむねその後の消息が知れなくなった。逆に、法を破って言われたとおりに働いた者は、上の者の庇護(ひご)のもとなんら懲罰も受けず、その忠誠心を買われて特別に引き立てられるのが常だ。これが当然とされる世の中では、上から下まで、金持ちから貧者まで、おのずとひとつの巨大なレースに参加することになる。

貧乏くじを引かないためのレースだ。

上の者の言いつけにいち早く従い、さらにその心の内をすみずみまで推し量って言外の要求にも応え、その貢献の度合いを競い合う。要は他の者よりも喜んでもらえるか否かに将来がかかっているわけだから、この種のレースになんらかのルールを期待するのは賢明ではない。上から味わわされた屈辱は下の者へ。踏みつけにする塩梅にはまだ個々の裁量、つまり自由が残されている。

町の人間は気がついてみれば、おそろしく息苦しい卑屈な時間を生きるはめになっていたわけだ。あるべき誇りは傷つき、鬱屈し、憤懣だけが蓄積する。そのような毎日が延々と繰り返されて一生が終わる。

たぶん、町の人間は何かいっときでもそこから解き放たれる手立てを探し求めていたのだ。そしてある時、どんな行為も正当化できる解放の呪文を見つけた。

——羽虫のくせに。

春先の風の強い深夜、何人かが暗い目を見かわし、修繕屋を襲って店に火を放った。燃え上がる炎の照り返しを受けて、そいつらの顔は初めての喜びと畏れに輝いていただろう。

修繕屋は俺が巻いた煙草が好きでいつも手元に置いていたから、寝煙草の不始末という馬鹿げたオチまでついちまった。

俺は目を閉じて、初めて会った頃の修繕屋を思い出す。荷車を置いて、敷石に座って一服している修繕屋は、ちょうど今の俺と同じくらいの歳だ。二の腕も脚も俺よりがっしりとしている。

「どんなものもいずれガラクタになるのさ」

修繕屋は目を細めて旨そうに煙草を吸いながら言ったものだった。

「靴も雨傘も町も人間も、時間には勝てない。でも、たいていのものはドカンと壊れたりはしないんだ。少しずつ、傷んでだめになっていく。まあいいやって放っておくと、ある日突然、ぶっ壊れているのに気づいて驚くはめになる。そうなる前にちょくちょく手をかけてやる。ゴムや針金や留め具なんかを使っていい具合に修繕してやる。そうやって長持ちさせるのが俺の仕事だ。誰も手をかけてやらなかったら、どんなものでもびっくりするほど早くだめになるからな」

短くなった煙草を敷石にこすりつけて火を消し、吸い殻を革の鞄にしまう。それから、さてと、と両膝に手をついて立ち上がる。

あれから腰が曲がるまで荷車を引いて、修繕屋はマーケット通りの一番すみっこに店を持とうと決めた。町の人間も羽虫も、その店に刃のさびた鋏や柄のとれた鍋なんかを持ってくる。そして修理が終わるのを待つあいだ、天気のことやなにか他愛のない話をする。そんな夢のような光景を修繕屋は思い描いていたのかもしれない。

もしかしたら、修繕屋はこの世界をたった一人で修繕しようとしていたんじゃないか。そんな気がして、俺はなんだか無性につらかった。

いろんな気持ちがいっしょくたになって、どうやら子供みたいに涙と鼻水を垂らしながらうとうとしたらしい。いつのまにか客は俺ひとりになっていた。だだっぴろい食堂にラジオの音楽だけが細い川のように滑らかに流れていた。

レジ脇のカウンターにウエイトレスが突っ伏して眠りこけている。その娘をマリに見立てて俺は声に出さずに軽口を叩く。そうして、トレードマークの鳥打ち帽を被る。

あと小一時間もすれば、朝のトラックが集まってくる。

俺は気の向いた荷台に潜り込む。

俺はもうどこの町にも根を下ろさない。

ずっとずっと流れていく。遠くへ。

§　§　§

葉巻屋は二度と始まりの町には戻らなかった。

怪力とコンテッサがこの世を去り、この町でアレンカが眠る場所を知っているのはもはや私ひとりになった。

私は水を汲み、湯を沸かし、幼いナリクのために粥を炊く。

午後、私はナリクと共に二羽の鳩を空へ放つ。私のエルネスティナとウォルフレン。

そうして、彼らが青く澄んだ空に吸い込まれるように小さくなっていくのを見守る。

「帰ってくるかな」

ナリクが空を見上げたまま呟(つぶや)く。

「さあ、どうかな」と、私は答える。

これまでは常に帰ってきた。

だが、おそらく今度はそうなるまい。

鳥影は薄い点となって消え去り、空は巨大な瓶の底のように動くものひとつない。

私は魔術師。四つの大陸を巡った果てに、この町に流れ着いた者。

しかし、あの後に起こったことを考えれば、私はこの始まりの町に来るように導かれたのだと思う。

第4章 ――窟の魔術師が語る奇跡と私たちの物語――

葉巻屋が姿を消した後、トゥーレたち運転手は物資運搬要員として中継地から中継地へと休みなく走り続けるようになり、めったに町で姿を見かけなくなった。麻疹の流行は羽虫の貧しい子供たちの命を大鎌で刈るように奪い、居住区から赤ん坊の泣き声も幼子の歓声も消えた夏の終わりになって終息した。

コンテッサが死んでからちょうど一年目の春、パラソルが病院の納屋で冷たくなっているのが発見された。胎児のように体を丸めたパラソルは、痩せこけた胸にしっかりと黄色い日傘を抱きしめていたという。折しもその日、第六の町に続いて始まりの町でも志願兵を募ることが決まった旨が週報で報じられた。

対象は羽虫の若者だった。

志願して忠誠を示せば、親子兄弟ともども、町の住民につぐ準住民の資格が与えられるが、志願しない羽虫の若者は租税が倍になると告知されていた。もともとすべての羽虫は賃金の半分をあらかじめ租税として引かれていたので、税が倍になれば収入は皆無となる。羽虫の若者は一家の稼ぎ頭が大半だったから、この志願は事実上の強制だった。

独り身の羽虫の若者数名が町から逃げ出し、それ以後、逃亡を阻止すべく長距離バスの停留所には町の男たちが交替で見張りに立つようになった。

志願した羽虫の若者たちは居住区の一角に集められ、ブリキで作られた安物の塔のバッヂを渡されて、中央府から来た兵士輸送用のバスに乗せられた。浜に羽虫の引き子の姿が見られなくなり、農場や牧場、缶詰工場からも羽虫の男たちがいなくなった。やがて志願の対象はより年少の羽虫にまで及ぶようになった。

そんな折、トゥーレのトラックが久しぶりに町に帰ってきた。そしていきなり事件が起こった。一日半の休みの後、新たに荷を積んで出発したトゥーレは、町境に設けられた抜き打ちの検問所で逮捕された。羽虫の少年たちを別の地に逃がそうとしたのが見つかったのだ。このときトゥーレは十七歳になっていた。

トラックの荷台に隠れていたハンヤンを含む少年たちは、トゥーレより二つほど年下だった。栄養状態が悪く総じて小柄で、戦力というより進軍の際の弾よけにしかならないだろうことは誰の目にも明らかだった。

トゥーレは輸送要員としての仕事を剝奪され、マリと同じ監獄に入れられた。町の住民であるトゥーレは本来なら裁判の後に中央府の刑務所に送られるはずだったが、すでに非常時を理由に裁判は停止されており、罪人の生殺与奪の権限は塔の地の議員である伯爵の手に公然と委ねられていた。

トゥーレが監獄にいる間に、羽虫の少年たちはすべて戦地にやられた。ハンヤンは年寄りの羽虫たちのために煙草を置いていってくれた。麻紐で括ったその一束の煙草を私はハンヤンの姉から受け取った。片方の目を病んだ姉は、兵士輸送用のバスが来る前夜、ハンヤンはどこに送られてもそこで羽虫に煙草を巻いてやるんだと意気込んでいたと話してくれた。「俺は親方から葉巻屋の心得を伝授されてるからな」と、ハンヤンはリュックの底に煙草の葉を入れた袋を押し込みながら覚悟を決めたように言ったという。「煙草はこの世じゃろくに息もできない羽虫に息をさせてやるためのものなんだ。だから俺は死ぬまで羽虫に息をさせてやるんだ」

その年の冬、耳の切れるような木枯らしが吹いた日の夕暮れのことだった。私が薪を拾って戻ってくると、西陽に染まった窟の前でトゥーレが待っていた。頬の肉はそげ落ち、その蒼く濁った肌は監獄に入れられている間中、陽の光を見ることを許されなかった事実を物語っていた。トゥーレは私を認めると人なつこい笑顔を見せて近づいてきて、紐で縛った一抱えの薪を当たり前のように持ってくれた。

「今日、家に帰されたんだ」

トゥーレは先に立って扉の方へ向かった。ぎくしゃくとしたその不安定な足取りは、シャツの下に官憲の棍棒や拳による夥しい制裁の痕が隠されていることを私に確信させた。監獄から出られたのはなによりも喜ばしいことだったが、それが、よりによってなぜ今日なのか。私はトゥーレの姿を認めた瞬間から悪い予感がしていた。

とにかく何か熱い飲み物でもこしらえてやろうと、窟に入ると早速、熾火に焚き付けを入れて薬罐をかけた。

「これ、借りてたやつ」

トゥーレは肩掛け鞄から三冊の本を取り出して書物を収めた木箱に戻すと、新たに興味をひかれたらしい一冊を手に取った。運転手の職に就いてからも、トゥーレは町に戻るたびに私の窟に本を借りに来ていた。自ら生活の糧を稼ぐようになって門限もなくなり、トゥーレはしばしば燭台を木箱の傍らに置いて朝まで本を読み耽るようになった。火影に浮かぶその横顔が次第に青年のものへと成長していくのを眺めながら、私は彼にとって書物は水や食物と同じように生きていくのに必要不可欠なのだと感じたものだった。

ようやく監獄という暴力の檻から生還した彼に、私はできることなら思う存分、書物と過ごす時間を与えてやりたかった。

だが、トゥーレはエンボスでゆかしく記された表題を名残惜しそうに指先でなぞりながら言った。

「明日、出発するんだ」

翌日は町の若者たちからなる志願兵の第一陣が出発することになっていた。監獄を出されたのは、やはり家族に別れを告げるためだったのだ。トゥーレは放免になったわけではなく、出征それ自体が罰、つまり懲罰召集だった。予感は的中していた。おそらく彼は羽虫の若者と同じ最も危険な前線に送られることになる。

「大丈夫だよ。僕は銃器の扱いも心得てるし、それに運転もできる。しばらく持ちこたえたら、きっと兵站に回される。その方が使い勝手がいいだろうし」

「そうだな」

そうであってほしいと私は強く願った。

トゥーレは未練を断ち切るように本を木箱に戻して蓋をすると、鳩小屋の前にかがみ込んでエルネスティナの翼を撫でた。

「父さんが嫌な思いをさせて、ごめん」

「いいんだよ、そんなことは」

トゥーレが逮捕されてすぐ、ガスパンが窟に怒鳴り込んできたことがあった。事のなりゆきに混乱し、取り乱した父親は、あんたが禁書なんかを読ませるからトゥーレはこんな馬鹿なことをしでかすようになったんだと私を糾弾した。

息子が禁書を読んでいることには薄々感づいていただろうし、年寄りの死後にベッドの下などから発見された禁書は魔術師に持ち出してもらえばいいというのが町の人々の暗黙の了解でもあったから、ガスパンが乗り込んできたことに驚きはしなかった。同時に、ガスパンの言いぶん――トゥーレが父親と同じように居間の本棚に並んだ中央府の印入りの本だけを読んでいれば、町に逆らって羽虫の少年たちを逃がそうなどとは考えなかったという可能性も否定はできなかった。そのトゥーレは、今のトゥーレと同じではなかっただろうから。

私はガスパンが非難の言葉を撃ち尽くすまで黙って聞いた。怒りは迷走し、やがて悲しみに似た恨みを滲ませてガスパンは悔しそうに言った。

「あの臆病な羽虫の小僧どもは、勝手にトゥーレのトラックの荷台に忍び込んで逃げようとしたんだ。トゥーレは何も知らなかったんだ。あいつは被害者なんだ」

それがガスパンの望んでいた事件の顚末だった。しかし、彼の思いは意図せずして最悪の結果を招いてしまったのだ。黙り込んだガスパンに私は言った。

「トゥーレはあなたを大切に思っている。だからこそあなたは、愛情をはかりにかけるような行為を彼に強いるべきではなかった」

ガスパンは青褪め、私を打ち据えようと拳を振り上げた。だが中空に拳を震わせたまま彼は歯を食いしばって私を見つめていた。

あの日に限って町境で抜き打ちの検問が待ち構えていたのは、もちろん密告があったからだ。いつものように検問もなくこの町を出て、もしトゥーレが別の町で捕まっていれば、彼はその町の監獄に入れられ、そこから戦地にやられただろう。つまり、密告した人物はトゥーレをこの町に取り戻したかったのだ。そして彼がその人物のことを考えて、荷台の羽虫の少年たちのことはまったく知らなかったと答えてくれるのを期待した。父親を、罪人の子を持つ父親にしないように。トゥーレは苦しんだに違いない。しかし、彼は自分の意志で行動した事実を曲げなかった。

傷ついた父親は急に窟にいることに倦(う)んだように顔を背けて拳を下ろすと、禁書を読む奴の頭の中はわからない、と呟(つぶや)いて立ち去った。ガスパンは彼なりに深く息子を愛していた。そして、密告することが息子を救う唯一の方法だと考えたのだ。

私は湯気の立つお茶を卓に置いてトゥーレに尋ねた。

「お父さんと話はできたかね？」

「一言だけ口をきいてくれた。明日の出発式には見送りに行かないって」

トゥーレがエルネスティナの翼を撫でながら答えた。

「台所の椅子に座ったきりで僕の顔を見ようとしないんだ」

微(かす)かに苦笑すると、トゥーレはウォルフレンの嘴(くちばし)を軽く指先でつついてから卓の方にやってきた。

「それでも今夜は〈踊る雄牛〉には行かないと思うよ。きっと今もじっと台所の椅子に座って僕が戻るのを待ってる。だから今日は僕が缶詰で夕食を作ってやる。やっぱり口はきいてくれないだろうけど、一緒に食卓に座って食べたいんだ。明日から父さんはひとりになるから」

私たちは椅子にかけて一緒に甘いお茶を飲んだ。

短い沈黙の後、トゥーレが静かに言った。

「これが最後になったりしないよ」

「わかっているよ」

私は頷いた。

しかし、たとえ最後になるとしても、私はアレンカの身に起きたことをトゥーレには話すまいと決めていた。それは、ほかならぬアレンカの最後の望みを打ち砕く行為に等しいからだ。事実を知ればトゥーレは間違いなく夜のうちに扱い慣れた拳銃を握り、アレンカを死に追いやった者たちに制裁を下すだろう。アレンカが死んだことさえ知らない彼らに。

「そうだ」と、思い出したようにトゥーレが明るい声で言った。「家に帰ったらカイから手紙が来てたよ。中等科の進路選択でカイは職業課程に進んだらしい。判事になる気はないって言ったらお母さんは卒倒して、お父さんはヒステリーを起こして応接間の陶器のプードルを叩き割ったんだって。でもあれは伯爵にもらったものだから、きっとあとで接着剤で直すだろうって書いてあった」

「あの判事はあまり手先が器用ではないから、悲惨な結果に終わるだろうな」

悪戦苦闘する判事を思い描いて私たちは久しぶりに笑い合った。

「それにしても、カイは卒業後はどうするつもりなんだね？」

「ニュース映画の翻訳字幕をやるつもりらしい。これからは潮の地の戦況ニュースがどんどん映画館にかかるから仕事はたくさんあるはずだって。なるほどなあって感心した。それに、カイが映画館に関係のある仕事をするって聞いて、なんだか嬉しかったよ」

二人が一緒に映画館に通っていた頃からほんの五年かそこらしか経っていないのだと

思った。

帰り際、トゥーレはふと岩壁に取り付けた棚に目をやると、そこにあった円いビスケットの缶を手に取った。そして中が空っぽなことを確かめると、「これ、もらえないかな」と尋ねた。

それは蓋に明るいブルーのティーポットが描かれた缶だった。金婚式の余興に呼ばれた際、客がビスケットを食べ尽くして空になったのを幸いに、物入れに良さそうだったので譲ってもらったものだった。

私はここにあるもので欲しいものがあれば何でも持っていくといいと答えた。トゥーレは円い缶ひとつを小脇に抱えると、「ありがとう」と微笑んでガスパンの待つ家に帰っていった。

翌日の午後、私は広場で行われる出発式に向かった。トゥーレに近づくことはできないだろうが、遠くからでも見送ってやりたかった。

広場に続く通りに入ると、水飲み場のベンチにひとり頭を抱えて座り込んでいる人影があった。オト先生だった。具合でも悪いのかと私は近づいて声をかけた。顔を上げたオト先生は一睡もしていないらしく目が赤く充血し、いつもは丁寧に撫でつけている髪も束になって額に落ちかかっていた。

「今朝、父が死んだんです」

いきなりオト先生が言った。

「それはお気の毒に……」

私はオト先生の父親を覚えていた。元郵便局員で民選のたびに立候補していた人だった。そのせいで町ではいくぶん変わり者扱いをされていたが、広場での熱のこもった演説は力強かった。無論、当選したことはなかった。卒中で半身が不自由になってからは、ほとんど家から出ない暮らしをしていると聞いていた。

「父は晩年、ずっと言っていました。こんな時代を自分が生きることになるとは思ってもいなかったと」

オト先生は途方に暮れたようにしばらくのあいだ黙ってうな垂れていた。それから突如、何かを激しく拒絶するように痙攣（けいれん）的な身震いをすると、私に懇願のまなざしを向けた。

「すみませんが、一緒に広場に行ってもらえませんか」

広場にはすでに大勢の町の人々が塔の地の小旗を手に集まっていた。兵士を輸送するためのバスも到着し、大きなリュックサックを背負った若者たちが号令台に向かって隊列を組んで一糸乱れぬ行進を披露している。いずれも貧しい家の青年たちで、町の志願兵に支給される報奨金を家族の生活費にと考えた者たちだ。

トゥーレはひとりだけ罪人を示す緋色（ひいろ）の作業着と帽子を身につけ、列の最後尾で行進していた。人々の非難は覚悟していたのだろう、まっすぐに頭を起こし、投げつけられる罵声にも視線が揺らぐことはなかった。

隊列がひときわ大きな短靴の音をたてて正面の号令台に向き直った。一瞬の静寂の中、兵隊服を着たスベンがきびきびと号令台に上がった。兵隊服といっても三十を過ぎたスベンが戦地に赴くことはないから、訓示をするために誂えた舞台衣装のようなものだった。

スベンはコンテッサの葬儀を機に伯爵に巧みに取り入ったらしい。イサイに取って代わって週報の責任者となり、近年はその演説のうまさを買われて伯爵の名代として挨拶役を務めるまでになっていた。

「塔の地の歴史は我々の偉大な始祖たちによって、この始まりの町から始まったのです」

スベンが高らかに第一声をあげた。鞭のようにしなやかで力強い声が、光る石と共に幕を開けた町の輝かしい歴史と、ここに塔を築いて外敵を迎え撃ち、果敢に打ち負かした始祖の血脈を讃える。戦いに際して、号令一下、身を捨てて一丸となる魂の高潔を称揚する。若者たちは身じろぎひとつせずに傾聴している。

突然、オト先生が「ああ、ああ」と怯えたような震え声をあげて後ろへ倒れかかるのを私は危うく抱きとめた。血の気の引いた顔は唇まで蒼白で、口角に泡が浮かんでいる。私はなんとか肩を貸して人垣の外へ連れ出すと、オト先生を壁際に座らせ、近くにいた子供に水を汲んでくるように頼んだ。平素は私の言葉など聞く耳を持たない町の子供も、オト先生の異様な様子に驚いてすぐさま近くの家の方へ駆け出していった。

とにかくネクタイを緩めようとしていると、オト先生がいきなり私の腕にしがみついて顔を寄せた。

「みんな死ぬ……」

オト先生の目は恐怖に見開かれていた。

「あの子たちは、従うことしか教えられていない。それも、ただ従うのでは足りない、進んで従わなければいけない、学校は、私たちは、そう教えてきたんです。進んで従う者を褒め、そのような態度を競わせ、優劣を評価し、自発的に従う態度を叩き込んだ。そして、それが習慣として身につくまで繰り返した。そうです、まさに歯磨きのように習慣になるまで」

急に頰の肉が吊(つ)り上がり、口から空咳(からせき)のように乾いた音が漏れた。

「反対に、指導者に従わず、異を唱える行為は、和を乱す卑劣で恥知らずな行為として厳しく罰してきた。その結果があの子たちです。彼らはどんな命令にも従う。死ぬだけとわかっていても、むしろみんなで死ぬ」

そう言うなりオト先生の体から力が抜け、ぐらりとのけぞった後頭部が壁にぶつかって鈍い音をたてた。駆け戻ってきた子供から水筒を受け取り、虚脱したオト先生の口に含ませた。子供から急を聞いた町の大工が荷車を引いて現れ、オト先生を乗せて自宅へと送っていった。

私の腕には、オト先生が握りしめていた指の痕が赤い痣のように残っていた。彼自身、長いあいだ教師として疑問を感じながら抗うことができず、学校に従ってきたのだろう。疑いのかけらもない同僚たちに対して、不信と羨望と恐怖を抱きながら。

この町の学校がしてきたのは、中央府の指導部が行ってきたこととなんら変わらない。自分たちが決定した事柄に人々を従わせるのが責任ある者の役割だと考えてきたのだ。学校は教育を施すという名目で、その実、従順な兵士を育成し続け、中央府指導部は、その兵士たちを人ではなく一様に数として扱う。そしてどこにどれだけ配置するかを決め、数が減れば供給を命じる。その命令に従うことが塔の地への忠誠の証となる。指導部は、塔の地の最大かつ最高位の権限を掌握しているのだから。

「この始まりの町に対する中央府指導部の期待は、ひときわ大きいものであります！」

スベンの声は歓喜にわななく絶叫調となり、聴衆の興奮と相まってその極に達しようとしていた。

強大な力の独占は災い以外のなにものも生まない。だが人間は富も力も分け合うことを嫌い、可能な限り仲間内で独占しようとする。なかでも最も恐ろしいのは、力を持った悪人ではなく、力を握った愚か者たちだ。彼らはつじつまの合わない未来を夢見る。そうなることがあたかも自然の摂理であるかのように。同時に、自分たちは絶対に誤りを犯さないと信じている。だが、そのような彼らにこそ熱狂的な支持者が現れるのだ。

支持者たちもまた夢見ているからだ。根拠のない誇りや、栄光や、繁栄を。誰もが自分自身を美しいと思えないからこそ、美しい者の末裔でありたいと願う。その理念が美しいものであったはずの〈あのころ〉の再来を夢見る。あまりに熱心なために、まるでその時代を体験したかのような懐かしさと喪失感をともなって、過ぎ去った〈あのころ〉を目先の未来に取り戻そうとする。倒錯した、あさましい奇跡を夢見る。

嵐のような拍手と共に演説が終わり、陶然と目を潤ませたスベンが号令台を下りる。勇ましい音楽が演奏されるなか、ちぎれんばかりに振られる小旗に送られて若者たちがバスに乗り込んでいく。

トゥーレが広場を見渡し、群衆の中に私を認めたのがわかった。

思わず私は身を乗り出した。

トゥーレは昔、葉巻屋がしていたように緋色の帽子の鍔に軽く手を置いて別れを告げた。それから踵を返し、バスの手すりを摑むとたちまちステップを上がって見えなくなった。

私は人々が立ち去った後もひとり広場の片隅に残っていた。

石畳に落ちた小旗が日暮れの冷たい風に吹かれて羽ばたくように翻った。

手すりを摑んだトゥーレの、手の甲のタトゥーが目の奥に残っていた。あの鮮やかな極彩色の鳥。

祭りの夜、この広場に響いたマリの声が蘇る。

――飛ばしておくれ、魔術師。

魔術師として生きることを選んだ私は、魔術師たらんとして舞台に上がった。どうするつもりなのか、自分でもわからぬまま。

もしあの時、サロの投げた石つぶてに打たれなければ、あの鳥は空を羽ばたいただろうか。いや、たとえ打たれなくとも、やはりあれは中空で四散してむなしく墜落しただろう。

港に客船がいたあの夏、窟に来たトゥーレは私に、奇跡は起こせないのかと尋ねた。まだ幼さの残る声を覚えている。

――死人を蘇らせるとか、水の上を歩くとか、空を飛ぶとか。

私は答えた。奇跡を信じさせないのが魔術師の務めだと。

それが私にとって、真実であったから。

†

奇跡が私に初めて訪れたのは、八歳の時、小高い山の草はらでのことだった。だからその体験は今も、青々とした草の匂いと結びついている。

当時、私は〈大佐〉と呼ばれる男に仕えていた。軍人らしい服装をしたところは見たことがなかったので、おそらく単なる呼び名だったのだろう。彼は人里離れた場所にある小綺麗なコテージを転々として暮らしており、私のおもな仕事は彼の靴を磨くことと、お使いだった。一緒に町へ行き、彼が馬車の中で指示した場所へ私が手紙や小包を届けるのだ。人が待っていて手渡す時もあれば、言われた場所にただ置いてくる時もあったが、お使いを命じられるのは夜のことが多かった。

その日は珍しく昼前にお使いをしたあと、大佐と二人で見晴らしの良い山の草はらに馬車を停めて休憩していた。私は日中に外で自由にしていられるのが嬉しくて、シロツメクサを摘んで遊んでいた。すると、腕時計を眺めていた大佐が私に言った。

「合図をしたら、好きな呪文を大声で叫ぶんだ。奇跡が起こるぞ。いいか、3、2、1……」

大佐の秒読みに合わせるように、向かいの山のトンネルを抜けて列車が鉄橋の上に姿を現した。私は大急ぎで呪文を考えて叫んだ。それは、私を大佐に売った母が、別れ際に囁いた言葉だった。

「愛しい天使！」

その瞬間、列車の中央付近の車両から巨大な炎の柱が噴き上がった。中空に小さな人影と物が散乱し、遅れて轟いた爆発音の中、放物線を描いて落下していく。レールを外れて炎上する車両がそれを追うように傾き、たちまちのうちに前後に連なるすべての車両を引きずり込んで谷底に転落していった。

山を揺るがすような地響きに包まれて私は総毛立っていた。なぜなら、数時間前、私は大佐に言われるまま、駅に停まっていた列車に小包を置いてきていたのだ。大佐の指示した車両の座席の下に。通路で道を譲ってくれた青いドレスの婦人と人形を抱いた女の子の顔を覚えていた。火柱を上げたのはその車両だった。

——この大惨事は、私が運んだ小包が引き起こしたのだ。

その夜、一晩のうちに私の髪も眉も睫毛も真っ白になった。そしてその時から、罰が下されたかのように私は奇跡が起こせるようになった。それを最初に教えてくれたのも大佐だった。

コテージに射し込む曙光の中、鏡に映った自分の姿を見た私は金切り声をあげて外へ飛び出した。裸足で寝間着のまま、私は狂ったように走った。大佐の乗った馬が朝の大気に蹄の音を響かせて追ってきた。大佐は私がうっかりシャツのボタンを掛け違ったのを見つけた時のように朗らかに笑っていた。その顔が私には死神に見えた。

「来るな！」

叫んだ瞬間、空から一直線に稲妻が走り下りて大佐を撃った。

乗り手を失った馬だけが私の脇を駆け抜けていった。大佐は草はらに倒れていた。その体は、竈から出し忘れたパンのように黒焦げになって細く白い煙を上げていた。嫌な臭いがしたはずだが、記憶に残っていない。風のない青空に、澄んだヒバリの声が軽やかに踊っていた。

私は自分がもはや人ではなく、忌まわしく呪われた存在になったことを知った。

八歳の私は、私自身から逃れたい一心で歩き続けた。だが私はどこまでも私を捕らえて放さない。何日も山の中をさまよい、畏れと絶望、さらに疲労と空腹でもはや一歩も進むことができなくなった。私は山道に倒れ込み、自分はこのまま死ぬのだと思いながら意識を失った。

どれくらい経ったのか、優しい声がして、二人の若く美しい女性が私の顔を覗き込んでいた。夕暮れか早朝のようだったが、私は、彼女たちはきっと妖精なのだと思った。こんな山の中なのに二人ともクリーム色の花柄のドレスを着ていて、しかも顔も髪形も一人の女性が鏡に映っているようにそっくり同じだったからだ。私は彼女たちの背中についているはずの、半透明の綺麗な羽が見たくて首を伸ばした。

すると、二人の背後に大きな砂時計を描いた荷馬車が停まっているのが見えた。思考力が低下していると人間は奇妙なことを当たり前に考えるものだが、私はその時、あの大きな砂時計で時間を計ってたくさんの茹で卵を作るのだろうとぼんやり思った。なぜそんなことを覚えているのかというと、そう考えた途端、砂時計の前に突如、巨大なニワトリのシルエットが現れたからだ。それはまっすぐ私に近づいてきた。その段になって私はようやく弱々しい悲鳴をあげた。

「おや、生きてるじゃないか」と、それが言葉を発した。

巨大なニワトリのシルエットのように見えたのは、堂々たる豊満な体軀を持ち、頭に鶏冠のように髪を盛り上げ、さらに顎の下にまさにニワトリの肉垂のように見える圧巻の鬚をたくわえた鬚女だった。

自分が恐怖しているのか喜んでいるのかわからないほど私は驚愕していた。だがそれだけでは終わらなかった。鬚女のスカートの陰から、まるで飾り棚の置物のようなミニチュアサイズの貴婦人が姿を現したのだ。小人の貴婦人は幼い女の子の声で尋ねた。

「ねえ、あなた、おうちは？」

声も出ず、私はただ首を横に振って応えた。

「俺の見たところじゃ、こいつは腹をすかせてるぜ」

空腹を通り越して飢餓を想起させるほどガリガリに痩せた骸骨男がやってきて、「なあ」とあらぬ方向に相槌を求めた。視線の先を見ると、手足が薔薇の棘のようなものに覆われた棘男が、いつのまにか植物のように音もなく私の傍らに立っていた。

私はほとんど無意識のうちにこの一団の共通性を感知し、あらためて最初の二人の若い女性に注意を向けた。二人は腰のあたりで体が繋がっていた。

鬚女が顔を突き出し、私の真っ白になった髪や眉、睫毛をしげしげと眺めて言った。

「ちょいと変わってるけど、大したことはないねぇ」

確かに彼らに比べれば、私の外見の変わりようなど、取るに足らないもののように思われた。

「どうする？　フォアティマ」と、骸骨男が荷馬車の方を振り返った。

フォアティマと呼ばれた男が座長のようだった。彼だけは太鼓腹のほかに特徴のない凡庸な容姿だったが、その青みがかった灰色の瞳は鋭い眼光を放ち、底知れぬ謎めいた威厳を湛えていた。

私はすでに彼らに魅了されていたので仲間に加えてほしいと願っていたが、鬚女の言ったように自分の容貌が『大したことはない』のもわかっていたから、大きな期待を抱かないよう己を戒めてフォアティマの返答を待った。そんな心持ちだったので、私を凝視していたフォアティマの目が何かに驚いたようにわずかに見開かれた時は、不思議に思ったものだった。

フォアティマは少し考えた後、「その子供を我々の一座に迎えよう」と答えた。

こうして私は一座に命を救われ、一緒に旅をすることになった。

†

一座は各地の劇場を巡って公演しており、観客は着飾った紳士淑女ばかりだった。

座員はそれぞれに得意とする演目を持っていた。鬚女と骸骨男は俳優で、鬚女は将軍から隠者まで、骸骨男は若い娘から悪鬼まで多彩な声色を使って何役も演じ分け、二人だけで軽妙な喜劇と重厚な悲劇の双方を上演して喝采を浴びていた。結合双生児のイーダとローセは楽器の演奏が巧みで、歌いながら踊るタップダンスも見事だった。言葉の喋れない棘男は幻想的なシャボン玉使いの名手で、棘のある手から次々とシャボン玉を生み出して中に花びらを閉じ込めたり、大きなシャボン玉を作って自ら内部に入り込んだりした。小人の貴婦人は観客と対話しながら、不思議な印の刻印された小石を使ってその人の過去を言い当て、さらに未来への助言を行った。彼らの演目を繋いで口上を述べるのはフォアティマの役目だった。フォアティマは一瞬にして舞台の空気を変え、指揮者のように観客の心を操って次の演者への期待を掻き立てた。

彼らはみな卓越した表現者であり、一座はいろんな驚きと楽しみの詰まったびっくり箱のようだった。

そんな中で、新入りの私の最初の仕事は舞台の袖にいて演者の世話と小道具の準備をすることだった。座員は幕が上がる前にその日の観客の雰囲気を見て演目の内容を細かく調整したので、小道具はあらゆる場合に対処できるように用意しておかなければならなかった。開演前はみんな集中しており、わずかな手違いにも怒声が飛んできた。だが経験を積むうちに次第に彼らの気分が察知できるようになり、半年も経つ頃には、袖に控えた次の演者が舞台をじっと見つめつつ私の方に手を差し出すたびに、私はそのつど間違いなく必要なもの——コップに半分ほどの水の時もあれば、甘いドロップ、書き込みをした楽譜、小道具の羽根扇の時もある——を手渡せるようになっていった。

夜、眠る前や劇場が休みの日には、小人の貴婦人が読み書きを教えてくれた。演目上、観客との対話が必要な彼女は独学で三つの言語を使いこなしたのだが、それらを私が習得するまで根気よく導いてくれた。骸骨男は私に軽業を仕込もうとして早々に挫折（ざせつ）し、鬚女は私の貧相な体格をなんとかしようとやたらとたくさん料理を作って食べさせたがった。イーダとローセは歌唱と楽器の演奏の手ほどきをしてくれたし、棘男がシャボン玉で遊んでくれることもあった。

毎日が賑（にぎ）やかで充実していた。だが三年目に入った秋、私は外の世界の悪意を思わぬ形で知らされることになった。

その劇場での公演は私にとって初めてのことだった。マロニエの街路樹に面した由緒ある劇場で、枯れ葉の匂いのする秋の夕暮れの光を受けた正面玄関はとても優雅だった。しかし、そこに足を踏み入れた日から、あることが私を悩ませるようになった。支配人のヘムが執拗（しつよう）に私を眺め回すのだ。

来る日も来る日も、楽屋にいても舞台袖にいても、彼の値踏みするような視線がまとわりついてきた。私は落ち着きを失い、ついには鬚女と骸骨男の芝居の最中に、手回し蓄音機で挿入する音楽を間違えるという大失態を犯した。こっぴどくしかられたが、ヘムのことは話さなかった。失敗を恥じていた私は、自分で事態を解決したいと考えていたのだ。

そこで、私は廊下でヘムを待ち受け、意を決して、何か私に御用がおありなのですかと尋ねた。するとヘムはまたしても私を頭のてっぺんからつま先までじろじろと見たあげく、フォアティマはいくらでおまえを買ったのだねと訊いた。私はフォアティマの名誉のために、自分は買われたのではなく彼に命を助けられたのだと決然と答えた。片眼鏡の奥で、ヘムの目が喜色に輝くのを見て私はなんだか薄気味悪かった。しかしそれ以後、彼に悩まされることはなくなったので、私はとにかく片がついたものと思い込んでいた。だが、事は不意打ちのように襲ってきた。

その日は月曜日で劇場が休みだったので、珍しくみんなそろって朝寝坊をしていた。前日がイーダとローセの誕生日で、遅くまでお祝いをしていたのだ。私たちは劇場からそう遠くない川の畔に荷馬車を停めて寝泊まりしていたのだが、荷車の扉が乱暴に叩かれる音で目を覚ました。ヘムからの使いの者で、フォアティマと私にすぐに劇場の支配人室まで来るようにということだった。

劇場へはいつも荷馬車で向かうのだが、毎週月曜日の昼には食料品店から一週間分の食料が届けられることになっており、川の畔に荷馬車の姿がなければ食料だけ置いていかれる心配があった。そうなれば、戻る頃には野良犬たちが大喜びで御馳走にありついているという事態にもなりかねない。私はイーダが編んでくれた毛糸の帽子で長く伸びた白い髪を隠し、フォアティマとふたり徒歩で劇場に向かった。

支配人室では、ヘムがクリームの載ったお菓子と紅茶を用意して私たちを待っていた。それを見た途端、私は不吉な予感がした。ヘムは劇場の案内係が客からもらったチップまで取り上げる守銭奴として有名だったので、このもてなしぶりは、何か良からぬ思惑があるからだと直感したのだ。支配人は私にお菓子を勧めると、太い葉巻に火をつけてからおもむろにフォアティマに話を切り出した。

「さる高貴なお方が、毛色の変わった男の子を蒐集しておられるんだがね。左右の目の色が異なる男の子やなんか、変わり種をね。そのお方にこの子の話をしたところ、格別に興味を持たれてね。君たち一座のひと月分の公演の報酬と同額で買い取りたいとおっしゃっているんだよ。この子は山道で拾ったそうだから元手もかかってないし、君にとって、またとない良い話だと思うのだがね」

そう言うと支配人は私の顔を覗き込んで微笑んだ。

「おまえも命を助けてもらった恩返しができて、嬉しいだろう？」

私はここで一座とはお別れなのだと悟った。旅回りの一座の座長であるフォアティマが、劇場の支配人に逆らえないことはわかっていた。

頭の中に、これまで一日も忘れたことのない言葉――〈愛しい天使〉という言葉を、生まれて初めて聞いた時のことが蘇った。一握りの銀貨と引き換えに私を売った母は、私の耳元に〈愛しい天使〉と囁くと、私を見つめたまま後ずさった。それから両の掌を自分の唇に押し当て、芝居がかった大仰な身振りで接吻を投げた。涙を流していたけれど、踵を返して駆け去る足取りはまるで肩の荷を下ろしたように軽やかだった。そのせいか、母の顔よりも、遠ざかる背中で弾んでいた黒い巻き毛の方が記憶に残っている。

あの時は悲しいとは思わなかった。ただ、自分は要らないのだと思った。けれども、支配人室に座った私の目にはいつしか涙が滲んでいた。

おそらく私はあの荷馬車に乗って初めて、子供として存在することを許されたのだ。そこは安心できる場所であり、私の成長を気遣ってくれる大人がいた。

ひとりひとりの顔が思い浮かび、涙をこぼさないように懸命に目を見開いていたその時、幼い私の心に、まるで別の角度から光が射した。ひと月分のお金が臨時に入れば、衣装係を兼任する骸骨男が毎晩ぼやきながら繕っているみんなのくたびれた衣装を新調することができるのではないか。うまくすればローセが欲しがっていたトロンボーンも買えるかもしれない。それはどう考えても素晴らしいことのように思えた。

ヘムはさる高貴なお方の家柄の良さと洗練された趣味に関して延々と語り、フォアティマは黙ってそれを聞いていた。だが、支配人はフォアティマのやや長すぎる沈黙に何かを感じ取ったらしく、先手を打つように言った。

「まさかと思うが、買値に不満があるんじゃなかろうね」

その段になって私は、荷馬車にも修理が必要だったことを思い出した。フォアティマはあくまで沈黙を守っていた。ヘムは葉巻の煙を長く吐いてから最後通牒を突きつけるように言った。

「もちろんこれは商談だから、この金額で君が応じられないと言うのなら、それまでだ。だがその場合は私の立場も考慮してもらわないとな。そのお方の手前、これまでどおり明日からも君たちに舞台に出てもらうというわけにはいくまいからね」

私は動転した。公演最終日までにはまだ一週間もあるのに、それを打ち切るというのだ。とにかく荷馬車の修理はまた今度にした方がいい、ここで欲張ってはいけない。私は縋（すが）るような思いを込めてフォアティマの腕を強く握った。

　ところがこの期に及んで、フォアティマは心底、困りきった表情で口を開いた。

「こんな内輪のお話をするのは、まことにお恥ずかしい限りなのですがな」

　フォアティマは実に情けないというふうに首を振ると、紅茶を一口、音をたててすすってから続けた。

「実のところ、うちは人手が不足しておるのです。まあ、こんな小さい坊主でもあれこれと役に立ちます。そういうわけですので、その高貴なお方には他を当たるようお伝えください」

　あまりにも予想外の返答だったので、私は言葉の意味をすぐには理解できなかった。支配人は顔をはたかれたように驚いた表情をしていたが、たちまち片眼鏡の奥の目に冷え冷えとした怒りが固まっていった。

「ではそのように」と、支配人は慇懃（いんぎん）に会釈した。

「ああ、それから」と、フォアティマは思い出したように言った。「最終日までの切符は完売しておりますから、払い戻すのはこちらの劇場ということをお忘れなく」

　唖然（あぜん）としている私を肘（ひじ）で突き、フォアティマは皿の上の手つかずのお菓子を持っていくように目顔で促すと「それでは」と立ち上がった。私たちが扉に近づいた時、ヘムが背後から呼び止めた。

「ひとつ頼みたいのだが」

ヘムの顔には奇妙に歪んだ微笑が浮かんでいた。

「悪いが、帰る前に楽屋の扉を修理していってもらえないかね。ついでにペンキも塗ってもらえると助かる。うちも人手が足りないものでね」

フォアティマは快く引き受けて廊下に出ると、私の手から自分のお菓子を受け取った。

「まあ、この程度の雑用は仕方あるまいな。ヘムにしても私たちをあっさり帰したんじゃ腹の虫がおさまらんだろうからな」

私はやっとの思いで尋ねた。

「僕は今までどおりみんなと一緒にいられるの？」

「そういうことらしいな」と、フォアティマはとぼけた顔で言うと「いいか」と、いきなり重大なことを告げるように私の顔の前に人差し指を立てた。

「こいつを食べたことはみんなには内緒だぞ」

そう言うなり、フォアティマは大きな口を開けてお菓子にかぶりついた。安堵と喜びが一度に押し寄せ、私は今にも何か子供っぽいことを口走ってしまいそうな気がして急いでお菓子を口に詰め込んだ。柔らかなクリームの甘さが胸いっぱいに広がるようだった。

二人で扉を修理してペンキを塗り終えた時には、もうすっかり陽が傾いていた。

劇場の裏口を出たところで、荷馬車に私たちを呼びに来たのと同じ使いの男が待っていて、ヘムからの伝言を告げた。明日は照明の調整をするので一時間早く劇場に入ってくれということだった。最終日まで公演を続けろと言うのは癪に障るから、それを間接的に伝えてきたのだとわかった。私たちは目配せして笑いを堪え、意気揚々と帰路に就いた。

いつもは荷馬車から眺めて過ぎる通りを、靴音をたてて歩いて帰るのは新鮮な気分だった。荷馬車に着く頃にはきっと鬚女たちが夕食を作っているだろうと思った。

ところが、私たちを待っていたのは信じられないような光景だった。

棘男が頭部に包帯をぐるぐるに巻いて河原に横たわり、イーダとローセが涙を拭いながら介抱していた。その傍らに頭から全身びしょ濡れの小人の貴婦人が毛布に体を包んで座り込んでいる。骸骨男はなんとか焚き火を熾そうとしており、水際ではざんばら髪でスカートの裂けた鬚女が、盥で貴婦人のドレスを洗っていた。盥の水は小さなドレスに染みこんだ大量の血で真っ赤に染まっている。私は悪い夢を見ているような気持ちで立ちすくんでいた。

駆け寄ったフォアティマに貴婦人は震える声で言った。

「あれは魚の血よ。私は大丈夫」

骸骨男が「大丈夫じゃないだろ！」と声を荒らげた。だがすぐに後悔したように押し殺した口調で言った。「左の肩がはずれてるんだ」

「いったい何があったんだ」

フォアティマが血相を変えて尋ねた。

「食料品が届かなかったのよ」と、涙声でイーダが答えた。「お夕食をこしらえるにもトウモロコシの一粒も残ってなくて……」

私は、昨日のイーダとローセの誕生祝いに鬟女がありったけの食材を使って御馳走を並べたのを思い出した。しかしそれは今日、今週分の食料が届けられることになっていたからだ。しゃくりあげるイーダに代わってローセが話を引き継いだ。

「それでとにかく骸骨男が食料品店に行ってみることになったの。でもお店は遠いし、フォアティマたちもなかなか戻ってこないから、鬟女が」

「まさか、市場に行ったのか。この二人を連れて」

フォアティマは険しい表情で水際の鬟女の方に目をやった。

「鬟女を怒らないで」

イーダが両腕を伸ばして哀願した。

「鬟女は、あのヘムって奴はろくでもない奴だからフォアティマたちはきっと嫌な思いをして帰ってくる、おいしいものを作って元気づけてやろうじゃないかって、それで」

「私が一緒に行くと言ったのよ」

貴婦人がフォアティマを宥めるように言った。

「この町の言葉がわかるのは私だけだし、市場の人間は共通語を話せないでしょうから。

それでイーダとローセに荷馬車の番を頼んで、棘男もついてきてくれることになったの」

「あたしが馬鹿だったんだよ」

鬢女は目尻の涙を鬱陶しそうに払うと、ドレスを洗う手を休めずに言った。

「月曜日だし、まだ早い時間だったから人もあんまりいないだろうと思ったんだ。ところがどうだい、この町ときたら、ヘラジカの肉を市場で売っていいのは十月だけなんて馬鹿な決まりを作ってやがった」

今日は十月最後の日だった。市場は大勢の人々で混雑していたに違いない。

「町の奴らは珍しいイキモノでも見つけたみたいにあたしらの周りに集まってきた。劇場なんか行ったことがない薄汚い奴らがね。初めはじろじろ見られたり、からかわれたりするくらいだったけど、あたしが肉を買おうとしたら財布を叩き落とされて。それからは棒で突かれたり腕や髪の毛を引っ張られたり。町の男が貴婦人を持ち上げて、ボールみたいに投げ合い始めて、とめようとしたらあたしは引き倒されて、貴婦人は魚を洗った盥に投げ込まれた。奴らはあたしが男か女か確かめようってスカートを引き裂きやがった。棘男が腕で締め上げて何人かは棘で首から血を噴いてたけど、棍棒を持ってきた奴らに袋叩きにあって……。そのうちお巡りの笛の音がしたんで奴らが逃げ出して、あたしは貴婦人と棘男を担いで逃げ戻ったってわけだよ。肉の一切れも買えずに、財布までなくしてね。まったくいいざまだよ」

「……もういいから、火にあたれ」

フォアティマが声をかけたが、鬚女は泣き顔を見られまいとするようにドレスを洗い続けていた。フォアティマは焚き火の脇にかがみ込んで枯れ枝を投げ込むと、骸骨男に確かめるように訊いた。

「食料品店の方はなんと言っていた？」

「それが妙なんだよ。今日は全部売り切れだって言うんだ。棚にちゃんと品物が並んでるのに、これは別の人が予約しているものだから売れないとかぬかしやがって。こっちはもうヘムに金を払ってあると言っても、売れないの一点張りで話にならなかった」

私たちは劇場を介して町の食料品店から食料を届けてもらっており、ヘムにはあらかじめ代金と仲介料を支払っていた。

ローセが、そう言えばと思い出した様子でフォアティマに尋ねた。

「ヘムの用事はなんだったの？」

「こいつをイカレた金持ちに売れという商談だった」

「ちょいとフォアティマ」と、鬚女が濡れたドレスを抱えて突進してきた。「あんた、もちろん断ったんだろうね」

「当たり前だ。ただ、帰りに雑用を仰せつかって足止めを食らってな。単なる嫌がらせだと思ってたんだが、どうやら違ったようだな。食料品店に連絡して俺たちに食料が渡らないようにしたのはヘムだ」

「どういうことだい」と、鬚女が腰を下ろして訊いた。

「食料が届けられず、おまけに私が戻らなければ、座員の誰かが仕方なく市場へ行くと踏んでいたんだろう。今日は市場の人出が多いことも、もちろんヘムにはわかっていたはずだ。おまえたちの何人かが市場で腕でもへし折られて舞台に立てなくなれば、こっちが公演の切符代を弁償することになる」

私は支配人室で最後に見たヘムの歪んだ微笑を思い出し、すべて私が手に入らなかったことへの腹いせなのだと思った。みんなに申し訳ない気持ちでいっぱいだった。

「僕が売られていれば、こんなことにならなかったんだ……」

「まさにそのとおり」と、フォアティマが確信に満ちた声で言った。「おまえにそう思わせるのが、ヘムの狙いなんだ。そうして、おまえが犠牲的精神を発揮して自分からあの支配人室にやってくるのを待っているわけだ。さる高貴なお方に僕を売ってくださいと言ってな。で、おまえが自分を売った金を、切符代の弁償に使ってくださいと私のもとへ持ってくる。こうして、その金がヘムの懐に納まるという筋書きだが、これがそうはいかないんだ」

「どうして？」

私には完璧な筋書きに思えたので、なぜそうならないのかわからなかった。

「おまえから金をもらったら、私がそいつを焚き火で燃やしてしまうからだ」

棘男が喉の奥から枯れ葉の触れ合うような乾いた音をたてて愉快そうに笑った。

私がきょとんとしていると、骸骨男が私の頭をつついて言った。

「つまり、おまえが身売りした金なんて絶対に受け取らないってことさ」

「でも、それじゃあ切符代はどうするの？」

「おまえは子供だから知らなかっただろうが」と、フォアティマが得意そうに言った。

「一座の座長たるものは、こういう時に備えて蓄えというものを持っているんだよ」

そんな話は聞いたことがなかったし、それならなぜその金で荷馬車を修理しないのだろうかという疑問が頭をよぎったが、子供にはわからない訳があるのだろうと納得した。

その夜は、フォアティマが近くの家から銅貨二枚でジャガイモを分けてもらってきたので、それを焚き火で焼いて食べることにした。イモが焼けるのを待つ間、イーダに膝(ひざ)枕(まくら)された棘男にローセが少しずつ水を飲ませ、骸骨男は鬚女の裂けたスカートを繕っていた。

私は川で洗った貴婦人の髪をそっと櫛(くし)で梳(す)いた。

「町の人はどうしてこんなひどいことをするの？」

私は貴婦人に尋ねた。

「私たちを人間ではないと思っているからよ」

焚き火を見つめる貴婦人の口調には怒りも恨みもなかった。

「見た目のおかしい〈物〉だと思っているの」

「物？」

「私たちはみんなここに来るまで物として扱われていたのよ。見世物って言ってね、私の持ち主は父で、あの男が街の辻やなんかで見物料を取って私をお客に見せていた。私は言われたとおりに動く生きた小さな人形だったの。笑えと言われたら笑って、泣けと言われれば泣いて、服を脱いで見せろと言われたらそうした」

生まれながらの貴婦人のように観客を魅了するこの人が、そんな時間を生きてきたなんて思ってもみなかった。私は胸が苦しくて櫛を持つ手が震えそうだった。

「でも、私は自由になりたくて持ち主から逃げ出すことにしたの」

大人の男の手から貴婦人が逃れるのはきっと大変だったに違いない。

「どうやって逃げたの？」

「嘘をついたの。井戸の底に金貨がいっぱい落ちているって。お金が大好きなあの男は、井戸の縁から身を乗り出して底を覗き込んだわ。それで私はあいつの両足を持ち上げてやったの。永久に私を追ってこられないように」

永久に追ってこられないように。

不意に私は、あの五月の早朝を思い出した。馬に乗って笑いながら追ってくる大佐の姿を。私も殺したのだ。忌まわしい力を使って。

私はあの力にしっかりと鍵をかけておこうと誓った。人と見かけが異なるだけでこれほどの苦難を強いられるのなら、何かのはずみであの力が外の人間に知られでもしたら、一座にとてつもない災いが降りかかるに違いない。

「そんなに驚くことはないさ」

黙り込んだ私に、スカートを繕っていた骸骨男が明るく言った。それから玉留めにした糸を歯でプツッと切って続けた。

「俺と棘男は、親に売られた先が同じ夫婦ものの興行主だったんだがな。棘男はサボテン少年って呼ばれて、サボテンから生まれたって触れ込みの見世物だった。それである時、客がふざけてこいつの口をこじ開けて肥料を流し込んだんだ。持ち主の夫婦は一緒になってゲラゲラ笑ってたが、こいつはそれで喉を焼かれて声が出なくなっちまった。俺たちはその夫婦を納屋に閉じ込めて火をつけてやった。追いかけてこられないようにな」

「みんな似たようなものよ」と、イーダが微笑し、ローセが頷いた。

鬚女がジャガイモの焼け具合を見ながら言った。

「だからって、あたしらは普通の人間と同じようになりたいなんて思ったことはないよ。人間は狡くて、臆病で、残酷な奴らだからね」

「フォアティマは？」と、私は鬚女に尋ねた。

「これは特別に人間離れした人間なんだよ。もう、ほとんど人間じゃないってくらいだ」

「最大の賛辞として受け取っておこう」と、フォアティマが舞台風のお辞儀をしてみせた。

貴婦人が私の手から櫛を受け取って私を見つめた。

「私たちは物でなくなった時、なにより自分でありたいと思ったの。誰とも違う自分自身として生きたいと思ったのよ」

私はその時、焚き火の火影を受けて座っている異形の彼らが、私がそれ以前に出会った誰よりも誇り高い人間に見えた。

棘男が軽く指を鳴らして荷馬車の方を指さした。シャボン玉液の入った桶を持ってこいという合図だった。私はすぐに走って桶を取ってきて棘男の傍らに置いた。イーダの膝枕に頭を載せたまま、棘男は桶の液体に手を浸してシャボン玉を作った。

大きな玉、小さな二連の玉、大小の三連の玉。いくつものシャボン玉がオレンジ色に輝きながら私の目の高さを漂った。

「あなたに話しているのよ」とローセが言った。

私は棘男がシャボン玉を使って話すことをこのとき初めて知った。

「なんて言っているの？」

イーダがシャボン玉を目で追いながらゆっくりと読んでくれた。

「私は、明日も、舞台に立つ。私は、私であることを、やめない」

翌日から、小人の貴婦人は片腕だけで、棘男は椅子に座ったままという難度の高い技を披露して、一週間の舞台を見事に演じきった。私はずっと舞台の袖に立ち、瞬きも忘れて彼らに見入った。そして歓声と拍手の嵐と共に最終日の幕が下りた時、私の中に、自分も彼らのようになりたいという思いが芽生えていた。

†

私はイーダとローセに歌唱と楽器の演奏を習っていたので、舞台に立つにあたっては弾き語りをしようということになった。私の高音の歌声を生かすために楽器には竪琴が選ばれた。棘男が私の白い髪に映えるように竪琴を金色に塗ってくれた。フォアティマが何か神秘的な設定が必要だと言い出し、全員で夜を徹して激論した結果〈高地に棲む鳥声族の長の娘が聖なる白い猿と交わって生まれた子供〉という生い立ちが付与された。芝居の台本を書いている鬟女がさっそく私の架空の両親を主題とした悲恋を語る歌詞を書き上げ、ローセが曲をつけてくれた。骸骨男が金色のサッシュと白いローブ風の衣装を縫い上げ、私は腰まで伸びた白髪を鳥声族風に結い上げて舞台に立つようになった。

金色の竪琴をつま弾きながら悲しい恋物語を吟唱するたび、私の心は父母が出会った高地の森に佇み、滝を渡り、ほとんどすべてを信じてしまいそうだった。

やがて私たち一座は客船や鉄道に乗って博覧会場を巡るようになった。ラジオもなかった時代、娯楽を求めて多くの人々が見物につめかけた。世界中から珍しい動植物や美術工芸品が集められ、青空を遊覧気球が彩った。あらゆる大陸で私たちのような一座が全盛だった頃のこと。私は十四歳になっていた。

　博覧会場では私たちは劇場の外を自由に歩き回ることができた。舞台の合間に公園を散歩してアイスクリームを食べたりしていると、人々が集まってきて私たちと一緒に写真におさまりたがった。

　会場を流れる人工の川の畔に荷馬車を停めていた時などは、休みのたびに川遊びを楽しんだ。骸骨男がフランネル生地でみんなにおそろいの縞柄の水着を縫ってくれたので、私は棘男と桟橋から飛び込みをしたり、鬚女や骸骨男と潜水競争をしたりした。イーダとローセは水しぶきをあげて浅瀬を駆け回り、貴婦人はリボンのついた大きな麦わら帽子を被ってボートに乗った。

　川の向こう岸から私たちを見て、白いレースの手袋をしたお嬢さんたちが手を振った。

　私は手を振り返して鬚女に言った。

「世界が幸せになったみたいだ」

「おまえはまだ知らないことがいっぱいあるからね」

　骸骨男が「いいんだよそんなことは」と、陽気に叫んで鬚女を水に沈めた。ボートの貴婦人が「葡萄が食べたいわ」と言うので私は荷馬車に取りに行った。

　川に向かって後ろ扉を全開にした荷馬車では、ひと泳ぎしたフォアティマが椅子に座ってうたた寝をしていた。側面の突き上げ窓もすべて開けていたので、涼しい風が通って気持ちがよかった。私が木箱から葡萄を取り出していると、フォアティマの「ちょっここにお座り」と言う声が聞こえた。

「なに？」と、私はフォアティマの足下の床に腰を下ろした。

フォアティマはそっと私の頭に手を置いた。

「私は長く世界を旅しているが、おまえのような子供のことを聞いたことがある」

白い髪のことではなく、私が鍵をかけたあの恐ろしい力のことを言っているのだとすぐにわかった。

「おまえはいずれ私たちのもとから旅立つことになる。ひとりで歩き、多くを見て、記憶するのだ。遥(はる)かな遠い未来、おまえは〈声の地〉へ行く」

なぜかそれは動かしがたいことのように思われた。

フォアティマの肩で陽射しが揺れていた。

「遥かな遠い未来っていつなんだ、フォアティマ」

「空へ放ったものが、戻ってこなくなった時」

私はフォアティマの言葉を心の中で繰り返した。

遠くで骸骨男が「おーい」と呼ぶ声がした。フォアティマが「行きなさい」と微笑んだ。

私は葡萄を手に荷馬車から勢いよく飛び降りた。だが、ほんの数分前に荷馬車に駆けてきた時と、自分の中で何かが変わっているような気がした。

翌年の秋、〈花の地〉で開催される博覧会に向かう途上で、私は、鬚女の言っていたまだ私の知らない世界の一端を目の当たりにすることになった。

客船が嵐で入港に手間取り、下船した私たちは会場入りの日程に間に合わせるべく荷馬車をとばしていた。ところが、街道の一部が土砂崩れで埋まっており、私たちは先へ進めなくなってしまった。

地図を開いて迂回路を模索していたフォアティマが「気が進まんが、ここを通るしかあるまいな」と顔を顰めた。一緒に地図を眺めていた骸骨男が、なぜか革袋を出して荷馬車にある銅貨を集め始めた。それを見てイーダとローセはにわかに緊張した面持ちでパンを切り分け始めた。鬚女が真剣な顔で私に言った。

「あたしが合図をしたら、大きな音をたてちゃいけないよ」

私は黙って頷いた。もしかしたら盗賊のねぐらの近くでも通るのかもしれないと思った。

しばらくして馬の蹄の音が変わり、土の道から石畳になったのがわかった。すると鬚女が片手を上げて私に合図を送った。フォアティマは速度を落としてできるだけ静かに進もうとしているようだった。私はいったいどんな場所を通っているのか知りたくて、側面の突き上げ窓を細く開けて外を覗いた。

みすぼらしい家々が連なる路地にゴミが散乱し、饐えたような悪臭が漂っていた。襤褸布のような服を着た痩せた子供や老人がぼんやりとその路上に座り込んでいる。空の酒瓶を抱いて眠っている男もいた。誰もが汚れた顔をして上着もなく靴も履いていない。

劇場や博覧会場で見かける人々とのあまりの違いに私は言葉を失った。

「貧民窟（ひんみんくつ）だよ」と、鬚女が耳元で言った。

ゴミを漁（あさ）っていた女の子が、肋骨（ろっこつ）の折れそうなひどい音をたてて咳（せ）き込んだ。

「あの子は病気なのに……」

「ここにあるのは暴力と病だけなんだよ。弱い人間から死んでいく。大人になるまで生きられる子供は少ない」

私は声を殺して尋ねた。

「博覧会に来る人たちは何でも持っているのに、どうしてここには食べる物もないんだ」

骸骨男が外を覗きながら囁いた。

「何も持たない人たちがいるから、たくさん持ってる人がいるのさ」

「少しも分け合わないのか」

「博覧会に来る人たちは」と、イーダとローセがパンの籠（かご）を持って立ち上がった。「こういう人たちを自分たちと同じ人間だとは思っていないの」

窓の横の椅子に座った貴婦人が外を警戒しながら低い声で言った。

「ここで生まれた人は、ほとんどがここから出られずに死ぬのよ。字が読めないから、自分が見聞きすること以外、何も知ることができない。船や鉄道があることも知らない。

自分が何であるかわからないまま死んでゆくのよ」

「来るよ」と、鬢女の鋭い声がした。

路上に座っていた人々が夢から覚めたようにのろのろと立ち上がったと思うと、荷馬車に向かって襲いかかるように一斉に駆け寄ってきた。フォアティマが速度を上げると同時にすぐさま棘男が後ろの扉を細く開け、イーダとローセが切り分けたパンを投げた。人々が路上に落ちたそれを奪い合ううちに距離が稼げた。

御者台から「銅貨を！」と叫ぶフォアティマの声がした。私は骸骨男の手から革袋を引ったくって前扉から御者台に駆け上がった。前方に男たちがわらわらと群がりつつあった。私は道の脇に向かって銅貨を投げた。男たちが銅貨を追って道が空いた。私は銅貨を投げ続けた。

その時、ひとつのあばら屋から乳飲み子を抱いた女が飛び出してきた。私は女の手に銅貨が渡るように荷馬車から身を乗り出した。すると、女は乳飲み子を放り出して私の腕を凄まじい力で掴んだ。引きずり下ろされる寸前、私は咄嗟に御者台の枠を握った。そして腕に噛みついて革袋を奪おうとする女を間一髪、蹴り落とした。同時にフォアティマが馬に鞭を入れ、荷馬車は全速力で通りを駆け抜けた。

「大丈夫か」と、馬を駆りながらフォアティマが叫んだ。私は「大丈夫だ」と叫び返した。

後方へ飛び去る町を見つめながら、自分はこの荷馬車にずっと守られてきたのだと思った。どこの地へ行こうと、私にはこの荷馬車という家があった。そこには、同じテーブルで食事をし、同じ寝床で眠る私の家族がいた。私はこの大きな砂時計が描かれた荷馬車がいつまでもあるようにと祈った。それはあの五月の早朝、大佐に向かって「来るな」と叫んだとき以来、初めて心の底から願ったことだった。

その一方で、私は遠からずこの荷馬車から旅立たねばならないこともわかっていた。繰り返し見る夢がそれを告げていた。

夢の中では、八歳のままの私——愛しい天使が、今もあの列車に乗っていた。彼は座席の足下にあの小包を置いて、流れていく草原や羊、煙突から煙の立ちのぼる家々を眺めながら、私があの力の鍵を解いて贖罪の旅に出るのを静かに待っていた。

別れは唐突に訪れた。フォアティマが死んだのだ。朝食のあと胸が痛むので少し横になると言って、そのまま逝ってしまった。私たちは事態を理解できなかった。急遽、鬚女が司会の代役に立って舞台を務めたが、誰もがフォアティマは用事でちょっと留守にしていてすぐに戻ってくるような気がしていた。

共同墓地で行われた葬儀には、博覧会のたびに顔を合わせていた猛獣使いの一座と曲馬団の人々が駆けつけて私たちを励ましてくれた。残りひと月あまりの公演を一日一日重ねながら、私たちはフォアティマがもう戻らないことを受け入れていった。座長は骸骨男が引き継ぎ、口上は鬚女が、劇場との折衝は交渉事に長けた貴婦人が引き受けるようになった。

無事に最終日の公演を終えた私たちは、誰が言い出したのでもなく自然と焚き火を囲んで座った。貴婦人が穏やかに私に言った。

「私たちはここで別れる。わかっているわね？」

私は頷いた。旅立つ時がきたのだ。

「フォアティマから聞いてはいたけど」と、骸骨男がしんみりと洟(はな)をすすった。「なんて言うか、あれだな。ちょっと淋(さみ)しくなるな」

「骸骨がメソメソすると幽霊みたいでいやだよ」と、鬚女は骸骨男の頭を軽く小突いてから私に笑いかけた。「元気でいきな。世話は焼けたけど、あたしはそこそこ楽しかったよ」

泣き虫のイーダが「私たちを忘れないでね」と大粒の涙をこぼし、ローセは「あなたを忘れないわ」と微笑んだ。

彼らと過ごした時間が潮のように胸に溢(あふ)れ、私は「ありがとう」と答えるだけしかできなかった。

早朝、私は旅立った。みんなが砂時計の荷馬車の前に並んで見送ってくれた。

振り返ると、棘男のシャボン玉が風に乗って朝焼けの空を舞っていた。私は彼のシャボン玉がもう読めるようになっていた。私はそれを声に出して読んだ。

「さよなら、さよなら、またいつか」

力の鍵を解き、私は贖罪の旅を始めた。人々への無私の献身が私の贖罪だった。

私は川の水を硝子瓶に詰めて万病を治す薬という触れ込みで人々の病を癒やして回った。白い髪も眉も剃り、僧のような出で立ちで旅を続けたので恐れられることはなかった。

†

謝礼は受け取らず、持てる者からだけ食べ物を分けてもらった。親切な人が納屋で眠らせてくれることもあった。長雨で足止めされた時は、そのような納屋で子供たちに読み書きを教えた。字が読めなければ自分が見聞きすること以外、何も知ることができない。私自身、貴婦人に読み書きを教えてもらえなかったらそうなっていた。私は自分のしてもらったことを子供たちにしてやりたかった。もちろん旅の道中には困難もあったが、私は若く活力に溢れ、なにより人々の役に立てることが嬉しかった。

瞬く間に十余年の歳月が流れた。

そして私はあの忘れもしない〈王の地〉に至った。あの地を訪れることがなければ、私はトゥーレとカイにも、マリ、葉巻屋、コンテッサと怪力にも今生で出会うことは決してなかっただろう。私のその後の人生を一変させる出来事が起こったのは、〈王の地〉第二の町にあった農奴たちの村においてだった。

その午後、私が村道を歩いていると、人々の嘆き悲しむ声が聞こえてきた。どうしたのかと思って行ってみると、一軒の家の前に野良着を着た大勢の老若男女が座り込んで身も世もなく涙を流していた。開け放たれた扉の向こうからもすすり泣く声がしている。私は近くにいたひとりの老人に彼らの悲嘆の理由を尋ねた。ところが老人は私の網袋の中の硝子瓶を見るなり喜びに打たれたように目を輝かせて言った。

「もしや、あなたは癒やしの僧ではありませんか」

長く旅する間に私はそう呼ばれるようになっていた。私が頷くと老人は一同に叫んだ。

「みんな道を空けろ！　このお方は癒やしの僧だ」

一斉に灯（とも）りが点（あか）ったかのように人々の顔に希望が兆し、たちまち私の前に道が開けた。老人の声が聞こえたらしく、家の中からひとりの女が飛び出してきて私の手を取った。他の者同様に粗末な身なりではあったが、涙に濡れた双眸（そうぼう）は野の百合（ゆり）のように清らかだった。

女は私を家の中に導いて椅子に座らせ、私の足下に跪（ひざまず）いた。

「癒やしの僧、どうか私たちを助けてください」

「どなたかご病気なのですね」

「私の夫、この村の農奴の長が熱病に罹（かか）ってしまったのです」

「どちらにいらっしゃるのですか？」

急いで容態を見ようと立ち上がりかけた私を、女はなぜか押しとどめた。そして私が動けぬように衣服の裾をきつく握って「夫に会う前に、知っておいていただきたいことがあるのです」と言った。その切迫した調子に、私はなにか病人の症状に尋常ならざるものがあるのではないかと考えて女の話に耳を傾けた。

「この小さな〈王の地〉には二つの町があって、それぞれの町を治める二人の王が栄華を競い合ってきたのです」

いったいなんの話かと困惑する私にかまわず、女は熱を込めて話し続ける。

「私たち農奴に課せられた重い租税は王の贅沢に費やされ、その一方で毎年のように起こる川の氾濫で農奴に死者が出ても顧みられることはありませんでした。私たちには耐えるしかなく、ずっと耐えてきました。ところが、王はこのうえ森を伐採して開墾せよと言い出したのです。そんなことをすれば、川の水が一度に流れ込んで大洪水が起こり、村は水に呑み込まれてしまう。自分も子も親も死ぬとわかっていて、どうして従うことができましょう。夫は開墾を拒むことを決めました。村人も夫を支持しました。夫は森を守るために村人を組織しました。夫は村人の心の支柱なのです。それなのに、その夫が熱病に……」

女は苦悶の表情を浮かべて絶句した。

私は女の心の重荷を思い、励ますように言った。

「ご主人は村にとって大切な方なのですから、それこそ治療を急がなければなりませんね」

「夫は今朝、死んでしまったのです」

私はぎょっとして言葉を失った。ところが女は「こちらです」と言うや、私の腕を摑み、驚くような勢いで私を隣室へと引っ張っていった。

寝台に横たわった壮年の男は、死してなおその面差しに長たるにふさわしい知力と胆力の残滓（ざんし）をとどめていた。生きていた頃はさぞやと思うと、志半ばの不運な死に胸が痛んだ。

娘とおぼしき三人の美しい少女たちが涙を流しながらも、いまだ父の手足をさすり、水を含ませた綿でかいがいしく唇を湿していた。そうしていれば目を覚ましてくれると信じているかのような姿が哀れだった。

まるで治療を頼むように女が言った。

「夫を生き返らせてください」

「私にそんな大それたことは……」

一番目の少女が敬慕の念に満ちたまなざしで私を見つめた。

「あと一日早ければ、あなたはきっと父の病を癒やしてくださったはずですわ」

二番目の少女がまるで私に心酔しているかのように夢見るような微笑を浮かべた。

「ほんの少し時間が経っただけのことです」

三番目の最も年若い少女が一途（いちず）で激しい信者のように私を見上げた。

「私たちはあなたの奇跡を信じています」

女と三人の少女が私の前にぬかずいた。女が私の手に接吻して言った。

「尊いお方。あなたを敬い崇め、伏してお願いする私たちの願いを聞き届けてください。私たちも村のすべての人々も、あなたの奇跡によって救われるのです」

これほどまでに私に信頼を寄せ、救いを求める人々を見捨てることはできなかった。そして、ひとつの奇跡で村人たちを救済できるのであれば、私を贖罪の旅に導いた愛しい天使も、きっと許してくれるに違いないと考えた。私は彼女たちの願いを聞き入れ、澄んだ川の水を汲んでくるように頼んだ。

ただちに村人たちによって川の水で満たされた水瓶が長の寝室に運び込まれた。私は長の遺体と共に部屋に籠もった。硝子瓶に水を入れ、私は鋼のように精神を研ぎ澄ました。それから体が燃え上がるほどの熱を込めて長の蘇りを念じた後、長の瞼を水で濡らした。

ところがいくら待っても長が目を開けることはなかった。私は繰り返し硝子瓶に水を入れ、長の顔と心臓に振りかけたが、やはり遺体は重く寝台に沈んだままだった。初めて、これは私の力では不可能なことなのではないかという疑念が湧いた。だが、長の妻と娘たちは扉の向こうで長の蘇りを固く信じて待っている。村人たちも家の周りに松明を掲げて長が再び彼らの前に生気に満ちた姿を現す瞬間を待ちわびている。私は渾身の力で念じては長の顔といわず髪といわず体中に水を振りかけた。

そうして夜が白みかける頃、精も根も尽き果てた私は椅子に倒れ込み、そのまま意識を失った。

鋭い女の悲鳴で私は目を覚ました。見ると、ぐっしょりと濡れた寝台に長の姿がなかった。ついに奇跡が成就したと知って、私は喜び勇んで長の寝室を飛び出した。しかし、そこで目にした光景は私の予想にまったく反したものだった。

全身濡れそぼった長が床の上に四つん這いになり、髪から水を滴らせながらのろのろと這い回っていた。濁った目は虚ろで、半開きの口から涎が垂れ、喉の奥から緩んだ楽器のような感情のない低い声が漏れる。妻と三人の娘たちは驚愕に顔をこわばらせて壁際に張り付いていた。先ほどの女の悲鳴を聞いた村人が何事かと扉を開け、身の毛もよだつ長の姿に立ちすくんだ。長は開いた扉から外へ這って出た。

前庭では村人たちが長の復活の祝いに持ち寄った料理を卓に並べようとしているところだった。彼らは長の姿に凍りついたように動きを止めた。長はひとりの村娘にゆっくりと這い寄った。村娘は声も出ず、手に持っていた肉の皿を取り落とした。泥にまみれた肉を長は両手で摑んでむさぼり始め、げっぷをするようにそのままの姿勢で脱糞した。静まりかえった前庭に長の妻の声が響いた。

「あの男が長をあさましいバケモノに変えたのだ！」

憎悪に猛り狂った女が私を指さしていた。年嵩の二人の少女は呪い殺そうとするかのような形相で私を睨みつけていた。三番目の少女が家の中から草刈り鎌を手に現れ、それを無言で村の青年に手渡した。青光りする鎌を握った青年を先頭に、村人たちが怒りをたぎらせて近づいてきた。

私はもはや何も考えられず一目散に逃げ出した。

森に逃げ込み、薄暗い木の間をさまよいながら、私は初めて恐ろしい過ちを犯してしまったのだと悟った。死者を蘇らせようなどと、なぜそんなとんでもないことを企ててしまったのか。フォアティマがこの世を去った時さえ思いもしなかったことを。

私は、私を尊い者と崇めてくれた女と少女たちを失望させたくなかった。いや、彼女らの期待に応えることで、さらに敬愛され、崇拝されることを欲したのだ。それはもはや無私の献身ではなかった。私は自分の欲望のために取り返しのつかない過ちを犯し、贖罪の道を踏み外したのだ。

木の根方に頭を抱えて座り込んでいた私を捕らえたのは、王の兵士たちだった。術を用いて村人をたぶらかし、死者を辱めたという理由で、私には村人のみならず第二の町の王からも追っ手がかかっていたのだ。

私は罪人となり、裁きの場である王の庭へと引っ立てられた。そして、死者をバケモノに変えたという人外の使いを一目見ようと十重二十重の人垣のできた庭に、縄で縛められたまま引き出された。私は自分の犯した過ちの重さに打ちひしがれ、茫然となっていた。

栄華を極めた宮殿が私を圧するように眼前に広がっていた。そこには壮大な空中庭園が設えられ、ナツメヤシの若木が孔雀のように葉を広げていた。手前には蔦模様の施された四角い石の吊り鉢が掛かっており、その石鉢に並んだ鮮やかな三色のクロッカスが風に揺れながらまるで別世界から私を眺めているようだった。

王が姿を現し、白い大理石の玉座に腰を下ろすや町の人間たちが静まった。

王は私に申し開きの機会を与えなかったが、仮に与えられていたとしても私は語る言葉を持たなかった。玉座の脇に控えた廷臣が、訴え人である長の妻と三人の娘の名を呼ばわり、四人が敢然と頭を上げて進み出た。廷臣は庭に轟く声で言った。

「おまえたちが望む刑罰を述べよ。斬首か、時の刑か」

長の妻は迷いなく大声で答えた。

「時の刑を」

人々の間に戦慄にも似たどよめきが走った。

どこに連れていかれるのかもわからないまま、私は王の兵士たちに縄を引かれて歩かされた。大勢の町の人間が罵声を浴びせながらついてきた。

私はバケモノとなった長を思った。私の浅はかな欲望のために彼の死は汚辱にまみれ、今この時も痛ましい姿をさらしているのだ。日盛りの石畳に、頭を垂れて歩く私の汗が点々と滴り落ちた。私は長の髪から涙のように滴り落ちた水を思った。よろけて倒れた痛みに、獣のように這い回る長の血の滲んだ膝の痛みを思った。

兵が立ち止まったのは、町に聳える時計塔の前だった。私はそこで背中の大きく曲がった男に引き渡された。男と共に塔に入ると、外から扉に錠が下ろされた。

時計塔の内部は中央に巨大な円柱がそそり立ち、それに巻き付くように螺旋階段が続いていた。カンテラを持った男が先に立って螺旋階段を上り始めた。しばらく行くと、扉のついた踊り場があり、男はぜいぜいと息をつきながら腰を下ろして休みをとった。

「このてっぺんに、かつて王の弟が幽閉された小部屋がある」

王の兵に捕縛されて以来、命令と罵声以外の言葉をかけられたのは初めてだった。思いがけず、私はそれだけで涙ぐみそうになった。

親切そうな口調で男は続けた。

「あそこでは一日がひと月に、ひと月が一年に、一年が百年になる。王の弟はかっきり一週間で発狂した。ちょうどおまえがバケモノに変えた農奴の長のようになっていたよ」

己の言葉の効果を愉しげに確かめる男の視線を感じながら、私は深甚な恐怖を噛みしめていた。

延々と螺旋階段を上り、いくつかの踊り場と扉を通って小部屋に辿り着いた。

そこは窓ひとつない石牢であり、そのかび臭い空気は絶え間なく時が刻まれる音——大小無数のゼンマイと機械の動く耳を聾するばかりの大音響に満たされていた。男が小部屋に錠を下ろして立ち去ると、私は真の闇と時の轟音の中に取り残された。

時間が消失し、眠りも奪われた。夥しいリズムを持つ機械音が間断なく神経を打擲した。

私は正気を保とうと、扉の下の開閉口から差し入れられる水とわずかな食物を、手づかみで必死に喉に押し込んだ。けれども時の経過を教えてくれる唯一の感覚——空腹もいつしか感じなくなった。

この狂気の闇に閉じ込められたまま、罪にまみれ、贖罪を果たすこともなく、虚しく一生を終えるのだ。私は自分の腕に噛みつき、石の床に頭を打ち付けた。一瞬なりとも絶望を忘れさせてくれるのは、もはや痛みだけだった。しかし、やがてそんな気力も失われていった。

自分がすでに死んでおり、体が腐りかけているような気がした。異臭を放ちながら体液が滲み出て、崩れた腐肉が闇に溶け出していく感覚に絶叫したが、叫びは時の轟音に呑み込まれ、私の耳には届かなかった。

すすり泣き、絶叫し、放心した。

そのうち何も感じなくなった。

意識があるのかないのか判然としない長大な時間を漂い続けながら、私は愛しい天使が時折、私を見つめているのを感じた。ある時は悲しげな目をして、またある時は燃えさかる炎のような怒りを湛えていた。

愛しい天使に許されるのを私はただ待っていた。

私は赤ん坊のように体を丸めて闇の中に転がっていた。

突然、両目が刺し貫かれるような痛みに襲われ、私は両手で目を押さえて転げ回った。同時に身近くで何かが忙しく動き回る気配がして恐慌をきたした。身に起こる変化というものをとうに忘れ果てていた私は、自分の悲鳴が聞こえているという異変に気づくのに、喉が痛むまで叫ばなければならなかった。

時を刻む大音響が消えていた。静寂の中に、何かが壁のあちこちに狂ったように身をぶつけている気味の悪い音だけが続いていた。恐ろしさを懸命に堪えて私は目の痛みが和らぐのを待った。しばらくして薄く目を開くと、奇妙に白濁した闇が現れ、そこを小鳩が飛び回っていた。

私は呆(ほう)けたようになってそれを眺めていた。

そのうち光に目が慣れてきた。見ると、石壁の天井近くの石がひとつ崩れ、掌ほどの穴から帯状の陽の光が射し込んでいた。小鳩はそこから迷い込んだようだった。捕まえて外に逃がしてやろうとしたが、小鳩は慌ただしく羽ばたいて扉にぶつかった。すると、驚いたことに扉はそのまま向こうに倒れ、大きな音を立てて螺旋階段を何段か滑り落ちた。

弛緩(しかん)した頭で、私は扉を直さなければと思った。ところが小鳩が出口を求めるように開いた扉の向こうに飛び去った。

「そっちは出られないよ」

思わず呼びかけた声は、まるで聞いたことのない他人のもののようだった。私は恐る恐る扉口に近づいた。螺旋階段の下の方を覗き込むと、時計塔を組み上げていた石の壁がところどころこぼれ落ち、何本もの光の筋が射し込んでいた。私は小鳩を追って一段、また一段と階段に足を伸ばした。

踊り場の扉はいずれも木の部分がすっかり朽ちており、軽く押しただけで錠のかかったまま向こうに倒れた。私は小鳩と共に泥に汚れた螺旋階段を下りていった。最後の扉が軋(きし)みをあげて倒れると、眼前に真昼の町があった。

小鳩は空へと羽ばたいた。私は時計塔を出て、石畳を歩き出した。足裏に伝わる石の熱さに、今は夏なのだと思った。だが、幽閉されてからどれほどの時が流れたのか、私には見当もつかなかった。

光の氾濫する町は、透明な水の底のように静まり返っていた。なぜか通りを歩いていても誰にも会わなかった。町角には人っ子ひとりいなかった。私はようやくこの静けさが異様であることに気がついた。

石造りの家々の壁に乾いた泥土がこびりついていた。中を覗いてみると、泥にまみれた壊れた家具が散乱していた。私の足は宮殿へ向かっていた。

白い大理石の玉座もまた泥土に汚れ、宮殿の奥まで白茶けた泥の跡が続いていた。空中庭園はあちこちが崩れ落ち、巨大なナツメヤシの木が無惨になぎ倒され、あの日クロッカスが咲いていた吊り鉢は落下して地面に転がっていた。

長の妻が、森を開墾すれば川が氾濫して村が沈むと言っていた。私が時計塔にいる間に、その数倍の洪水が町を襲ったのだ。

廃墟（はいきょ）となった町からさまよいでた私はあてもなく歩き続け、ある日、湖のそばを通りかかった。するとひとりの子供が溺（おぼ）れていた。私は急いで助けに向かった。ところが、水の上を走ってくる私を見て、子供は恐怖の表情を浮かべるや石のようになってたちまち水の底に沈んでしまった。

さざ波ひとつない平らかな水の中から、誰かが私を凝視していた。幾重にも深い皺（しわ）が刻まれた顔、棒のように細く萎（しな）びた手足、踝（くるぶし）まで伸びた白髪。私は突如、寒気と悪心を覚えながら、なぎ倒されたナツメヤシを思い出していた。王の庭で時の刑を言い渡された時、あのナツメヤシはまだ孔雀のような若木だった。それが見上げるような巨木になっていた。

水の中からこちらを見ているのは、湖面に映った私自身。私はすでに老人となっていたのだ。そう気がついた時、私は悲鳴をあげて駆け出していた。

もはや生きている我が身が厭（いと）わしく、山に駆け登り、私は切り立った崖（がけ）から身を投げた。真っ逆さまに落下し、大地に叩きつけられてすべては終わるはずだった。

しかし、私は中空にピンで留められたように静止したまま、どんなにもがいても落下することができなかった。

そのうち、空に浮かんだ私の姿を見つけて眼下の谷に人々が集まってきた。瞬く間に夥しい人々が谷を埋め尽くし、様々な供え物をして私を拝み始めた。

あまりのことに私は笑い出していた。笑いながら瘧（おこり）のように震えが止まらず、ついには宙を走って逃げ出した。

日が暮れて夜になっても、私は星のない真っ暗な空を走り続けた。

すると、闇の彼方（かなた）で町が巨大なルビーのように赤々と輝き、上空をたくさんの鳥が舞っていた。目を瞠（みは）る美しさに引き寄せられるように近づいていった。

しかし、私を待ち受けていたのは目を疑うような光景だった。

燃えさかる町を人々が逃げ惑っていた。上空の鳥と見えたものは、二重の翼を持つ空飛ぶ機械だった。その機械の腹から黒い雨が降り注ぐたびに、あの列車が噴き上げたものよりも凄まじい火柱が次々と町から立ちのぼった。人々が建物ごと吹き飛び、炎に呑まれていく。

機械に乗っているのは、なんと人間だった。人間が、男も女も子供も年寄りもひとしなみに焼き殺している。どんな理由があれば、人が人にこんなことができるのか。

やめてくれ、あそこにいるのは、あなたと同じ人間なのだと叫んだが、なにひとつ変わらなかった。

私は自分を呪った。死ぬこともできず、とめることもできず、私はなぜこれを見なければならないのか。

空飛ぶ機械がうなりをあげて眼前に迫り、私は撃ち落とされた。

誰かに肩を貸されて抱き起こされ、白煙のたなびく瓦礫（がれき）の中を歩き、気がつくと私は水色の長距離バスに乗っていた。そうして海沿いの小さな町に流れ着いた。

それがこの〈始まりの町〉だった。

†

始まりの町には博覧会のような珍しいものも、王の地のような豪奢（ごうしゃ）な宮殿もなかった。かといって、貧民窟や農奴の村のようでもなかった。町には古い商店の並ぶ通りがあり、人々は皆、簡素な身なりをしていた。ベンチで日報を広げていたり、本屋の店頭で外の地の雑誌を読んでいたり。学校と呼ばれる建物があって誰もが読み書きができるようだった。石の塔のある広場では、町の代表を選ぶための演説をしている人もいれば、音楽を演奏している人、自分で描いた絵を展示している人もいた。〈羽虫〉の数はまだそれほど多くなかった。彼らは一様に貧しかったが、片言でやりとりをしながら町の商店で買い物をしていた。

先代の伯爵が生きていた頃のことだ。

しかし当時の私にとって、この町の風景も人々も自分とは無縁の活動画のように眼前を通り過ぎていった。彼らはひとり残らず時の流れと共に生きていた。生まれ、成長し、やがて老いて死ぬ。それにひきかえ私は死ぬことを許されない不死の者、時の川に投げ込まれた石のようなものだった。人も時間も私の傍らを流れ去っていく。

私は、すでに人々に奇跡を施す力を失っていた。皮肉なことに、私自身が奇跡そのものとなっていた。人の姿をしてただそこにあり続ける奇跡でしかなくなっていた。

私は誰とも接することなく、引き網からこぼれたわずかな小魚や木の実を拾って食べる暮らしを始めた。生きるために食べる必要などないとわかっていたが、それを人に知られるのが恐ろしかったのだ。不死を悟られぬよう、私は常に腹を空かせているふりをした。

同じ理由で人と離れて暮らせる場所が必要だった。野草を探しに入った山で偶然、この窟を見つけたのだが、ここを住み家としたのは鳩が巣を掛けようとしていたからだった。そんなわけはないのだが、私を見下ろした鳩が石牢で出会った小鳩のような気がしたのだ。私は窟の鳩をエルネスティナと名付けた。それは小人の貴婦人の名前だった。つがいのもう一羽は棘男の名前、ウォルフレンと名付けた。

窟で暮らし始めてしばらくして、私は真夜中に人の声を聞いて目を覚ました。

──助けておくれ。どうか助けておくれ。

もちろん窟には私のほか誰もいなかった。助けを求めるか細い声は、ひどく遠くから発せられているようだった。私は窟を出て、声のする方へ向かった。

山を下りて町の中心部に向かうにつれて声は力強くなり、私は寝静まった町の通りをまるで声に腕を引っ張られるようにして歩いた。

辿り着いたのは、一軒のたいそう立派な家の前だった。真夜中を過ぎているというのにすべての窓に煌々と灯りが点り、家の中では大勢がせわしなく歩き回っているような騒がしい物音がしていた。何か常ならぬことが起こっているのだと察せられたが、町の人間が羽虫を家に招き入れてくれるとは思えなかった。しかも、私は声の主が誰であるのかも知らないのだ。わかっているのは、老いた女の声だということだけだった。だが切実に助けを求める声に背を向けることはできなかった。私は運を天に任せ、柔和な微笑を準備してノッカーを鳴らした。

扉を開けた男は見るからに不機嫌そうだったが、夜中の玄関先にみすぼらしい羽虫の老人が微笑んでいるのを見出して幻覚と対面したように困惑顔で首をかしげた。

その時、奥にある扉の向こうから老女の切迫した声がした。

——ここだよ、早く、急いで。

私は男の脇をすり抜けて声のした部屋へ向かった。扉を開けた途端、私はぞっとした。大きな寝台に老女の遺体が横たわっていたのだ。死者に関わったことで私は大きな過ちを犯したというのに。私は言葉もなく後ずさった。

ところが、私の耳に老女の感謝に溢れた嬉々とした声が聞こえた。

——ああ、ありがたい。おまえ、私の髷の中から鍵を取り出して家の者に渡しておくれ。

私は恐る恐る老女に近づき、頭頂部に結い上げた黒々とした髷の中から一本の鍵を取り出して家人に渡した。その老女が雑貨屋を取り仕切っていたオーネであり、鍵は家中の者が探していた金庫の鍵だと知ったのは後になってからのことだ。私は謝礼に一壺の蜂蜜を渡され、すぐさま追い払われた。

この夜、私は自分が生者と死者のあわいに存在する者であることを知った。それゆえに私には死者の声が聞こえるのだ。それもおそらく、やむにやまれぬ心残りを抱えた死者の声だけが。

数日後、オーネの一件を聞き知った町の人間たちが死者の声を聞かせろと窟に押しかけてきた。人々は私が魔術を使って死者の声を聞いたのだと信じていた。

「魔術師、死んだ父の声を聞かせてくれ！」「魔術師、私の母の声を」「兄の声を」

人々は口々に叫んだ。彼らは自分たちの目の前でたった今、奇跡が実現することを望んでいた。農奴の村で死人を蘇らせるよう懇願した人々と同じように。だがそれは人の手には許されないあまりに欲深い奇跡なのだ。そして己の欲望のためにそこに踏み込み、不死という罰を受けたのが私なのだ。

私は彼らに真実を告げた。

「死者から呼びかけられない限り、私には何も聞こえないのです」

真実は人々の激しい怒りを買い、私は石を投げつけられて倒れた。

窟に籠もり、誰からも理解され得ない悲しみの中で、私は人々に奇跡を信じさせないことを生業としようと決めた。

博覧会で見覚えた奇術をもとに、私は自ら魔術師と名乗って必ず仕掛けの見える魔術を演じ始めた。やがてエルネスティナとウォルフレンの子孫たちが私の演目に出演する常連となった。

そのうちオーネの一件は過大な尾鰭がついて町中に流布するようになった。私はあらゆる機会を捉えて自分には死者の声が聞こえるのだと自慢するようにした。力のない者が吹聴すればするほど、人は信じなくなるからだ。こうして私は決して成功することのないエセ魔術師となった。

人々が私の魔術を見て奇跡はないと了解し、ただ笑う。私は窟に住まう魔術師として、人ならば死んでいるはずの歳をとうに超えて生き続けた。私はもはや自分がなぜ生きているのかも考えなくなっていた。

鉄道に乗って町にサーカス団がやってきたのは、そんな時だった。華やかな荷馬車を連ねてホテルへとパレードをする中の一台に、大きな砂時計の描かれた荷馬車があった。フォアティマたちと四つの大陸を巡ったあの荷馬車だった。私は驚きと懐かしさに打たれた。だが、やがて胸が抉られるような悔恨に襲われ、目を背けずにはいられなかった。

あの荷馬車から贖罪の旅へと出発した時、私は若く、希望と活力に満ちていた。私の力を人々の役に立つことに捧げたいと願い、そうできると信じていた。あの時、誰がこのような私の末路を想像しただろう。私は過ちを犯し、生涯の大部分を闇の中で苦しみ、無力なまま老いて死ぬことも許されない。

砂時計の上下をひっくり返すように、時を遡れたらどれほどいいだろう。しかし、もうやり直すことはできない。二度とできないのだ。

私はなるべくサーカスのテントの方に近づかないようにした。ところがある日、お屋敷の執事にホテルへ行くように命じられた。サーカスの道化が気の利いた手品をやるので、それを伝授してもらえという伯爵の気まぐれな思いつきだった。

テントの裏手で陽気な道化が待っていた。私は著しく物忘れの激しい老人を演じ、道化は早々に疲労困憊して立ち去った。安堵して帰ろうとした時、ひとりの女の子の姿が目に入った。褐色の肌をした子供をこの町で見たのは初めてだった。彼女は辺りを警戒しながらこっそりどこかに向かっているらしかった。私は興味を覚えてそっと後についていった。

子供は一台の荷馬車に駆け寄ると、扉を細く開けて中を覗いた。それはあの砂時計の荷馬車だった。家族とも呼べる人々と私が少年時代を過ごした家。

私はもう動けなかった。

荷馬車の中で物音がして、子供はたちまち逃げ去った。しばらくして後ろの扉が開き、美しい男の小人が姿を現した。彼が最後のひとりとなった私たちの末裔だった。わずかに貴婦人の面影を宿した彼に私はあえて声をかけず、テントの舞台に向かうのを見送った。

私は扉を開けて懐かしい家に入っていった。

荷馬車の隅に私が奏でた金色の竪琴が残されていた。繰り返し歌った悲恋の物語を頭の中でそらんじながら、休日の昼はいつもそうしていたように、私は荷馬車の後ろの扉を開いて陽光と風を入れた。

不意に目の前に十四の夏の午後が蘇った。

光がキラキラと輝く人工の川に、おそろいの縞柄の水着を着た私たちがいた。イーダとローセが水しぶきをあげて浅瀬を駆け回り、リボンのついた大きな麦わら帽子を被った貴婦人はボートに乗っている。私は棘男と桟橋から飛び込みをしたり、鬚女や骸骨男と潜水競争をしたり。世界が幸せになったと思っていた夏。

振り返ると、フォアティマがそよ風を受けて椅子に座っていた。少年の私は葡萄を持っており、フォアティマが私の頭に手を置いている。

あの日、私はフォアティマから大切なことを聞いたのではなかったか。

フォアティマの肩のあたりに陽射しが揺れていた。

歳月の塵が吹き払われ、私は思い出した。

――ひとりで歩き、多くを見て、記憶するのだ。遥かな遠い未来、おまえは〈声の地〉へ行く。

私は、それはいつなのかと尋ねたのだ。フォアティマはこう答えた。

――空へ放ったものが、戻ってこなくなった時。

私はエルネスティナとウォルフレンの子孫を空へ放った。

だが、十七日目に二羽の鳩は戻ってきた。

私は、笑われる魔術をあちこちで披露しながら、始まりの町の様子に目を凝らすようになった。多くを見て、記憶するのだ。あのフォアティマの言葉どおりに。

†

砂時計の荷馬車が町を去ってまもなく、眠気を誘うような暖かい春の夕暮れ、広場で熱心に演説をしている人々がいた。民選の期間でもないのにと不思議に思った私は、吸い殻を集めるふりをしてかがみ込み、耳を傾けた。

「私たちは誰に言われなくとも、塔の地を愛している。生まれ育った地を愛さぬ者などいるだろうか。それをなぜ法によって定める必要があるのだ。私たちは立ち止まって考える必要がある。この法が将来、私たちの子や孫にとってどのような力を持つのか」

大きな声で訴えていたのはオト先生の父だった。彼の周囲で数人の男女がビラを配っていたが、ほとんどの人々は受け取ることなく通り過ぎていった。私は目立たないように、人が捨てたビラを拾って窟に持ち帰った。

それによると、中央府に台頭した指導部が数年前から〈誇りと団結〉を旗印に塔の地の再生を唱えて様々な改革を進めているらしかった。そしてそれらの法的な根拠となるべく、その春、新たに〈忠誠法〉が制定されたという。条文を見ると、『塔の地の人間は誇りを持ってふるさとを愛し、その安寧と繁栄のために団結し、忠誠を尽くす』というたって抽象的な文言が並んでいた。

指導部によって最初に大きな改革がなされたのは、初等科教育と日報のようだった。初等科では誇り高く質実な青少年の育成のために、始祖たちの神話の学びが徹底され、図書室の書籍は中央府の印の入った選書に漸次、刷新されつつあった。加えて、初等科教育の三つの柱――規則の遵守、全体への奉仕と調和、指導者への敬愛と恭順が定められていた。

また日報については、その公共性を鑑み、各社の幹部会に指導部の委員が加わったとあった。ビラはこれについて、指導部に不都合な事実が報じられなくなったと強く批判していた。私はさっそく葉巻屋の小屋へ行き、煙草を巻くために集められた古新聞を見せてもらった。紙面には指導部発表の謳いあげるような各種の声明と、その委員たちの自画自賛の談話が並んでいた。その昔、私が一座と共に博覧会を巡っていた頃でさえ、このような日報は見たことがなかった。

「ま、事実を報じるのが日報って考えりゃ、『このような声明が発表された』ってのも

『委員の誰それがこのように話した』ってのも事実だわな。その声明や談話の内容が事実と違っていても、指導部がそのように言ったという事実をお伝えしました、ってわけよ」

葉巻屋は鼻歌交じりに素早く煙草を巻きながら皮肉そうに言った。

「それより外報のところを見てみろよ、興味深いぜ」

促されるままに外報の頁を開いた。そこには、外の地の不正や醜聞が強い非難の言葉で報じられていた。

「並べて読みゃ効果絶大。私たちは塔の地に生まれてなんて幸せなんだろう、ってなるわけだ。名付けて風土病製造紙ってやつよ」

これは始まりに過ぎないという予感があった。いったい何が起ころうとしているのか。私は婚礼や誕生会の余興に呼ばれるたびに、人々の話し声に耳をそばだてた。

初等科の改革に関しては、大部分の人々が歓迎しているようだった。特に神話教育の徹底は非常に評判が良かった。もちろん、始祖たちの雄姿を語る神話はこの始まりの町が舞台となっているのだから気分が悪かろうはずはない。しかし、諸手を挙げて賛同するような一種の興奮ぶりには、何か別の要因があるように感じられた。そしてある時、博物館の警備員をしている老人が、以前はこの町の博物館が塔の地の中央府庁舎だったと自慢げに話しているのを聞いて、私はもうひとつの要因に思い至った。

人々の間には事態を喜んで受け入れる素地がすでにできあがっていたのだ。

かつてこの町にあった中央府は勢いに勝る第四の町に移され、ひところは頻々と訪れていた客船も姿を見せなくなっていた。長らく傷ついていた人々の自負が、神話の復興によって息を吹き返したのだ。

その頃には、指導部を熱烈に支持する勇ましい者たちが、〈踊る雄牛〉に集まるようになっていた。

指導部による改革は伯爵が代替わりしたあたりから、急速に人々の日常生活にも影響を与えるようになった。

それまで広場では色々な集会や音楽の演奏、美術作品の展示発表が自由に行われていたが、集会は思い込みや偏向した意見を助長し、攻撃性と敵対心を煽(あお)るという理由で禁止となった。また、音楽演奏や美術作品の発表は役所の審査を経て許可を得ることが必要になった。

指導部は音楽、美術のみならず、演劇、舞踏、文芸等、個人の野放図な創作活動は、美しい団結を蝕(むしば)み、健全で堅実な生活を堕落させる可能性を有するものとして、指導部による適切な助言の下に行われるべきであるという見解を示した。指導部が提唱したのは、〈端正な芸術〉だった。端正なものは万人の心を打ち、人間性を豊かにする。誰かが不愉快に感じるものは〈端正〉ではなく、芸術ではないということだった。

指導部が推奨する芸術や娯楽が租税で援助されたが、その多くが同胞愛と家族愛を主題としたものだった。その流れの中で、家長を中心とした正しい家族のあり方も指導されるようになった。

次いで、町の人々が所有する書籍についても、中央府の印の入った推薦本との交換を促す通達が出された。家々の書架が、紺の背表紙に金文字で表題の記された推薦本一色に塗り替えられていった。しかし特に愛着のある数冊を手放さず、隠し置いた者も少なくなかった。同じようにその頃、一握りの人々によって密(ひそ)かに地下出版が続けられていた。発表できない戯曲、詩、小説、批評、それら端正と認められない作品たちが、パン籠の底や畳んだ傘の中に身を潜めて人の手から手へと渡っていった。

だが、警察が彼らの秘密の印刷所を急襲し、ほんの数日のうちに活動に関わっていた全員が逮捕された。この時、初めて忠誠法が発動された。彼らの行為は『塔の地の人間は誇りを持ってふるさとを愛し、その安寧と繁栄のために団結し、忠誠を尽くす』という条文に反するものとされ、逮捕者はただちに中央府の矯正施設に送られた。

人々の間に怯えに似た動揺が広がった。

逮捕者の家族が処分が重すぎるとして裁判所に訴え、判決に注目が集まった。しかし、たちまちにして下された判決は次のようなものだった。忠誠法に反する者は自ら塔の地の人間であることを否定したに等しいから、外の地から流れてきた居留民と同等、つまりすべての権利を剥奪されてしかるべきだが、矯正施設における更生の機会を与えられたことに感謝し、この者の帰郷後は、家族は一致団結してこれを監督する義務を負う。

それは、裁判所がもはや公平な立場ではなく、指導部の意向を代弁し始めたのではないかという疑念を抱かせるに充分なものだった。次第に裁判の過程が不透明になり、人々は裁判所に仲裁や救済を求めなくなっていった。そうするうち、同じ罪を犯しても地位の高い裕福な者に対しては公然と軽い刑が言い渡されるようになった。

　さすがに不満が噴出し、その勢いは、かつてなら広場で大規模な集会が開かれただろうと思わせるほどだった。しかし、その頃にはすでに広場のみならずあらゆる場所での集会が禁じられていた。そして同じような判決が幾度も繰り返されるうちに、憤りは力を失って諦観に傾き、とにかく真面目に暮らしていれば大丈夫だろうという脆く希望的な観測を残して立ち消えていった。

　裕福な者は租税を多く納めているのだから優遇されて当然、換言すれば〈貧富による格付け〉が浸透するにつれて、町の人間の中にも貧しい者が増えていった。病院は一般の町の住民に対する診療を停止し、治療は裕福な者に限り往診によって行われるようになった。一方で家族愛による家庭内の看取りが奨励され、病を得た大方の者は家で死を待つほかなくなった。

　誇りと団結、忠誠を建前に、人々は富の多寡で分断され、実質的に行使できる権利も尊重される度合いもそれに応じたものになっていった。

　富とも権利とも無縁な底辺の羽虫は激しく虐げられるようになった。マーケット通りでの買い物は拒否され、そこを歩くこともできなくなった。そんな折、養父母毒殺の容疑で洗濯場の羽虫の娘が逮捕された。極刑を求める人々が警察署の前に押し寄せたが、これは集会とは見なされず、警察は傍観の姿勢をとった。だが時を置かずパラチフスが流行、当初は病名もわからず人々は恐慌状態に陥った。居住区の路地には羽虫の遺体が山積し、町の家々でも多くの死人が出た。混乱の中、突如として日報が廃刊となり、死者の数もわからなくなった。ようやく中央府から医療団が派遣されたのは、伯爵の妻と老母が罹患してからだった。

ほどなく事態は収束したが、日報に代わって登場した週報は、パラチフス蔓延の原因を羽虫が増えたせいで町が不衛生になったからだと大きく報じ、人々の怒りの矛先は羽虫に向けられた。災厄の代償を支払わせるかのように、中央府議会の議員である伯爵が、町の羽虫の租税を大幅に引き上げ、喝采を浴びた。

その翌年、民選が正式に廃止された。

オト先生の父親は、地下出版に関わって矯正施設に収監中に卒中で倒れたのだが、彼が晩年、息子に語った言葉どおり、町のほとんどの人間はこのような時代を生きることになるとは思ってもいなかっただろう。それでも人々は慣れていった。仕方がないものとして受け入れていった。

しかし、そのようなありようのすべてを拒絶した者もいた。

それが、コンテッサだった。

彼女と話をしたのは一度きり。あの夏、最後の客船が町を離れた翌日のことだった。蟬時雨(せみしぐれ)の降り注ぐ午後遅く、彼女はいきなり現れた。

†

私は麦わら帽を被って、ちょうど前日に植えたばかりのネリネの球根に水をやっているところだった。

「この暑いなか庭仕事？」

振り返ると、華やかなレモン色のドレスをまとったコンテッサが立っていた。車の通れる道はないのにどうやって来たのかと驚いたが、足下を見るとピンヒールの先が土で汚れていた。急な山道をあの華奢(きゃしゃ)な靴で上ってくるのは容易なことではなかっただろうと察せられ、わざわざ骨を折ってこんな所まで何をしに来たのかと訝(いぶか)った。

「そのお水はきれい？」

コンテッサが私の手の如雨露を目で指して尋ねた。

「一昨晩の雷雨の時の雨水でしてな。私は飲料用にもしているが」

言い終わるより早く、コンテッサが如雨露の口の先に水を受けるように両手で椀(わん)を作って差し出した。私は如雨露を傾けて彼女の手を水で満たした。

コンテッサはいかにも美味(おい)しそうに掌の水を飲み干すと、濡れた喉を手の甲で拭った。

「さっきトゥーレの家にお見舞いに行ってきたの。アレンカがいなくなって食事に困ってやしないかと思って、お料理を届けに。一緒にお菓子を食べてドライブをしたわ」

私は水やりを続けながら尋ねた。

「トゥーレの様子はどうでした？」

「なんとか持ちこたえているようだったわ」

そう答えると、何でもないことのように付け加えた。

「それから、第三倉庫で拾った硝子石もトゥーレに渡しておいたわ。アレンカのものだとトゥーレが確認してくれたから」

〈第三倉庫〉と〈アレンカ〉という言葉に、私はぎょっとしてコンテッサの顔を見た。

コンテッサは確信を得たように私をまっすぐに見つめた。

「客船のお別れパーティーの夜、私はお友達の船室にいたの。大きな雷が鳴って雨が降り出した時、船の円い窓から外を眺めた。あいつらが第三倉庫に入っていくのが見えたわ。その時は気にも留めなかったけれど」

短い沈黙の後、コンテッサは言った。

「アレンカの声を聞いたのね。オーネというお婆さんの時のように」

常ならば、私には死者の声が聞こえると自慢話を始めるところだったが、その時の私は言葉を発することすらできなかった。コンテッサがひとつの硝子石から真実をたぐり寄せたことを直感したからだ。

コンテッサが事実を刻印するかのように、低く押し殺した声で言った。

「この町がアレンカを殺し、この町がアレンカにおまえを呼ばせた」

あの晩、冷たくなったアレンカの唇に触れた時の指先の感触が蘇り、私は思わず目を閉じた。

「そうなのね。答えなさい、魔術師」

その鞭打つような声に、私は如雨露を置き、かろうじて野ざらしの椅子に腰を下ろした。

「ああ、まさにそのとおりだ」

コンテッサは硬い表情で目を落とした。

薬草の並んだ畝に私たちの長い影が伸びていた。

「そうまでしなければ、この町は生きていけないのね」

そう、町はもう、自分の体を食べながら生きている怪物のようなものだった。

「どうすればこんな町になるのか。いいえ、どうすればここまでになれるのか、私には理解できないわ」

彼女は拳を握りしめて立ち尽くしていた。

私は自分が流れ着いた頃の平凡で穏やかだった町を思った。

「初めからこうではなかったのだ。忠誠法ができて、少しずつ町がおかしくなり始めた時、声をあげた人たちもいた。だが、大多数の人々にとっては、考えるよりも、信じるほうがたやすかったのだ。塔の地が、そこに住む人間を害するわけがない。より良い方向を目指しているのだと」

「だとしても、そんな塔の地はどこにもないと思い知らされたはずだわ。自分たちが忠誠を求められているのは、塔の地に対してではなく、指導部の人間たちに対してだとわかったはずよ」

確かに、人の忠誠を欲するのは人でしかないのだ。

「なぜ町の人間は抵抗しなかったの」

「抵抗することで、何かを変え得るとは思えなかったのだろう」

「成果が約束された抵抗など、どこにあるというの」

打ち払うような厳しい口調だった。

町の人間が皆、コンテッサのようであれば、あるいは違っていたのかもしれないと思った。しかし誰もが勇敢なわけではなく、他者に勇敢であれと強いることもできないのだ。

私は麦わら帽を脱ぎ、首に巻いた手ぬぐいで汗を拭った。

「行動を起こせば、指導部を熱烈に支持する勇ましい者たちから忠誠心の欠如を指弾され、安定した生活が脅かされる。それはこの町に生まれ育った人間にとって些細なことではなかったのだ。まして、指導部と警察と裁判所が事実上一体であることが歴然となってからは、目立てばどんな軽微な罪で逮捕され、有罪とされ、重い罰を受けるやもしれぬ危険があった」

「だから何もせずにいたと？」

「いや、誰もが自衛したのだ。自らとその家族を守るために従順を装い、これくらいなら、これくらいならと譲歩を重ねていった。ある者は恐れから、ある者は軽蔑から」

「軽蔑？」

「腹の中では指導部を見下し、軽蔑している者も少なくはなかった。何かを命令したり奨励したりするばかりで、実際に町の人間の助けになるようなことは何も行わない。そんな指導部など相手にせずに自分の暮らしは自分で守るのだと考えたのだ」

「幼稚な自尊心ね」

コンテッサは疲れたような嘲笑を浮かべた。

「指導部はいくらでも法を作って、有無を言わさず人を従わせることができるというのに。そんな力を相手に、いざとなっても自分で自分を守れると思っているなんて滑稽だわ。塔の地というバスに乗っていて指導部が運転席でハンドルを握っている。それなのに自分の座席にだけ別のハンドルがあると思い込んでいる。むしろ指導部にとっては、自分たちに対して一切不満を持たず自助努力してくれるそのような人々は、願ってもないありがたい存在だわ。賢いつもりで従順を装っても、それは、奪われながら奪い取る側を後押ししているのと同じことよ」

「そうだろうな。ただ、いずれにせよ自衛した人々は、その自衛と引き換えに何を差し出すことになるのか、わかっていなかったのだろう」

「おまえは、町の人間が何を差し出したと思っているの？」

「常識だ。自分たちの町への信頼と言ってもいい。それまで当たり前に存在していた最低限の公正さ、正義、あるいは善良さ。すべて明け渡してしまった。その結果、不正はただされず、力による支配が横行し、腐敗が蔓延した。職場でも、隣近所でも、優位な者から人として辱めを受け、理不尽を強いられることも日常になった」

「当然と言うべきね。他者の尊厳のために闘わないということは、自分の尊厳をも手放していくことよ。個々の尊厳は貧しく痩せたものとなり、おのずと命の単価は安くなる。それがどんな事態を招くか、この町はいつかきっと知ることになるわ」

コンテッサの暗い声が、いつのまにか陽の翳った大気の中に沈んでいった。

蟬時雨が遠のき、ヒグラシの声が山に響いていた。

「ひとつ訊いていいかね」

私はポケットから煙草を取り出しながら言った。

「答える義務はないのよ」

言葉とは裏腹に、コンテッサはハンドバッグからサンザシの絵のついた煙草の箱を取り出して私に勧めた。私が一本抜くと、彼女は自分は取らずに煙草をバッグに戻した。

「どうして正気を失わずにいられたんだね？」

コンテッサはわずかに微笑を浮かべると、細身のライターで火をつけてくれた。

「パラソルのように、ということね？」

私は長く紫煙を伸ばして頷いた。

話をするうち、コンテッサはパラソルと同じようにどこかの町の裕福な家庭で育ち、ふるさとと共に何もかも奪われたのではないかと感じていた。パラソルよりもずっと幼い頃だろうが、そこから船旅中の伯爵に近づける階級にまで、心を毀たれることなく上りつめるには、強靭な意志を一貫して支える何かが必要だったはずだ。

ライターがバッグにしまわれ、口金の二つの玉が硬く澄んだ音を立てて閉まった。

「私には生きる目的があった。だから正気を保ってこられたのよ」

その目的については、何を尋ねても答えないだろうことはわかっていた。

コンテッサは、菜園の中でそこだけ柔らかに掘り返された土に静かに目をやった。

「アレンカはここに眠っているのね」

「ああ」と、私は答えた。

アレンカは、私が植えたネリネの球根の下に眠っていた。

コンテッサは膝を折り、湿った土の表にそっと掌を押し当てた。そうして、しばらくのあいだじっと黙って土を見つめていた。

やがてコンテッサは祈るように呟いた。

「間に合わなかったことを許してほしい。だが、マリもパラソルもきっと連れていく」

伯爵の愛人として名を馳せたその横顔に、私は、退くことを知らない痛ましいほどのでもあった。

純潔な意志を感じた。それは同時に、彼女の行く末に言い知れぬ不安を感じさせるものでもあった。

コンテッサは、羽虫たちが尊厳を持って生きられる新しいふるさとを手に入れるために生き、命を落とした。

そしてあの日、コンテッサが許しを乞うたアレンカは、尊厳のかけらも認められない羽虫であったために死んだ。ところが、アレンカは自分が死んだ事実を、まるで皿が一枚割れたくらいにしか気にかけていなかった。

†

アレンカの命の火が消えた時、私はトゥーレと共に窟にいた。

私たちは雷鳴が轟くのを聞き、闇を埋めつくすような雨音に包まれて少しだけ奇跡の話をした。彼はまだ初等科の七年生で、母親を差別と孤独の檻から救い出すには、もはや途方もない奇跡のようなものを願うほかないと思いつめていた。

トゥーレは読みたい本を三冊選び、驟雨がおだやかな霧雨に変わった午前二時頃に帰っていった。

私はしばらく本を読んでから床に就いたが、なかなか寝つかれなかった。ようやく浅い眠りに落ちかけた時だった。

——助けて魔術師、お願い！

肩を揺すぶるようなアレンカの声がして、私は息も止まる思いで跳ね起きた。アレンカの声が聞こえるということはすなわち、彼女はもうこの世にないということだ。とても信じられなかった。だが切迫した声は強く私を急き立てていた。

——怪力を連れてきて、夜が明ける前に、早く！　急いで！

私は窟を飛び出し、霧雨の中、転げるように山道を駆け下りて博物館の裏口を叩いた。怪力は話を聞くや、ものも言わずに備品室からゴム引きの大きな雨合羽を取ってきて私に着せると、そのまま私を背負って駆け出した。

アレンカの声は港の第三倉庫から聞こえていた。錠が外されて地面に落ちていた。扉を開け、入り口脇に吊るされていた懐中電灯を取って中を照らした。アレンカのものらしい胡桃色の革のトランクが転がっており、衣類が辺りにまき散らされていた。

——ここよ、魔術師！

私は怪力を連れてアレンカの声の方へ走った。

遺体を一目見て、何が起こったのかわかった。怪力がうめき声をあげ、頭を抱えて遺体の脇に座り込んだ。

アレンカの服は無惨に引き裂かれ、ほとんど裸の体には激しい暴力をもって陵辱された痕が残されていた。開いた口から襤褸布の先が覗いていた。声をあげられぬように詰め込まれたのだ。

私は雨合羽を脱いでアレンカの遺体に被せ、震える指でアレンカの口から襤褸布を引っ張り出した。油の臭いのする布は喉の奥深くまで押し込まれており、アレンカは窒息して死んだのだとわかった。白く乾いた唇はもうすっかり冷たくなっていた。

「誰が、こんなむごいことを……」

――頼みがあるの。

「誰がやったんだ！」

怒りで体がわななき、私は答えを聞くまでどんな頼みも聞き入れられなかった。

――私は、客船で町を離れる決心をして港に来たの。そうしたらウルネイたちがここにいて……。

私はウルネイがホテルのお別れパーティーに青年団を引き連れて出席したいと申し出て、伯爵に断られていたことを思い出した。窟で私はトゥーレにこう言ったのだ、『今頃はまず、〈踊る雄牛〉で雁首をそろえてくだを巻いているだろう』。トゥーレは時計を見てもう店にはいないだろうと答えた。踊る雄牛の主は、日付が変わる五分前には客を店から叩き出すからだ。私たちは、土砂降りの雨の中を青年団が憤懣やるかたなく家路を辿る姿を思い浮かべて小気味よく笑い合った。だが、彼らは店を出た後、酒類のあるこの倉庫に忍び込んで宴の続きをやっていたのだ。

「あいつらに引っ張り込まれたのか」

――いいえ。相談があるからとスベンに声をかけられて、ここへ。入ったら、すぐに後ろで戸を閉められて。

店で一緒に飲んでいたスベンと青年団は、倉庫に来る途中で港に向かうアレンカの姿を見かけたに違いない。青年団に入りたがっていたスベンは卑劣にもアレンカを騙し、彼らへの貢ぎ物にして逃げたのだ。

――そんなことよりも、魔術師、頼みを聞いて。あいつらは私が死んだことを知らない。生きていると思っているのよ。

「なんだって」

私は驚いて聞き返した。

傍らで怪力が飛び上がるのがわかった。

――本当よ。何人かはそうとも知らずに躍起になって私の死体を弄んでいた。教えてやれたら震え上がったでしょうに。

アレンカの声にほんの一瞬、嘲りの色が浮かんだが、すぐにそれまでにも増して切実な懇願の声になった。

――だから死体を隠してほしいの。そうすれば、あいつらは私が町を出ていったと思うわ。お願い、怪力に私を森の涸れ井戸に捨てるように頼んで。上から大きな石を落として蓋をすれば誰も気づかない。

「しかし」

──死体が見つかればどうなるか、魔術師にもわかるでしょう！

遺体が発見されれば、アレンカに対してなされた犯罪は白日の下に晒される。修繕屋の火事であれば、表向きは本人の火の不始末で通せた。だが、このような遺体が出てしまえば、どんな建前も吹き飛ぶ。

羽虫の女が強姦されて死んだ。やったのは町の人間だと誰もが薄々感づくだろうが、罪を犯した者たちに罰が下されることはない。事件を終結させるために無実の罪を着せられた羽虫の男が捕らえられ、その処刑を、人々は正義はなされたと快哉を叫びながら、あるいは後ろ暗い思いで調子を合わせながら見守ることになるだろう。こうして、ことの一部始終が先例となって人々の記憶の底に棲みつく。そしてそれがいつか何かのはずみで蠢き出した時、町の人間はもはやその気になりさえすれば、なんら咎められることなく羽虫の命を奪えるようになる。

──魔術師、お願いよ、怪力に頼んで！

しかし、これが最後ではないのだ。羽虫を標的にした非道な事件はいずれまた起こる。もうとめられないのだ。

「アレンカ、遺体を隠しても、それは時間稼ぎにしかならない」

──そうよ魔術師、それこそトゥーレが今、必要としているものなの！

アレンカがなぜ自分の死を歯牙にもかけず、これほどまで遺体を隠すことに懸命になっているのか、私はようやくわかった。

彼女は自分になされた犯罪を闇に葬ることで、トゥーレが暴力に晒されることなく、大人になるまでの時間を稼ぎたいのだ。大人になれば、どこでも好きな町へ行って暮らすことができる。そこではトゥーレの母が羽虫だったと知る者もなく、始まりの町を故郷にもつ人間として普通に生きることができる。

——お願い……。

アレンカの声は泣いていた。

私は怪力にアレンカの願いと共にその理由も伝えた。

だが、座り込んだまま肩を震わせていた怪力は、涙を拭ってそれを拒んだ。

「涸れ井戸に捨てたりなどしない。この人は人間だ。ちゃんと土の下で眠らせてやる」

私は怪力の言葉に頷いた。

「では、急ごう」

外の闇が薄れ始めていた。

怪力がアレンカの遺体を雨合羽で包み、肩に担いで倉庫を出た。いくらも経たないうちに車のヘッドライトが通りをよぎり肝を冷やしたが、見つからずにやり過ごせたらしくすぐに辺りは静かになった。

私は倉庫に残り、散乱したアレンカの衣類と持ち物をまとめてトランクに詰め直し、犯行の痕跡(こんせき)をすべて消し去ってから怪力のあとを追った。だがこの老いた目は、トゥーレがアレンカに贈った硝子石を見逃してしまった。

窟の前に戻ると、怪力が泥まみれになって一心不乱に深い穴を掘っていた。

雨合羽に包まれたアレンカの遺体の上に野の花が置かれていた。

アレンカが願ったのはなんら特別なことではなく、多くの母親が当たり前に望むことだった。我が子が暴力に晒されることなく安全な場所で育ち、大人になり、自分の人生を歩む。それを願う母親の数は、そう望まぬ者たちよりもはるかに多いはずなのに、その願いが奇跡を祈るに等しいほど不可能な時代と場所がある。あの夏の町は、すでにそうなりつつあったのだ。

トゥーレが懲罰召集で出征したのち私は考えた。母親の最後の願いを知れば、トゥーレはどのような苦境にも屈せず、生き抜くために力を尽くしてくれるのではないか。そして、アレンカの死の真相を記した手紙を彼の駐屯地に宛てて送った。

その後も町の若者たちは次々と戦場へ駆り出されていった。

洗濯場のラシャとその取り巻きたちが征き、青年団もあとに続くことになった。免れたのはウルネイひとりだけだった。父親のダーネクが早々に警察署長の座から引退し、息子に跡を継がせたのだ。ウルネイは町を守る守備隊の隊長を兼ねて町に残った。

中央府ですでにニュース映画の字幕制作の職についていたカイも召集で町に戻り、広場から戦地へ発っていった。物資の輸送中にガスパンが襲撃を受けて死んだのはそのすぐ後のことだった。

男がいなくなり、常々、戦地に赴く覚悟だけ勇ましく喧伝していたスベンも、三十代も半ばで召集されていった。スベンは広告塔として華々しく誇張した戦況を打電し続けたが、やがてそれも途絶えた。

†

十二月初頭の陽光に山の黄葉が映えている。

私は庭仕事の手を休め、菜園の椅子に腰を下ろす。陽のあるうちにと根を詰めたせいか、襟巻きの下がうっすらと汗ばんでいる。

戦地へ向かうトゥーレを広場で見送ってから、もう五年になる。

今年もまたネリネが花を咲かせていた。

やさしい花火のような白い花弁は、月明かりの下で花に見とれていたマリを思い出させた。時の経つのも忘れたようにネリネを眺めていたマリは、あれを少し分けてもらえないかと言った。

マリと初めて言葉を交わしたのも、この菜園だった。パラチフスが終息してしばらく経った頃のことだった。

窟から出てくると、薬草を植えた一角にマリが座り込んで、手当たり次第に草を引きちぎっては匂いを嗅いだり舐めたりしていた。私の姿を認めると、一瞬バツの悪そうな顔をしたが、マリはすぐに怒ったようにくってかかってきた。

「どれもこれも苦くて臭くて、区別がつきゃしないじゃないか」

大きな声を出した途端、痛みを感じたらしく顔を顰めて腹を押さえた。

監獄から病院に送られて三階建てに住み始めた娘のことは、羽虫の付添婦から聞いていた。その老いた付添婦は、菜園に現れては「これは葉巻屋も知らないことなんだけどね」と前置きした上で、一方的に喋りながら私の丹精した薬草を根ごと引き抜いていくのを自分の仕事の一環と考えていたようだ。居住区に病人が出ると薬草を持って馳せ参じ、謝礼にいくばくかの食料を手に入れていたが、あえて咎めることはしなかった。

私はマリを窟に連れていき、干したアケビの蔓を煮出して飲ませ、横にならせた。マリは少しのあいだ荒い息をついていたが、痛み止めがよく効いたらしく半時間ほどで起き上がると、興味深そうに窟の中を見回り始めた。その好奇心に満ちた目が、その昔、砂時計の荷馬車を覗き込んでいた少女の頃と少しも変わらないことに私は胸を衝かれた。

薬草をいくらか持たせてやろうと袋を探していると、マリが「これは何に使う道具なんだい？」と棚の上を指さした。それは、禁書を引き取りに行った際に本と一緒にトランクの底に入っていたものだった。

「それはスゴロク盤だよ」

遊戯というものをひとつも知らなかったマリはひどく不思議がった。ルールを説明すると、たちまち覚えて盤の四隅に駒を並べ、自分の駒がうまく進むと声をあげ、手を打って喜んだ。

マリはスゴロク目当てに日曜日ごとに窟へ通ってくるようになった。ちょっとした食べ物を持参しては、これを賭けて勝負しようと言うので、私も負けじと賞品を用意するようになった。余興に呼ばれた先で食べ物をもらうと、まずスゴロク用に菓子などを選んで取り置いた。仕事の声がかからない時は、山を歩き回って鳥の卵や木の実を探した。寒い時期は難儀したが、珍しい物を見つけてマリを驚かせてやりたかった。

互いの賞品を机に置き、私たちは常に真剣に勝負に臨んだ。マリは与えられなかった子供の時間を取り戻すように夢中になってサイコロを振った。私はそれを見るのが嬉しかった。わずかな間でも、マリを現実のつらい時間の外に連れ出してやりたかった。人の親となることのなかった私自身、欠落した半生をそうやって埋めていたのかもしれない。

あれはハットラが事故に遭った直後の日曜日だった。

菜園に姿を見せた付添婦から命に別状はないと聞いてとりあえず胸をなで下ろしたが、町中が事故の話で持ちきりだった。しかし窟にやってきたマリは、ハットラのことは一切口にせず、何事もなかったかのように嬉々として勝負を始めた。良い目を続けて出し、勢いに乗ったマリに早々に勝ちが傾いた。ところがマリは、ちょっと休ませておくれと言うなり駒を倒して机に突っ伏してしまった。触れるとひどい熱があった。

私はすぐに彼女をベッドに運び、干したニワトコの花を煮詰めたお茶を作って飲ませた。マリは昏々と眠り、私は手ぬぐいを絞っては額を冷やした。

明け方、私は椅子に座ったままうたた寝してしまったらしい。目を覚ますと、横たわったマリがぽっかりと目を開けて窟の天井を見上げていた。熱と一緒に何かが体から抜け出てしまったかのように、マリはしんと疲れて澄んだ顔をしていた。

「夢を見たよ」と、マリは闇を見上げたまま言った。「そこは高い山の上でね、雪が降ってるんだよ。小さいのは風の中で浮かんだり沈んだりしながら。大きいのはクルクル回りながら。あとからあとから降ってきて、とても綺麗なんだ」

マリはそう言うと目を閉じて再び眠りに落ちた。

深く傷つき、疲れ切ったマリを、私はどうしてやることもできなかった。

十一月も終わろうというある夜、袖なしの服を着て突然現れたマリは、あの年初めて咲いたネリネを、腕いっぱいに大切そうに抱えて帰っていった。私は無力な自分の代わりにアレンカが、まるで幼馴染みのようにマリの腕をさすって痛みを和らげようとしているような気がした。

その後も私はフユイチゴやヤマガキを用意して待ち続けた。

だが、マリが現れることはついになかった。

「魔術師、もうすぐトゥーレが帰ってくるんだよね」

ナリクの声がした。

「ああ、そうだよ」

私は膝に手をついて菜園の椅子から立ち上がり、襟巻きを結び直す。

このあいだ一足早く戦地から帰ってきたカイが、トゥーレもおっつけ戻るだろうと教えてくれたのだ。

トゥーレはようやくアレンカの眠る場所を訪れることができる。

「帰ってきたら教えてね」

そう言うとナリクは天日干しの終わった薬草の束を抱え上げた。私は地面に広げた藁筵を端から丸めていく。あとは干した薬草のいくつかを炒って粉末にし、油漬けにしたものから膏薬を作る。もう数日で作業は終わるだろう。

藁筵を担いで身を起こすと、ナリクが無意識につま先で地面を軽く蹴るのが目に入った。それはナリクの昔の癖なのだが、今もごくたまに顔を出すことがある。中央府で暮らしていた頃は足の爪が割れていたというから、それでもずいぶんと良くなったものだと思う。

ナリクはカイが中央府から連れてきた羽虫の子供だった。

どうしてそんなことになったのか、経緯を聞いた私は、いかにもカイらしいと思ったものだった。

カイは当時、中央府で映画の字幕を作る会社に勤めていたのだが、その日は仕事が立て込んで帰りが真夜中過ぎになってしまったのだという。

寝静まった通りをアパートに向かっていると、通りの角に小さな男の子がひとりポツンと立っていた。時刻が時刻だけに、カイは思わずゾッとしたらしい。しかしよく見ると子供は片方のつま先で地面を蹴りながら落ち着かない様子で辺りを見回しており、カイの姿に気づくと切羽詰まった表情で立ちすくんだ。そこでカイはピンときた。子供は夜盗の見張り役ではないか。

中央府には町とは比べものにならないくらいの大勢の羽虫がいるが、差別と困窮はいずれも同じで、中には集団を組んで夜盗を働く者たちがいる。

カイが急いで角を曲がると、案の定、少し先のカメラ屋から数人の若者が商品を盗み出して車に積み込んでいた。だが次の瞬間、店に灯りが点った。夜盗たちは大慌てで車に飛び乗り、アッと声をあげた子供の目の先で急発進するや、たちまち遠ざかった。

車を追ったナリクは、銃を手に店から飛び出してきた主と鉢合わせすることになった。大柄な主はナリクの襟首を摑んで、奴らの仲間だなと息巻いた。ナリクは大声で、違うよと言い返すと、駆けつけたカイの上着を摑んで、この人と散歩していたんだと主張した。

カイは唖然として口もきけなかったという。

主はカイの身なりを一目見て羽虫ではないと判断したようで、今度はからかうように、この人がおまえの友達なのかとナリクに訊いた。友達にしては年が離れ過ぎているとナリクは考えたらしい、首を横に振ってこう答えた。

友達じゃなくて、お父さんだよ。

それを聞いた時、私は正直、カイを気の毒に思った。カイは子供の頃から大人びてはいたが、老けて見えたわけではなかったし、この時まだ二十歳そこそこだったのだ。衝撃を受けているカイの傍らで主は大笑いしたあげく、お父さんが色つきじゃないのに、なんでおまえは色つきなんだ、とわざとらしく驚いてみせた。

ナリクはマリと同じ褐色の肌をした羽虫の子供だったからだ。

それでもナリクは引き下がらずに、僕はお母さんに似たんだと喚(わめ)いた。毒気を抜かれたのか、子供相手に馬鹿馬鹿しくなったのか、主は大きなため息をついた。そして、いいか小僧、さっきの奴らの所へ戻ったら大人になるまで生きられないぞ、と言い捨てて店に戻っていった。

ナリクは肩を揺すって上着を直すと、車が去った方向に迷いなく歩き出した。そして一区画ほど歩いた後、不意に鬱陶しそうな顔で振り返り、ついて来るなよと言った。カイは自分のアパートに向かっていたのだが、そう答えるのも癪で、じゃあ君が後ろを歩けとナリクを追い越して歩調を速めた。

そのままさっさと歩き続け、もういないだろうと思って後ろを見ると、先ほど立ち止まった角で豆粒のようなナリクがウロウロしていた。どちらの方角から来たのかわからなくなっているのは一目瞭然(りょうぜん)だった。

その姿を見ているうちに、とカイは私に話してくれた。

——店の主がナリクに言った最後の言葉が、なんだか急に胸にこたえてね。

結局、カイは通りを引き返した。

ナリクは途方に暮れて路上に座り込んでいた。

親は、とカイが尋ねると、ナリクはうつむいたまま、いないと答えた。

カイは一晩のつもりで食事と寝床を与え、親のない羽虫の子供を収容する救済院に連絡を取り、「満員なので一週間待て」と言われ、やがていつ連絡しても「一週間待て」と言われることを学び、癇癪を起こしながらもナリクに、飯を食わせたからといってお礼に万引きしてこなくて良いと教え、つま先で地面を蹴る癖をやめさせようとした。さらに言葉遣いを直してやり、文字を教えてやるようになり、そのうちナリクは勝手に洗濯や部屋の掃除をするようになった。そうして気がつくとカイはナリクと二年を過ごしていた。

召集で帰郷を命じられたカイは、ナリクを連れて町に戻った。判事の職を継がなかったことですでに絶縁されていたので家には帰らず、この窟にやってきた。

幼いながら利発で鼻っ柱の強そうなナリクを初めて見た時、私はマリの子供がこの世に生まれていたら、こんなふうだったかもしれないと思った。

カイはナリクを私に託して戦地へ向かったのだった。

一年ぶりにカイが戻ってきた時、ナリクは私がこしらえた藁のベッドで眠っていた。その寝顔をカイは長いあいだ黙って見つめていた。

それからゆっくりと机の方に来て腰を下ろすと、感慨深げに呟いた。

「少し見ないうちに大きくなったな」

私は甘いお茶を淹れてカイの前に置いた。

「一緒にいると気づかないものだが、去年のセーターはもう袖が短くなっていたよ」

「ナリクはきっと手を焼かせただろうね？」

カイは申し訳なさと不安が入り交じったような顔でわずかに語尾を上げた。

「いや、水を運んだり薪を拾ったり、色々と手伝ってくれて助かっているよ。まあ、親切心が旺盛なのは悪いことではないからな」

やはり、という表情でカイは尋ねた。

「なにかやらかしたんだね？」

「私が年寄りであまり食べないものだから心配になったんだろう、自分の粥をこっそり取っておいてな、私が菜園の椅子で口を開けてうたた寝しているところへそうっと流し込もうとした。それも、わざわざ火を熾して温め直した飛びきり熱いやつをな。私は久しぶりに全力で走ったよ。水瓶までな」

カイは私に詫びながらも笑いを堪えられなかった。

ひとしきり笑うと、カイはふっと黙り込んだ。

何を言いたいのかわかっていた。

だが、私はカイがその言葉を口にするのを待った。

ナリクの顔を見て、私にそれを告げるためにカイは戻ってきたのだから。

しかし、ありえたかもしれない様々なことが頭をよぎるのだろう、カイはなかなか口を開くことができなかった。

やがてカイは一言一言、噛みしめるように言った。

「魔術師。ナリクのことを、頼めるだろうか」

「頼まれよう。君は安心して旅立つといい」

いつのまにか目を覚ましたナリクが、ベッドに座ってこちらを見ていた。

カイが出征する時も窟の前に立って気丈に笑顔で見送ったナリクが、大きな瞳から涙をこぼしていた。

私の前に座ったカイの姿が、ナリクには見えていない。だが、彼はそれを感じているようだった。

「カイは死んだんだね？」

ナリクは私を見て尋ねた。

私は黙って頷いた。

ナリクは立ち上がり、目を閉じて虚空に両腕を差し伸べた。

カイはナリクを抱きしめ、そして旅立った。

私はしばらくナリクをそっとしておくつもりだった。

だが、早くに両親を亡くしたナリクは、事態を理解して自分なりに何か心に定めたことがあるらしかった。三日目には起き出して猛然と薬草の区別と効能を覚え始め、今も眉間(みけん)に皺が寄るほど真剣な面持ちで乳鉢に向かっている。

「今日はもう遅いから、あとは明日にしてお休み」

膏薬に混ぜる蜜蠟(みつろう)を溶かしながら、私は声をかけた。

「これだけ終わらせたらね」

ナリクは乳棒を握った手を止めずに答えた。

夜の窟に、薪のはぜる音がしていた。

こんなふうにナリクとここで過ごす日も、もうあとわずかなのだと思った。こんな夜があってもいいかもしれない。

私は蜜蠟の鍋を机に運び、ナリクの隣に座って膏薬を作り始めた。

†

大きな背囊(はいのう)の中には、食料と身の回りの必需品、薬草を用途別に分けた小袋と膏薬の缶が詰まっている。私は麻の口紐を固く結んで、それを背に負った。

常よりもしっかりと朝食を取ったナリクは、すでに自分のリュックを背負い、鳩小屋を片付けていた。エルネスティナとウォルフレンはやはり戻ってこなかった。

扉を開けてやると、ナリクは払暁の薄明かりの中に駆け出していった。

私は長い時間を過ごした窟を一瞥（いちべつ）し、幾多の思い出に別れを告げた。そうしてナリクと共に山を下りた。

広場で、トゥーレが待っているだろう。

朝焼けの光が辺りを染め上げる頃、私たちは広場に着いた。

町の誇りを象徴する石の塔は、台座だけを残して倒壊し、雪崩の裾のように砕けた石の残骸を広げていた。守備隊の隊長として塔の先端で見張りについていたウルネイは、崩落する塔に呑み込まれて死んだ。

家々がのきなみ焼き払われたせいで広場から北の山の稜線（りょうせん）が見通せたが、一列に並んだ風力発電機は玩具（おもちゃ）の風車のように薙（な）ぎ倒されていた。

町は空からの爆撃で壊滅した。

伯爵はそれよりずっと以前に逃げ出していたが、捕らえられ、生きながら晒し者となる辱めを受け、敵の捕虜収容所で憤死した。一方、かろうじて戦禍を生き延びた者たちは敵軍の侵攻を恐れて四散した。博物館は敵兵の略奪に遭い、王の地の吊り鉢もコンテッサの日時計もどこへともなく消え失（う）せた。

私は広場に立って早朝の光を受けた町を見回した。

始まりの町は、世界中のどこにでもある町のひとつ、瓦礫の町となっていた。

だが、戦争は結果にしか過ぎない。夥しい死は、無数の人々の選択の結果、あるいは選択を放棄した結果、または選択と思わずに同調した結果なのだ。この町は理性と良心を忠誠心にすり替え、次世代への責任を力への盲従で埋め合わせ、そうして見たいものだけを見て歳月を浪費してきた。

「ここで待っておいで」

ナリクにそう言って私は塔の残骸の方へ向かった。一枚の紙切れが石で押さえてあるのが目に入ったのだ。

瓦礫の中に屈(かが)んで、私はそれを手に取った。

あの夏のお祭りの写真だった。

夏の夕暮れ、この広場は色とりどりのイルミネーションで飾られ、屋台が建ち並び、仮設舞台では生バンドの演奏と福引きが行われたのだ。

一瞬、私は遠い夏のざわめきに包まれた。

ランタンを載せたいくつもの円テーブルでは町の人々や客船の旅行客が寛(くつろ)いでいた。テーブル席のひとつに、アレンカとガスパンに挟まれて初等科七年生のトゥーレが座っている。少し後ろにハットラの一家の姿もある。人混みの中に、図書室の本を抱えたカイが佇んでいる。舞台正面の特等席には見つめ合う伯爵とコンテッサが、下手近くにはくわえ煙草のマリが、さらに黄色い日傘を振り上げて走るパラソル、首をすくめて逃げ出す制服の怪力、おどけた様子でパラソルを指さした葉巻屋もいる。

その一枚には、忘れがたい人々の姿がすべて写し取られていた。

この夏から半年のうちに、五人がいなくなった。アレンカ、マリ、怪力、コンテッサ、そして葉巻屋。一年の後、ひっそりとパラソルが逝き、多くの若者たちが戦地へ駆り出され、ガスパンも死に、人々は逃げ去り、今はもう私だけになった。

「おかえり」

私は声をかけて立ち上がった。

目の前にトゥーレが立っていた。その変わりように、私は思わず目を瞠った。すっかり少年の面影が消え去り、彼は立派な青年に成長していたのだ。

「五年ぶりですね」

覚えているよりも少し低い落ち着いた声だった。

「よく帰ってきたね」

青年は昔と同じ懐かしい苦笑を浮かべて言った。

「私は母の望みどおり大人になれましたが、あなたのように年を取るという夢は叶いませんでした」

そう、彼の時間は青年のまま終止符を打たれた。それを思うと、先に戻ったカイを見た時同様、胸が締め付けられた。

だが、トゥーレは穏やかに私の背嚢に視線を移した。

「町を離れるんですね？」

「ああ。君を待っていたんだ。カイがおっつけ戻ると教えてくれたのでね」

「カイは私より四年も遅れて戦地に来たのに、先に町に戻るんですから困った奴です」

私たちは大きな四角い石に並んで腰を下ろした。

「カイが出征してからはずっと一緒だったのかね?」

「いいえ、一緒だったのは最後の一ヶ月だけです。塹壕の中でひとつの缶詰を分け合って食べながら、私は母の死について語り、カイはマリのことを話してくれました。それからナリクのことも。町に戻ったら会わせてやると言っていた」

†

カイと最後に話したのは内陸の地の森の中でした。隊はちりぢりに敗走しており、私は負傷した彼を引きずるようにして逃げていました。しかし、どんなに励ましても彼はもう立っていることもつらそうでした。少し横になりたいと言うので、灌木の陰に落ち葉を集めて寝かせ、水筒の水を飲ませました。

灰色の雲が垂れこめた寒い日で、私は銃を握ったままカイの傍らに身を屈めて辺りの様子を窺っていました。散発的に聞こえていた銃声が少しずつ遠のいていき、やがて森は静寂に包まれました。

――塔の地が何をしてくれるかなんて、考えたこともなかった。

唐突にカイが言いました。

――塔の地のために、何ができるかしか考えなかった。だから、中央府で指導部に抵抗している人たちを見ても僕は反感しか抱かなかった。あんな態度は間違っている、身の丈をわきまえずに跳ね上がっている。そういう考え方が骨の髄まで染みこんでいて、嫌悪だけしか湧いてこなかった。指導部の言っていることが正しいかどうかよりも、あの人たちの存在のほうがうとましく、腹立たしかった。

カイは苦しそうに目を閉じて、少しのあいだ何かを堪えるようにじっと黙っていました。

目尻から涙が伝い、カイは大きく息をついて目を開けました。

――僕たちは何を教えられてきたのだろう。どうして今、ふるさとを遠く離れたこの場所にいるのだろう。どうして見知らぬ場所で死ぬのだろう。大事な者を抱きしめることもできずに。こんなふうに戦うのなら、抵抗するべきだった。でも、もう遅い。

闇雲に前進を強いられた私たちは食糧の補給もなく退路を断たれ、多くの兵が飢えと寒さで死んでいくのを目の当たりにしていました。仰向け(あおむ)に横たわったカイの顔も、出血と寒さで目に見えて青褪めていくようでした。私は何かをカイと話していたかった。話しかけることで、カイの声を聞いていたかったのです。

私はこんなふうにカイと二人でいたことがあったのを思い出しました。

――カイ、ホルトノキの木陰で話した時のことを覚えているか。

最後の客船が来たあの夏、私たちはそれぞれにどうしようもない気持ちを抱えて海岸のホルトノキの木陰に座っていました。

――ああ、覚えている。僕はトゥーレが来るのを昼前から待っていたんだ。りんごを食べずにね。

――そうなのか？

――それくらい、思いを致してほしかったね。

そう言うと、カイは子供の頃のような皮肉な笑みを浮かべました。

あの日、私たちの投げたりんごの芯は、二つとも波打ち際まで届きませんでした。はなればなれに転がって砂にまみれたりんごの芯が鮮やかに記憶に残っていました。きっとカイもそうだったのだと思います。しかし、私たちは二人ともそのことをあえて口にしませんでした。

私たちは長いあいだ、遠くにいることでしか友人でいられなかった。そのことが、とても悔しく、悲しく思えました。

寄せる波のように『マリは特別だよ』と言った時のカイの顔が思い出されました。あの時、カイはすでにマリの秘密を知っていました。そして〈嘘つきのマリ〉の逸話を信じていた。

不意に私は自分でも思いがけないことを尋ねていました。

――君は、マリのために奇跡を願ったんじゃないのか。

カイは黙って空を見上げていました。

それから、とても安らかに微笑んで言いました。

——雪が降るといいのにな。何もかも平らかに覆いつくす雪が。

カイが遠くに行ってしまうような気がして、私は咄嗟に彼の肩に手を置いていました。

しかし、カイは静かに私を見つめて言いました。

——僕は、ここで雪を待つ。

それは私には立ち入ることのできない、カイの、生への決別の言葉でした。カイは私に行ってほしいのだとわかりました。

森は鳥の声ひとつなく静まりかえっていました。

私は、わずかに水の残った水筒を残してカイのもとを立ち去りました。

私が死んだのは、その七日後でした。

†

「その写真はあなたが持っていてください」

トゥーレの言葉に、私はあらためて手の中の写真に目を落とした。そこには、まだ子供だったトゥーレとカイがいる。

子供たちは常に、大人たちによってあらかじめ形作られた世界に生まれてくる。大人が見たいものだけを見て浪費した歳月の負債は、常に彼ら次の世代が支払うことになるのだ。あの夜、祭りを楽しんでいた大勢の町の人々は、自分たちが子供たちを死に追いやる側に加担しているとは思ってもいなかっただろう。

「魔術師はこれからどちらへ」

「ナリクと共に声の地に向かうよ」

トゥーレは二度、大きく頷いた。

それから立ち上がって広場の一隅に曇りのない笑顔を向けた。

「彼がナリクですね」

私はてっきりナリクが瓦礫で小山をこしらえるか何かしてひとりで遊んでいるものと思っていたが、意外にもじっと立ってこちらを見つめていた。

手招きをして呼ぶと、ナリクはすぐさまリュックを弾ませて駆けてきた。見えないとわかっているだろうに、近くに来るとやはり目を皿のようにして辺りを見回さないではいられないらしい。

「トゥーレはここにいるよ」

私は彼の顔のあたりを指さして教えてやった。

するとナリクはなにやら改まった様子で背筋を伸ばし、トゥーレを見上げた。

「僕はナリクです。魔術師には、僕がついているので安心してください」

そんなことを考えていたのかと、私は微笑ましい気持ちでトゥーレに目をやった。彼がナリクに何か言ってやるだろうと思ったからだ。

しかし、トゥーレはどこかに心を攫われたようにぼんやりした顔をしていた。

「どうかしたのかい？」

「いえ」

トゥーレは目を伏せて小さな笑みを浮かべた。

「なんだか急に、初めてトラックに乗って峠を越えた時のことを思い出して。トンネルの前で父がトラックを停めてくれて、私は町を見下ろしたんです。真夜中なのに、映画館のネオンがついていた」

私は、トラックの脇に立って遠くに輝くネオンを見つめていた少年の日のトゥーレを思った。アレンカの不在を受け入れ、自分の意志で初めて人生を区切る線を引き、未知の世界に踏み出そうとしていたトゥーレは、今のナリクのような顔をしていたのかもしれない。

トゥーレは精悍なまなざしで私を見つめて言った。

「ナリクに伝えてください。君なら大丈夫だと」

言葉どおりに伝えると、ナリクは口元を引き締めて右手を差し出した。トゥーレは友人のようにその手を握った。

私たちは別れの言葉を交わし、トゥーレはアレンカの眠る場所へ向かった。

その背中を見送りながら、この町に生まれた二人の子供は、それぞれに奇跡を願うしかなかったのだと思った。

あれは遠い昔の冬の晩、新年会の余興に呼ばれた帰り道だった。余り物の料理の包みを抱えて路地を出ると、がらんとした通りをカイがひとり覚束ない足取りで歩いていた。見るまにカイはふらついて道端の建物に手をつくと、そのまま座り込んでしまった。私は具合でも悪いのかと駆け寄って「大丈夫かい？」と声をかけた。

うな垂れたカイは晩餐会の正装で、胸には新年の花飾りをしていた。

「僕のことなんて、どうだっていいんだ。あの人は、僕のことなんて、考えるいわれはないんだ。なのに……」

カイは泣いていた。私が誰かもわかっていないようだった。

「あの人というのは」

尋ねかけて、私は彼が三階建ての方から歩いてきたのを思い出した。カイは秘密を知ってしまったのだと悟った。

知ってしまえば、もうそれを知らなかった頃の自分には戻れないのだ。

私はカイの頭にそっと手を置いた。

「マリは君のことを心配していただろう」

驚いて顔を上げたカイは、目の前にいる〈魔術師〉が秘密を知っているのを理解した。

カイは涙をこぼしながら私のローブの肩口を摑んだ。

「魔術師、マリのために奇跡を起こして」

カイの願いを叶えてやれたら、どんなにいいだろうと思った。だが私にはそんな力はなかった。泣き崩れるカイの背中を、私はただおさすってやることしかできなかった。

けれども、マリの心が壊れて迷路のような時間の庭をさまよいだした時、それは訪れたのだ。長い歳月、この町で最も過酷に虐げられてきた一人の羽虫の娘のうえに。

私はあの年越しの夜、驚きに打たれて空を見上げた。

この町の人も樹木も動物も初めて触れた深く冷たい大気の中に、静かに雪が降っていた。暗い空いっぱいに雪片が踊り、あとからあとから降りてくる。

マリが夢に見たと言った雪が頰に掌に舞い落ちるのを感じながら、私は、これはマリのためだけに降る雪なのだと思った。

すべての家々の屋根に、通りに、森に等しく降りつもり、白く柔らかに包み込んでいく雪。それは、人の手の届かない奇跡——慈悲と慰めに満ちた恩寵だった。

そのような奇跡を前に、人の営みははるかに小さい。

もし人のなし得る奇跡があるとすれば、それはおそらく、奇跡を望む者の眼前にたちまちにして成就されるようなものではないのだ。

奇跡とは、今、ここにないものだ。だからこそ、それは人の心に切実な願いとして存在する。トゥーレが願った、母親がありのままで当たり前に暮らせる町。アレンカが願った、子供が暴力に晒されることなく成長できる町。コンテッサが願った、羽虫が尊厳を持って生きられる新しい町。それらはいずれも奇跡でしかありえなかったのだ。

人がよりよい世界を願い、それを実現しようとする時、そこには長く困難な歳月が横たわっている。力を持つ者から迫害を受けることもあれば、今ある現実につき従う者から誹謗(ひぼう)され、心を打ち据えられることもあるだろう。けれども、細い水の流れが集まって小川となり、それが河となり、やがて太く力強い大河となってついには海に至るように、それが実現する時には、かつて奇跡として願われたものは、あたかも自然とそうなるべくして成就したかのように見える。

人のなし得る奇跡、力ない者たちの奇跡とはそういうものなのだ。

私は、なぜ農奴の長を蘇らせてはならなかったのか、その真の理由が今はわかる気がする。長の遺志は、生きている者に継がれなければならなかったのだ。生きた者が力を尽くし、また継がれていく。人の奇跡は時間の軸の中にあるのだ。

始まりの町の人々が、力を持つ者たちに次々と明け渡していったものは、もしかしたらそのようにして成就された奇跡だったのかもしれない。人の尊厳や町の公正さ、それらが長い時と多くの犠牲のうえに成り立ったものであったとしても、いつしか当然のものとなり、誰も気に留めなくなり、そして人々の大いなる無関心のうちに、瞬く間に失われていった。

たとえコンテッサが望んだ羽虫たちの新しい町が作られていたとしても、成就された奇跡を見守る者たちがいなくなれば、同じ道を辿ったかもしれない。おそらく、あらゆる町がそのようになり得るのだ。

清冽（せいれつ）な朝の光の中に、始まりの町の誇りであった石の塔が形もなく倒れ伏している。

人の力でたちまち成就する奇跡は、破壊だけなのだ。

トゥーレから託された写真を、ナリクが見つめていた。

「みんな、ここにいたんだね」

「ああ。みんなここにいたんだ」

ナリクと共に私は歩き出す。

私は、彼らがいたこの町の物語を、私たちの物語を、声の地の石板に刻む。

あとの時代から来る者が変えることのできないように。

変えれば醜い痕が残るように。

ナリクのような子供がおとなになっても、変わらないものを読めるように。

同じ過ちを繰り返さないように。

頑（かたく）なな憎しみの芽を育てないように。

今、私はフォアティマの言っていた遥かな遠い未来に立っている。

〈了〉

本作のタイトルはパウル・ツェラン「夜ごとゆがむ」の一節によります。
飯吉光夫さんの訳より使用させていただきました。

——太田　愛

解　説

鴻巣友季子（翻訳家）

『彼らは世界にはなれば立っている』をわたしはこう評したことがある。「これは、過去でも未来でもない「今」だ。目の前にあるのにあなたが見ようとしない現実だ」

本作はいわゆるファンタジー小説ではない。幻想文学でもない。なぜなら、作者がここに描きだした世界は、わたしたちの目の前に現実としてあるものだからだ。その意味では、諷刺文学と言うべきだろう。

とはいえ、舞台となる国も年代も明記されていない。固有名詞ではなく「魔術師」とか「怪力」とか「修繕屋」とか「葉巻屋」などと呼ばれる人たちもいる。その意味では、普遍性のある寓話のスタイルに近い。

あるいは、こうした呼称形式や「コンテッサ（伯爵夫人）」というイタリア語の呼び名が印象的なことから、イタリア発祥の即興喜劇「コメディア・デラルテ」を想起する読者もいるかもしれない。道化役の「アルレッキーノ」、大食漢の「プルチネッラ」など典型化されたストックキャラクターが特徴の劇だ（本作中にはそのほか、ドイツ、東欧、北欧、アラビア語圏、ペルシャ語圏と思しき名前が多彩に混在している）。

■＊この先はすじがきに触れるので、未読のかたは気をつけてください。

誇り高き「塔の地」にある「始まりの町」。それが本作の舞台である。トラック輸送業者の息子トゥーレ、道で行き倒れになっているところを拾われたマリ、代々吸い殻の葉で煙草を自製して売っている葉巻屋、怪しげな魔力をもつという魔術師の四人が語り手となり、町に客船が訪れた祭りの夜に端を発するひとりの女性の失踪と、その後の経緯、町の歴史、町が戦争に巻きこまれていく過程などを、異なる視点から語っていく。

「始まりの町」はかつて「中央府」を擁し、客船が頻々と訪れる町だった。伯爵家がホテルや博物館などをいくつも経営して、町を潤わせ――魔術師が第4章で語るところによれば――先代の伯爵の時代までは、「町には古い商店の並ぶ通りがあ」ったという。また、そこには良き文化もあった。「広場では色々な集会や音楽の演奏、美術作品の展示発表が自由に行われていた」のだ。ところが、そのうち中央府は「勢いに勝る第四の町」へ移され、「始まりの町」の凋落が始まったらしい。

現伯爵に代替わりしてから、人びとの生活も急に変わった。端的にいうと、中央集権化、全体主義化し、管理体制の強い独裁傾向が強まり、選挙が廃止されて、議員は世襲制に類似したものとなった。いつのまにか民主主義が死に瀕してしまったのだ。

こうなるとなにが起きるかといえば、決まっている。新陳代謝がおこなわれない独裁組織は内部から腐っていく。そして、腐敗と麻痺は同時に進行することが多い。本作中には腐臭を嗅ぎつけている者もわずかながらいるが、ほとんどの民たちは、このような時代に生きることに「慣れていった」。仕方がないものとして受け入れていった」という。ある人物の口にする「泣いて元に戻るものなんて、この世にありゃしないんだよ」という言葉が象徴的である。これは独裁的な管理体制下で生じる深刻な「症状」なのだ。法律も機能しなくなる。町政と司法が癒着し、租税を多く払っている金持ち、すなわち〝上級市民〟は罪を逃れ、伯爵の代替わりの頃から増えたという「羽虫」たちに罪を着せようとする。羽虫とは、貧しい移民を指す語のようで、なかには有色人種もいる。町で起きた伝染病の流行までが、この羽虫のせいにされるのである。

ひと言でいえば、ディストピア社会のできあがりだ。

だが、このようなことは、現実世界の過去にも現在にも起きているだろう。

■

冒頭で一枚の写真が提示される。久方ぶりに客船がやってきた祭りの夜に撮られた一葉の写真。語り手のトゥーレはここに写る人びとを見て、深い感慨を抱く。そこに写っているのは、十三歳の自分、伯爵、伯爵の養女コンテッサ（実質、伯爵の妻）、魔術師、褐色の肌を持つマリ、聖愚者を思わせるパラソルの婆さん、怪力、葉巻屋、赤毛のハットラ、判事の息子カイ、そしてトゥーレの父ガスパンと母アレンカだった。

このうち伯爵、コンテッサ、カイ、ガスパンを除く人びとは、「羽虫」と呼ばれる者か、羽虫と町民の血が混じった者だ。住める場所も就ける仕事も、町民たちとは差別され、いわば隔離政策が実施されている。

トゥーレが長らく学校でいじめにあっているのも、母が羽虫だからだ。アレンカは輸送業の父が遠い土地で出会って連れてきたのだった。しかしそれを言えば、コンテッサも伯爵が妻の死後、外遊した際に見染めて養女にした女性なのだ。彼女も羽虫ではないか？　という疑問は当然湧くだろう。コンテッサ自身も「そういう人たち（塔の地で生まれ育った人たち）から見れば、私も羽虫ってわけね」と言っている。

とはいえ、彼女は羽虫ではない。少なくとも、羽虫扱いは決してされない。それは一つに、養父の伯爵が桁外(けたはず)れの資産家であり有力者であるから。それに加え、裕福な伯爵が外遊した国というのは、わたしたちの世界でいえば、欧米の、先進国なのではないか。おそらくコンテッサはそこの上流白人のような特権階級に属しているのだ。こうした差別意識はわたしたちのすぐそばにもあるだろう。日本への〝移民〟と言ったときに、どんな情景が思い浮かぶか、頭のなかで試してみてほしい。

その夜の写真におさまった人びとの身に、この後、つぎつぎと悲劇が降りかかる。コンテッサはわがままで居丈高に見えるが、じつは羽虫たちの暮らしをよく見ており、折々にケアや救いの手を差し延べる。彼女は何者なのか？

■

そもそも「始まりの町」の選挙はどうしてなくなってしまったのだろう？　ここには

非常に耳の痛いことが書かれている。以前は「民選」と呼ばれる議員を市民が選ぶ制度があった。ところが、投票に行く人がだんだん減り、投票率が半分を割るようになってしまったというのだ。日本も他人事ではない。

そこに至るまでには、中央府の「指導部」のさまざまな誘導があったようだ。〈誇りと団結〉を旗印に〈忠誠法〉という新法を制定し、「規則の遵守」「全体への奉仕と調和」「指導者への敬愛と恭順」を掲げて、愛国心と忠誠を徹底して市民に叩きこんだ。

また、先述したように、音楽、美術、演劇、舞踏、文芸等において、「個人の野放図な創作活動は、美しい団結を蝕み、健全で堅実な生活を堕落させる可能性を有する」として、指導部の「適切な助言」のもとで行うようにした。

同胞愛と家族愛を主題とした芸術が推奨され、「家長を中心とした正しい家族のあり方も指導されるようになった」という。粘り強く地下出版をつづけていた人たちは逮捕されて矯正施設に送られた。

貧富の格差が広がるにつれ、医療は金持ちだけのものになり、重病人は家族で看取りをすべしと指導される。つまり、万人に平等であるはずの公助や福祉というものが機能しなくなってしまったのだ。

あるとき町にパラチフスが流行すると、その混乱のなか、突然「日報」が廃刊になり、市民は死者数もわからなくなる。市民の耳や目に入る情報や知識を抑制するのが管理国家の常套である。

その後、中央府はいよいよ民選の廃止に取りかかる。政府の顔色ばかりうかがっているらしいメディアは、有権者の半分以上は投票しない選挙に莫大(ばくだい)な予算を使うより、それを福祉や教育に分配しようと呼びかけた。りっぱな「憩いの家」で老後を過ごす話や、才能を開花させる子どもたちの話などが、仮想ドラマとして放映された。そうしてパラチフスの感染流行の翌年、疑わしい市民投票の結果、民選が正式に廃止になったという。志願兵の募集（実質、徴兵）が始まるまでに時間はかからなかった。

わたしは文学作品においてディストピア当局が採用する「三原則」というものをしばしば挙げるのだが、その一つは、まさに本作にも書かれている「芸術・学術への弾圧」であり、もう一つは「リテラシーと知識の抑制」である。ちなみにもう一つは「妊娠・出産・子育てへの介入」だ。

こうして「始まりの町」はディストピア体制へとみごとな（と言うのもへんだが）変容を遂げたのである。

■

解説の最後に、『彼らは世界にはなれはなれに立っている』という詩的なタイトルについて。これは、ルーマニア領（現・ウクライナ）生まれでドイツ語で創作したユダヤ人パウル・ツェランの詩「夜ごとゆがむ」から取ったという。ナチスに迫害されたユダヤ人たちが寒さのなかで凍えているようすを書いた詩だ。この小説と美しく、むごく、響きあうので、一部ではあるがぜひ読んでいただきたい。

　夜ごとゆがむ
ここがぼくらの追いすがった者らの
憩う場所——

かれらは時刻を数えまい、
雪片を数えまい、
川のながれを堰（せき）まで辿（たど）るまい。

かれらは世界にはなれればなれに立っている。
それぞれがそれぞれの夜のもとに、
それぞれがそれぞれの死のもとに。
無愛想に、頭には何も被（かぶ）らず、
遠近（おちこち）の霜を頂いて。
（パウル・ツェラン、飯吉光夫訳）

まるで、『彼らは世界にはなればなれに立っている』に紡がれた世界を詩語に結晶させたようだ。本作でも「川」「雪」「時刻」「頭の被りもの」は重要なアイテムとなっている。

「なぜ町の人間は抵抗しなかったの」とある作中人物は問うが、読者の頭にも同じ問いが浮かぶと思う。しかし「始まりの町」の人びとが最終的には人権をみずから手放したということは忘れてはいけないだろう。

その人権と自由をとりもどすために、作中のあの人物もこの人物もひっくり返った町で力を尽くしたのだ。『彼らは世界にはなればなれに立っている』には、わたしたちの過去も現在も未来も写しとられている。恐るべき傑作だ。

本書は、二〇二〇年十月に小社より刊行された
単行本を加筆修正のうえ、文庫化したものです。

彼(かれ)らは世界(せかい)にはなればなれに立(た)っている

太田(おおた) 愛(あい)

令和5年 8月25日 初版発行

発行者●山下直久

発行●株式会社KADOKAWA
〒102-8177 東京都千代田区富士見2-13-3
電話 0570-002-301(ナビダイヤル)

角川文庫 23768

印刷所●株式会社暁印刷
製本所●本間製本株式会社

表紙画●和田三造

●お問い合わせ
https://www.kadokawa.co.jp/(「お問い合わせ」へお進みください)
※内容によっては、お答えできない場合があります。
※サポートは日本国内のみとさせていただきます。
※Japanese text only

ISBN 978-4-04-113862-5 C0193

◇◇◇

角川文庫発刊に際して

角川源義

第二次世界大戦の敗北は、軍事力の敗北であった以上に、私たちの若い文化力の敗退であった。私たちの文化が戦争に対して如何に無力であり、単なるあだ花に過ぎなかったかを、私たちは身を以て体験し痛感した。西洋近代文化の摂取にとって、明治以後八十年の歳月は決して短かすぎたとは言えない。にもかかわらず、近代文化の伝統を確立し、自由な批判と柔軟な良識に富む文化層として自らを形成することに私たちは失敗して来た。そしてこれは、各層への文化の普及滲透を任務とする出版人の責任でもあった。

一九四五年以来、私たちは再び振出しに戻り、第一歩から踏み出すことを余儀なくされた。これは大きな不幸ではあるが、反面、これまでの混沌・未熟・歪曲の中にあった我が国の文化に秩序と確たる基礎を齎らすためには絶好の機会でもある。角川書店は、このような祖国の文化的危機にあたり、微力をも顧みず再建の礎石たるべき抱負と決意とをもって出発したが、ここに創立以来の念願を果すべく角川文庫を発刊する。これまで刊行されたあらゆる全集叢書文庫類の長所と短所とを検討し、古今東西の不朽の典籍を、良心的編集のもとに、廉価に、そして書架にふさわしい美本として、多くのひとびとに提供しようとする。しかし私たちは徒らに百科全書的な知識のジレッタントを作ることを目的とせず、あくまで祖国の文化に秩序と再建への道を示し、この文庫を角川書店の栄ある事業として、今後永久に継続発展せしめ、学芸と教養との殿堂として大成せんことを期したい。多くの読書子の愛情ある忠言と支持とによって、この希望と抱負とを完遂せしめられんことを願う。

一九四九年五月三日